HEYNE <

MARTTA
KAUKONEN

THERAPIERT

THRILLER

AUS DEM FINNISCHEN
VON GABRIELE SCHREY-VASARA

WILHELM HEYNE VERLAG
MÜNCHEN

Die Originalausgabe *Terapiassa* erschien erstmals 2021
bei Werner Söderström Ltd. (WSOY), Helsinki.

Der Verlag behält sich die Verwertung der urheberrechtlich
geschützten Inhalte dieses Werkes für Zwecke des Text- und
Data-Minings nach § 44 b UrhG ausdrücklich vor.
Jegliche unbefugte Nutzung ist hiermit ausgeschlossen.

Diese Übersetzung wurde gefördert von

Penguin Random House Verlagsgruppe FSC® N001967

4. Auflage
Deutsche Erstausgabe 02/2023
Copyright © 2021 by Martta Kaukonen
German edition published
by agreement with Martta Kaukonen and Elina
Ahlbäck Literary Agency, Helsinki, Finland.
Copyright © 2023 der deutschsprachigen Ausgabe
by Wilhelm Heyne Verlag, München,
in der Penguin Random House Verlagsgruppe GmbH,
Neumarkter Str. 28, 81673 München
produktsicherheit@penguinrandomhouse.de
Redaktion: Frauke Meier
Umschlaggestaltung: Nele Schütz Design, München,
unter Verwendung von Adobe Stock (Oliverstockphoto)
und Shutterstock.com (kitsana1980)
Satz: Leingärtner, Nabburg
Druck und Bindung: CPI books GmbH, Leck
Printed in the EU
ISBN: 978-3-453-42704-4

www.heyne.de

*Vor allem sei die Heldin deines eigenen Lebens,
nicht das Opfer.*

NORA EPHRON

1. TEIL
DER RORSCHACHTEST

IRA

Im Zimmer war zu viel Blut. Nein, ich hatte nicht mit dem Blut meines Opfers Songtexte der *Beatles* an die Wand geschrieben, wie es die Manson Family zu tun pflegte. Aber auf dem Boden war ein riesiger Fleck. Kein herzförmiger, sondern so einer, den die Menschen beim Tintenflecktest als Schmetterling bezeichnen, weil sie sich schämen zu sagen, dass sie eigentlich Schamlippen sehen.

Ich begann, den Blutfleck genauer zu untersuchen, doch dann fielen mir meine Strümpfe auf. Sie waren so klebrig, dass sie an meinen Fußsohlen hafteten. Als ich näher an den Fleck herantrat, kam es mir vor, als würde ich über einen regennassen Rasen gehen. Die blutigen Fußabdrücke folgten mir von der Leiche zum Teppich. Ich erschauderte. Wieso hatte der Fleck eine solche Ähnlichkeit mit dem Bild auf der ersten Karte des Rorschachtests?

Was hätte Freud dazu gesagt? Kann der Blutfleck eines Menschen, den du getötet hast, dein Unbewusstes abbilden? Oder sollte man ihn deuten wie das erkaltete Blei zu Neujahr? Ein Schmetterling: Du fliegst bald auf? Mord verleiht Flügel? Die psychoanalytische Theorie wäre wesentlich anders ausgefallen, wenn ich im Wien des 19. Jahrhunderts auf der Couch des misogynen Kokainisten gelegen hätte.

Jetzt bekommt ihr womöglich ein falsches Bild von mir. In Wahrheit bin ich sehr penibel. Ich habe nicht die Angewohnheit, meine Umgebung zu verschmutzen. Ich foltere. Ich morde. Ohne Spuren zu hinterlassen. Das ist Ehrensache für mich. Meinetwegen brauchen die Angehörigen des Opfers ihr Geld nicht für eine kostspielige Tatortreinigung auszugeben. Es war mir unbegreiflich, wieso mir die Karten diesmal aus der Hand geglitten waren.

Ich hatte den Mord sorgfältig vorbereitet und jede Einzelheit gründlich durchdacht. Allein schon über die Tatwaffe hatte ich mir tagelang den Kopf zerbrochen. Ich möchte, dass die jeweilige Waffe erzählt, warum ich gerade diesen Anzugträger ermorde.

Diesmal hatte ich mich für ein Filetiermesser entschieden.

Muss ich euch denn wirklich alles erklären? Das Messer ist eins der klassischsten Phallussymbole. Was hätte besser in die Brust eines Schürzenjägers gepasst, der sich jahrzehntelang von seinem Schwanz hat leiten lassen?

Alles hätte also ganz und gar in Ordnung sein sollen, aber plötzlich hatte das Chaos die Macht übernommen. Ich benahm mich wie eine jämmerliche Amateurin. Nun würde ich erheblich länger am Tatort bleiben müssen als geplant. Woher sollte ich jetzt noch die Zeit nehmen, die Leiche verschwinden zu lassen?

Ich hatte lange gesucht, bevor ich zufällig die perfekte letzte Ruhestätte für mein Opfer fand. Als ich einmal mit dem Nahverkehrszug von Helsinki nach Kerava fuhr und durch das staubige Fenster die bedrückende Gegend betrachtete, bemerkte ich in der Nähe des Bahnhofs von Savio einen kleinen Teich.

Das Internet wusste zu berichten, dass der Teich sich auf dem Grundstück einer alten Gummifabrik befand. Die Fabrik hatte ihre Produktion bereits 1985 eingestellt. Der Teich war voller Algen, sodass bestimmt niemand mehr darin schwimmen wollte. Wenn ich die Leiche in den Teich warf, würde ich mir obendrein die Mühe ersparen, ein Grab auszuheben.

Ich würde die Leiche meines Opfers im Kofferraum seines eigenen Wagens zum Teich bringen, die Plane, die ich in eine Sporttasche gepackt hatte, am Ufer ausbreiten, die Leiche auf die Plane legen und zersägen, die Plane, die Säge und die Leichenteile im Teich versenken, den Wagen auf dem Parkplatz am Bahnhof von Savio abstellen und mit dem letzten Zug nach Helsinki zurückfahren.

Die Leiche verschwinden zu lassen war für mich der schwierigste Teil beim Morden. Zum Glück verleiht das Adrenalin dem Menschen Superkräfte. Dank ihm war es mir immer wieder gelungen, Männer, die größer waren als ich, in den Kofferraum eines Autos und ins Grab zu schleppen.

Jetzt musste ich gegen die Zeit kämpfen, wenn ich meinen Plan durchziehen wollte, bevor irgendwer mein Opfer vermisste. Zum ersten Mal bei einem Mordtrip hatte ich das Gefühl, mich nicht auf mich selbst verlassen zu können. Mein Herz schlug heftiger. Eine Panikattacke fehlte mir gerade noch. Ich musste mich irgendwie beruhigen. Doch die Angst hatte mich schon gepackt. Eine derartige Sudelei konnte nur eine Folge haben: Ich würde erwischt werden.

Das Zuhause meines Opfers hatte meinen Erwartungen entsprochen. Es war die Sorte Wohnung, die man aus Inneneinrichtungssendungen kennt. Selbst wenn man sich die ganze Folge angesehen hätte, wäre man hinterher bestimmt nicht fähig, die Wohnung zu beschreiben. Man würde sich nur an die weiße Farbe erinnern, von der die enthusiastischen Moderatoren der Sendung behaupteten, sie habe mindestens zehn verschiedene Nuancen. Weißer Teppich, weiße Vorhänge, weißes Bett und als kühnes Detail ein ins Graue spielendes – aber trotzdem weißes – Bücherregal. Bin ich die Einzige, bei der die weiße Farbe Assoziationen an die geschlossene Abteilung einer psychiatrischen Anstalt weckt? Jetzt erinnerte das klinische Schlafzimmer des Opfers allerdings eher an einen OP-Saal in der Chirurgie. Ich verfluchte meine Stümperei.

Plötzlich fiel mein Blick auf ein Dekobild an der Wand. *Live Love Laugh.* Zu solchen Teebeutelaphorismen greifen nur Menschen, die ihre Gefühle nicht auszudrücken wissen, sondern darauf angewiesen sind, dass irgendwer sie für sie in Worte fasst. Ich kann meine Gefühle selbst ausdrücken: durch Töten.

Das Bild ließ mich an die Zettel denken, die Angehörige von Demenzkranken überall anheften, um die Patienten daran zu erinnern, wie man welchen Gegenstand nennt. Ich war mir sicher, dass das Opfer das trendige Bild nicht selbst ausgewählt, sondern von seiner Jahrzehnte jüngeren Freundin geschenkt bekommen hatte.

Ich starrte lange auf das Bild, dann zuckte ich plötzlich zusammen. Mein Herz setzte einen Schlag aus.

In der Mitte des o im Wort Love war ein roter Punkt.

Hastig ging ich näher heran. Tatsächlich, es war Blut. Wie hatte es so weit spritzen können?

Anfangs war alles so gut gelaufen, und jetzt: eine totale Katastrophe!

Es war leicht gewesen, in die Wohnung zu gelangen. Ich hatte mein Opfer so lange beobachtet, dass ich seine haarsträubende Gutgläubigkeit erkannt hatte. Ich hatte herausgefunden, dass der Mann in seinem Garten einen Reserveschlüssel aufbewahrte. Er versteckte ihn beim Weggehen immer zwischen den Sonnenblumenkernen im Vogelhäuschen. Seine Naivität war geradezu rührend.

Mein Opfer verbrachte seine Nächte auf den Wellen eines Statussymbols der Achtzigerjahre. Sein Bett dürfte eins der letzten seiner Art sein. Ich konnte von Glück sagen, dass ich mich mit dem Ellbogen auf dem Bett abstützte, als ich mein Filetiermesser zu schwingen begann, denn so merkte ich, dass es ein Wasserbett war. Wenn ich mein Messer versehentlich ganz durch den Körper des Opfers gestoßen hätte und es bis in die Wassermatratze gedrungen wäre, hätten die Nachbarn unter ihm Hunderte Liter Wasser auf den Kopf bekommen und wütend an die Tür gehämmert.

Mein Opfer schlief so fest, dass ich minutenlang dastehen und es betrachten konnte. Warum soll man sich unnötig beeilen? Ich will sicher sein, dass ich mein Opfer töten muss. Ich will nichts bereuen, wenn es zu spät ist.

Allerdings muss ich zugeben, dass ich meine Meinung auch bei keinem anderen meiner Opfer geändert habe. Selbst bei denen nicht, die mich angefleht haben, sie zu verschonen. Bei denen am allerwenigsten. Darauf muss ich einfach stolz sein. Ich unterziehe meine Opfer immer einer so genauen Vorauswahl, dass alle, die ins Finale kommen, es auch über die Ziellinie schaffen.

Ich habe gedämpftes Wimmern zu hören bekommen, tierisches Gebrüll und wirres Geschwätz, aus dem ich nicht schlau geworden bin. Man hat mir das Vaterunser vorgebetet und die Zehn Gebote, vor allem das fünfte. Aber ich habe mich nicht beirren lassen.

Also das Messer ziehen, in die Brust stoßen und so weiter. Ich glaube nicht, dass ihr so pervers seid wie ich, und darum wollt ihr sicher nicht mehr wissen. Nur das Allerwichtigste: Was empfinde ich beim Töten?

Nichts.

Auch diesmal nicht.

Alles wiederholt sich, es bleibt immer gleich. Jedes Mal hoffe ich, dass es diesmal anders wäre. Dass ich zum Leben erwache. Dass ich Energie aus meinem Opfer saugen könnte. Dass ich einen Grund bekäme zu leben. Dass ich das Gefühl hätte, Macht zu haben. Dass sich alle meine Probleme in Wohlgefallen auflösten. Dass sich endlich alles ändern würde. Dass meine Tat irgendeine Bedeutung hätte, ganz egal welche. Dass ich etwas begreifen würde. Dass ich das letzte Wort hätte. Vielleicht irgendeine Katharsis. Aber da ist nichts.

Nichts.

Und trotzdem versuche ich es wieder und wieder. Diesmal würde es anders sein, weil ich ihn am Morgen ermorde. Weil ich ihn mit einer Axt ermorde. Weil ich ihn schnell ermorde. Weil ich ihn ermorde, um mich zu rächen. Weil ich ihn ermorde, ohne ihn zu foltern. Weil ich ihn geräuschvoll ermorde. Weil ich lache, während ich ihn töte. Weil er den Tod verdient. Weil er sterben wollte. Weil er sowieso sterben würde.

Aber nichts änderte sich.

Das Gefühl war immer das gleiche: Es war nicht vorhanden.

Vielleicht kam ich deshalb auf die Idee, mit dem Töten aufzuhören. Oder ich hatte es einfach satt.

Dies würde das letzte Mal sein. Er sollte mein letztes Opfer sein. Eine große Ehre, nur würde er die Fanfaren leider nicht hören können.

Ich hatte den Gedanken kaum zu Ende gedacht, als ich schon lachen musste. Ich würde aufhören. Aber sicher! Was blieb mir dann? Töten war das Einzige, was ich noch hatte. Ohne das war ich leer.

Jeder Mensch hat eine Identität. Ich hatte nichts, woraus ich mein Ich konstruieren konnte. Ich war eine leere Leinwand, eine Ansammlung von Nichtigkeiten. Ich musste selbst ein Bild von mir erschaffen.

Serienmörderin, das war meine Identität.

Nomen est omen. Meine Eltern haben meinen Beruf gewählt. Warum hätten sie mich sonst Ira genannt? Mein Name bedeutet nämlich im Lateinischen Zorn.

Und wenn ich noch so sehr aufhören wollte, wie sollte ich das schaffen?

Der blutige Schmetterling zu meinen Füßen beantwortete meine Frage.

Ich würde eine Therapie beginnen.

Helsinkier Nachrichten

Ehemaliger Minister in Kerava verschwunden

Der pensionierte Finanzminister Uolevi Mäkisarja (Konservative Partei) verschwand gestern im Stadtteil Kilta in Kerava.

Mäkisarja wurde als Finanzminister während der Rezession in den Neunzigerjahren als strenger Kassenwart bekannt, der für »Nichtstuer«, wie er die Arbeitslosen nannte, keine Sympathien hegte.

Die Vermisstenmeldung erstattete Mäkisarjas Freundin, die Schauspielerin Mirri Kuuramo. Sie war wie verabredet zu Besuch gekommen, traf Mäkisarja aber nicht zu Hause an und setzte sich mit der Polizei in Verbindung.

Mäkisarjas Auto wurde am Sonntagabend auf dem Parkplatz am Bahnhof von Savio gefunden.

Der achtzigjährige Mäkisarja ist 170 cm groß und wiegt 70 Kilo. Er hat braune Augen, dunkelbraune Haare und einen Schnurrbart. Als er zuletzt gesehen wurde, trug er einen dunklen Anzug und eine graue Krawatte.

»Wir nehmen das Verschwinden alter Menschen äußerst ernst. Die Polizei beginnt schnellstmöglich mit der Suche nach dem alten Mann«, sagt Kommissarin Reija Jalkanen von der Polizei von Ost-Uusimaa.

Eventuelle sachdienliche Hinweise nimmt die Polizei von Ost-Uusimaa telefonisch entgegen.

CLARISSA

Alles begann mit einem Anruf. An dem Abend hörte ich Iras Stimme zum ersten Mal. Ein leises Flüstern, als hätte sie aus dem Jenseits angerufen.

Es war ein Mittwochabend – der zweite Januar 2019 – und schon beinahe elf Uhr. Ich saß im Wohnzimmer auf dem Sofa und sah mir die neueste Folge *Studio A* an, die ich aufgezeichnet hatte. Ich war am Vortag Gast im Studio gewesen und fragte mich gespannt, wie mein Auftritt gelungen war.

Ich hatte so viel zu tun gehabt, dass ich noch nicht dazu gekommen war, mir die Aufzeichnung anzusehen, aber nun hatte ich es mir endlich vor dem Fernseher bequem gemacht und die Beine salopp auf den Couchtisch gelegt. Nachdem ich die erste Viertelstunde der Sendung gesehen hatte, atmete ich erleichtert auf: Alles war perfekt gelaufen.

Auf dem Sofa im Fernsehstudio machte ich einen sachkundigen Eindruck.

Wir Frauen müssen unsere Kompetenz immer wieder beweisen, während bei Männern Sachverstand und Befähigung als gegeben betrachtet werden. Es war mir auf Anhieb gelungen, den Moderator der Sendung von meiner Autorität auf meinem Gebiet zu überzeugen. Er nickte hingerissen zu allem, was ich sagte.

Aber für eine Frau ist Sachkenntnis ein zweischneidiges Schwert. Männer fürchten sich vor intelligenten Frauen. Ich hatte schon vor langer Zeit begriffen, dass ich in jeder Hinsicht zu viel war.

Zu klug, zu begabt, zu verdient, zu kompetent.

Zu bedrohlich.

Aber zum Glück hatte ich einen Weg gefunden, die Männer dafür zu entschädigen, dass mein Verstand ihr zerbrechliches Selbstbewusstsein in Bedrängnis brachte. Ich machte mich klein wie Däumelinchen, indem ich mich möglichst sexy kleidete.

Meine aufreizende Erscheinung beruhigte jeden Mann. Sie erinnerte die Männer daran, dass auch ich – wie alle Frauen – letzten Endes nur ein Stück Fleisch war, auch wenn sie mir geistig nicht gewachsen waren.

Als ich also auf der Couch von *Studio A* saß, hatte ich, meiner Gewohnheit treu, meinen femininen Panzer angelegt. Ich trug einen pinkfarbenen Minirock von Versace, der so kurz war, dass es fast dreist wirkte, und eine enge rosa Bluse von Chanel, deren obere Knöpfe ich offen gelassen hatte und die eben deshalb kaum etwas der Fantasie überließ.

Zufrieden lächelnd betrachtete ich mein Ebenbild im Fernsehen. Ich nahm die Schüssel, die ich auf den Wohnzimmertisch gestellt hatte, wählte einen möglichst großen Kartoffelchip und steckte ihn mir in den Mund.

Als das Handy klingelte, schrak ich auf.

Verärgert drückte ich die Pause-Taste der Fernbedienung und schnappte mir das Handy vom Tisch. Unbekannter Anrufer. Ein Telefonverkäufer. Aber Telefonverkäufer rufen nicht so spät an. Vielleicht ein neuer Patient.

Hastig zerkaute ich den Chip und schluckte die Stücke hinunter.

»Clarissa Virtanen.«

Stille. Vielleicht war die Verbindung schlecht, und der Anrufer hatte mich nicht gehört. Ich versuchte es noch einmal.

»Clarissa Virtanen.«

Die Stille hielt an. Ich wollte gerade auflegen, als ich ein leises Flüstern hörte.

»Ira hier, hallo.«

Die Stimme kam aus weiter Ferne.

Ich kannte keine Ira.

»Hallo«, antwortete ich.

»Ich suche eine Therapeutin. Hätten Sie freie Termine?«

»Danke für Ihren Anruf. Mein erster freier Termin ist morgen früh um neun Uhr.«

Stille.

»Hallo! Sind Sie noch dran?«

»Ja. Morgen um neun Uhr passt mir.«

Ich nannte Ira die Adresse meiner Praxis und verabschiedete mich.

Und so fing es an.

Das Spiel, dessen Regeln sie mir nicht genannt hatte.

Was das Schlimmste ist?

Die schlaflosen Nächte, die Scham, die Gewissensbisse? Die Selbstvorwürfe, deren Chor ich nicht einmal nachts zum Schweigen bringe? Die Gedanken, die sich endlos im Kreis drehen? Die bodenlose Reue, die an meiner Seele nagt? Die höhnische Stimme in meinem Kopf? Die Angst, dass all das ewig weitergeht und ich nie mehr zur Ruhe komme? Die Tatsache, dass ich alles verloren habe?

Nein, das Schlimmste ist, dass ich mich Tag und Nacht nach ihr sehne.

ARTO

Ich habe mir den Kopf darüber zerbrochen, ob ich den Namen Clarissa Virtanen vorher schon einmal gehört hatte. Höchstwahrscheinlich ja, denn sie suhlte sich in der Öffentlichkeit wie eine Sau im Dreck und ließ keine noch so kleine Gelegenheit aus. Aber ich lebte in meiner eigenen, schnapsgeschwängerten Blase und hatte ihr keinerlei Aufmerksamkeit geschenkt, obwohl ich als Reporter Prominente und Trends hätte beobachten müssen. Man kann also durchaus behaupten, dass ich erst durch Irmeli Lahjametsä, die Chefredakteurin der *Helsinkier Nachrichten*, zum ersten Mal von ihr hörte.

Ich bin mir sicher, dass es am 3. Januar 2019 war. Ihr fragt euch bestimmt, wieso mir das Datum in Erinnerung geblieben ist. An dem Tag waren genau sechs Jahre vergangen, seit meine geliebte Frau Marja starb.

Ich saß in der Helsinkier Innenstadt in der *Schreibfeder*, der Stammkneipe meiner Redaktion, und wartete darauf, dass der Tag in die Nacht überging.

Ich glaube so wenig an Geister wie an Gespenster. Dennoch war mir, als ob Marja versuchte, aus ihrem Grab heraus Verbindung zu mir aufzunehmen und mir etwas zu erzählen. Es war kein angenehmes Gefühl, eher ein Unheil verkündendes.

Vielleicht hatte Marja ein Geheimnis mit ins Grab genommen, das sie gern mit mir geteilt hätte, von dem ich aber nichts wissen wollte?

In meinen Gedanken war noch ein zweiter Mensch anwesend. Ein Mensch, den ich immer lieben werde, auch wenn wir uns nie wiedersehen. Der Sinn meines Lebens.

Das Stakkato hochhackiger Schuhe riss mich aus meiner nostalgischen Melancholie. Meine Augen öffneten sich und begannen, nach einem Fluchtweg zu suchen. Zu spät. Jemand tauchte vor mir auf und umarmte mich.

Es war eine herzliche Geste. Nach der ersten Verblüffung sah ich, dass es Irmeli war, die da vor mir stand; sie hatte bloß ihre lange blonde Perücke gegen einen schwarzen Lockenschopf ausgetauscht.

Durch die aggressive Krebsbehandlung hatte Irmeli ihre Haare verloren, aber die schwere Krankheit hatte ihr glühendes Engagement für ihre Arbeit nicht beeinträchtigt. Der neue Look stand ihr besser als die blonde Mähne. Ihre veilchenblauen Augen kamen in dem schwarzen Rahmen erst richtig zur Geltung.

Irmelis Blick wanderte über die leeren Biergläser, die sich vor mir auf dem Tresen angesammelt hatten. Es war nicht schwer, ihre Gedanken zu erraten.

Ich versuchte, unauffällig einen Blick in den Spiegel hinter der Theke zu erhaschen. Es war kaum zu glauben, dass man mich in jüngeren Jahren als attraktiv bezeichnet hatte. Die hohen Wangenknochen waren nur noch eine Erinnerung. Stattdessen hing dort schlaffes Fleisch. Meine imposante Nase war bei einem besoffenen Zusammenstoß mit der Kühlschranktür gebrochen, eine Narbe am linken Nasenrand erinnerte an das Unglück. Meine Haare waren früher dick wie Rosshaar gewesen, inzwischen aber so dünn geworden, dass die Strähnen, die ich zum Pferdeschwanz gebunden hatte, nicht mehr an eine Löwenmähne erinnerten, sondern an ein Mäuseschwänzchen. Meine grünen Augen, die in meiner Jugend hell geleuchtet hatten, waren trüb wie Teiche, die von Blaualgen erobert worden waren.

Im Sommer stand mein fünfzigster Geburtstag an, aber mein Spiegelbild verriet, dass ich keinen Grund zum Feiern hatte.

Irmeli blickte von den Biergläsern zu mir auf. Sie sah mir in die Augen, und ihr Ärger verwandelte sich in Mitleid. Die Predigt blieb mir erspart – diesmal.

Bald nach Marjas Tod war ich wegen meines Alkoholismus bei den *Helsinkier Nachrichten* gefeuert worden. Seitdem hatte ich als Freelancer gearbeitet, und Irmeli bestellte immer noch Reportagen bei mir.

»Artsi, gut, dass ich dich treffe. Ich hab einen Auftrag für dich. Gleich muss ich hier ein Interview führen, aber vorher kann ich dich kurz briefen.«

Eigentlich hatte ich keine Lust, mich mit beruflichen Dingen zu befassen. Aber ich musste mich lieb Kind machen, denn Irmeli hatte mir schon ziemlich viel verziehen. Sicher zu viel.

Also bemühte ich mich, interessiert zu wirken.

»Es ist genau dein Ding.«

Mit diesem Mantra jubelte Irmeli ihren leidenden Opfern jeden Auftrag unter.

»Ein persönliches Interview mit einem wirklich interessanten Menschen. Preisverdächtig.«

Was auch sonst. Ich hasste persönliche Interviews. Ja, ich hasste meine Arbeit. Und ich hasste mein Leben. Außerdem war ich nicht auf den großen Journalistenpreis aus.

»Die Titelstory für die neue Lifestyle-Beilage ist noch frei.«

Irmeli war reichlich früh zugange. Die Beilage sollte erst im Sommer erscheinen. Sicher hatte sie eine Person im Sinn, deren

Interview auch für die Innenseite der Zeitung taugte, falls man im Sommer doch etwas anderes für die Titelseite wollte. Jedenfalls bliebe mir genügend Zeit, um das Interview zu führen.

»Du darfst die Therapeutin Clarissa Virtanen interviewen.«

Warum schob Irmeli das Interview mit der Therapeutin ausgerechnet mir zu?

Sie drückte mir einen Zettel in die Hand, auf dem eine Telefonnummer stand.

Wenn ich mit einer Zeitmaschine in die Vergangenheit reisen könnte, würde ich das Feuerzeug aus der Tasche meiner Lederjacke nehmen, den Zettel zerknüllen und an Ort und Stelle zu einem Häufchen Asche verbrennen.

IRA

Ich hätte euch gleich warnen müssen. Ich lüge nämlich. Chronisch und pathologisch. Selbst wenn es um irgendetwas völlig Belangloses geht.

Fragt mich, ob ich Katzen oder Hunde lieber mag, dann sage ich Hunde, obwohl ich Katzen liebe und Hunde nicht ausstehen kann: Sie stinken, ihr Fell wird nass, sie tragen an ihren Pfoten Dreck ins Haus und kläffen nervtötend. Trotzdem antworte ich, dass ich Hunde liebe. Warum? Ich habe so lange gelogen, dass ich nicht mehr anders kann.

Und wenn man lange genug lügt, beginnen Wahrheit und Lüge sich zu gleichen. Die meisten Menschen dürften der Meinung sein, dass es gut wäre, sie auseinanderzuhalten. Edel und moralisch richtig. Ich bin mir da nicht so sicher. Die Lüge ist meine Wahrheit.

Außerdem glaube ich nicht an Ehrlichkeit. Die meisten haben sich selbst so oft belogen, dass sie auch anderen gegenüber nicht mehr die Wahrheit sagen können. An der Scheidung ist der Partner schuld, die Probleme im Beruf verursacht der unerträgliche Chef, und wenn deine Tochter eine selbstzerstörerische Magersüchtige wird, wer trägt die Schuld? Du jedenfalls nicht.

Und wenn man viel lügt, wird man gut darin.

Wenn ich wollte, könnte ich auch euch alles Mögliche glauben lassen.

Alles Mögliche.

Aber jetzt kennt ihr meine Neigung, also seid auf der Hut.

Ich habe behauptet, dass ich mit dem Töten aufhöre. Pah! Das habe ich durchaus nicht vor.

Der Mensch ist ein faules Geschöpf. Fragt irgendwen, der euch begegnet, ob er gut in seinem Beruf ist, und ihr bekommt garantiert eine bejahende Antwort. Warum würde irgendwer weiterhin etwas tun, das ihn anstrengt? Die Menschen möchten es sich möglichst leicht machen. Es gibt nur zwei Dinge, in denen ich gut bin, aber in denen bin ich wirklich verdammt gut: Foltern und Töten. Warum sollte ich also aufhören?

Mein Wunsch, eine Therapie zu beginnen, hatte einen ganz anderen Grund.

Ich hatte Angst, geschnappt zu werden.

Männliche Serienmörder haben eins gemeinsam. Sie wollen mit der Polizei Katz und Maus spielen. Sie verteilen Hinweise an den Tatorten. Der Mord ist für sie kaum die Hälfte des Genusses. Sie geilen sich an dem Gedanken auf, dass sie intelligenter sind als die Bullen. Die Opfer sind bloß Schachfiguren. Der wahre Willenskampf wird zwischen dem Mörder und der Polizei geführt.

Mir waren die Polypen und ihre Theorien scheißegal. Sie konnten mir dankbar sein, denn immerhin hatte ich ihnen schon seit Jahren interessante Morde geliefert, an denen sie herumknobeln durften.

Wahrscheinlich widmete irgendein Bulle irgendwo in Finnland sein Leben dem Versuch, die Morde, die ich begangen hatte, aufzuklären. Womöglich zog er Gummihandschuhe über und befummelte die Indizien, die an den Tatorten gesammelt worden waren. Vielleicht starrte er finster auf Fotos von Verdächtigen an der Pinnwand und versuchte abzuschätzen, welcher von ihnen kaltblütig genug war, um sich als Serienmörder zu betätigen. Oder hatte er vielleicht schon kapituliert, sich krankschreiben lassen und seinen Nachfolger eingearbeitet?

Aber was spielte das für eine Rolle? Er tat nur seine Arbeit. Ich würde ihm nie begegnen, und das war gut so. Für mich war er ein Fantasieprodukt, ein Gespenst in Uniform. Aber als ich den blutigen Schmetterling betrachtete, der auf dem Schlafzimmerteppich meines Opfers die Flügel spreizte, begann ich die Möglichkeit in Betracht zu ziehen, dass ich erwischt wurde. Der Gedanke klebte in meinem Gehirn wie Kaugummi.

Ich malte mir schon aus, wie ich in der Isolierzelle hockte – ja, dorthin würde man mich immer wieder stecken, denn ich würde bestimmt nicht mit den anderen Gefangenen auskommen, und das würde ich auch deutlich machen, mit Fäusten, Klauen und Zähnen.

Ich würde alles tun, um diesem furchtbaren Schicksal zu entgehen.

Finnland ist zu klein für Serienmörder. Es gibt hier auch nicht viele von uns. Wenn jemand gerade Geschmack am Töten gefunden hat, wird er auch schon gefasst. Ich hatte längst Rekorde gebrochen, aber damit will ich nicht prahlen. Es war nur eine Frage der Zeit, bis irgendwer bei der Zentralkripo das Gesamtbild erkennen würde. Dann würden die nachlässig zusammengeschusterten Alibis mir nicht helfen. Ich wäre geliefert.

Zum Glück gibt es in unserem Land die aus dem Monopoly-Spiel bekannte Karte »Du kommst aus dem Gefängnis frei«.

Ich würde vor Gericht eine Untersuchung meines Geisteszustandes fordern. Irgendein Psychiater würde mit dem Schaufelbagger meine Psyche durchwühlen. Bei der Untersuchung würde festgestellt werden, dass ich bei der Verübung der Verbrechen nicht zurechnungsfähig gewesen war, also eingeschränkt schuldfähig. Im Volksmund: viertelverrückt. Unzurechnungsfähige werden nicht ins Gefängnis eingeliefert, sondern in eine psychiatrische Anstalt für Gefangene. Dann eine wundersame Genesung, Entlassung, und schon kann ich mich wieder meiner Lieblingsbeschäftigung zuwenden.

Ich wollte auf Nummer sicher gehen. Ich würde mir einen an Empathiefähigkeit leidenden, gutgläubigen Idioten aussuchen, und sollte ich geschnappt werden, würde dieser Therapeut ein so herzzerreißendes Gutachten über mich schreiben, dass man mich als unzurechnungsfähig betrachten musste.

Ein genialer Plan, oder?

Er hatte nur eine Lücke. Wie sollte ich die Therapie durchhalten?

Therapeuten werden gern dem Heiland gleichgestellt. Als würden Therapeuten sich selbstlos für ihre Patienten aufopfern, dabei ist es ja nur ihr Job. Man nennt sie schließlich nicht umsonst »Seelenklempner«.

Der Therapeut sitzt dir nur aus einem Grund gegenüber. Versucht mal, Hilfe von ihm zu bekommen, wenn ihr ihm dafür nicht 90 Euro oder den positiven Bescheid der Krankenversicherung über die Kostenübernahme für eine Rehabilitationspsychotherapie präsentieren könnt. Das weiche Sofa, das verständnisvolle Lächeln, die empathischen Worte – all das bleibt euch verwehrt, wenn ihr keine gängige Entschädigung zu bieten habt.

Ich machte mir also keine Illusionen darüber, dass mein Therapeut sich für meine Angelegenheiten interessieren würde. Hauptsache, er war manipulierbar. Er musste so fest an meine Unschuld glauben, dass er notfalls bereit war, vor Gericht für mich auszusagen, sollte es so weit kommen.

Na gut. Ich gebe zu, dass ich hoffte, im Gesicht meines Therapeuten wenigstens irgendeine echte Reaktion auf meine Erzählung zu sehen. Einen Hauch von egal was. Ich erwartete kein bestimmtes Gefühl. Ob Abscheu oder Bewunderung, war mir völlig egal.

Beim Morden faszinieren mich die Reaktionen meiner Opfer. Die Gefühle eines Menschen brennen nur dann auf voller Flamme, wenn er um sein Leben kämpfen muss. Es gibt also vielleicht doch noch etwas Menschliches in mir. Ich möchte die Gefühle anderer Menschen erleben.

Außerdem: Wenn meine Geschichte meinen Therapeuten berührte, könnte ich sicher sein, dass er alles für mich tun würde.

Im Nachhinein kann ich mir nur selbst die Schuld geben. Ich bildete mir ein, die richtige Person gefunden zu haben, musste aber die bittere Erfahrung machen, dass ich mich geirrt hatte.

Clarissa Virtanen.

Ich entdeckte die eifrig hechelnde Zicke bei *Studio A*. Sie schlängelte sich halb nackt auf dem Sofa im Fernsehstudio wie eine Kobra, die zum Flötenspiel eines Schlangenbeschwörers tanzt.

Die Witze, die der Moderator riss, mochten noch so blöd sein, Clarissa gackerte und gackerte und gackerte dermaßen, dass ich befürchtete, sie würde sich in die Hose machen.

Tussi. Wolkenkopf. Barbie. Spatzenhirn. Windkanal.

Gerade so eine Therapeutin wollte ich.

Aber mir unterlief eine Fehleinschätzung, die ich mir nie verzeihen werde.

Ich dachte, sie würde mir nur zuhören und nicht in den Ablauf der Ereignisse eingreifen.

Ich weiß, dass sie darauf brennt, ihre eigene Version zu erzählen.

Und sie schreckt vor keinem Mittel zurück, um mich zum Schweigen zu bringen.

CLARISSA

Ohne meinen Mann Pekka wäre ich nicht fähig gewesen, nach der Arbeit in den Freizeitmodus zu schalten. Er bestand darauf, dass ich die beruflichen Dinge hinter mir ließ, wenn ich am Ende des Tages die Tür zu meiner Praxis schloss. Undenkbar, dass ich nach Feierabend in meinen Unterlagen geblättert hätte.

Pekkas Anweisung war mir nur recht. Ohne ihn hätte ich pausenlos über die Probleme meiner Patientinnen gegrübelt.

Wenn ihr in der Beziehung zwischen Pekka und mir irgendeine tiefere Bedeutung sehen wollt, die es nicht gab, nur zu! Aber nein, ich habe nie versucht, Pekka zu therapieren.

Pekka wusste nicht, dass ich oft ganze Nächte durchwachte und bei einem Glas Rotwein die Schwierigkeiten meiner Patientinnen wiederkäute. Dann saß ich in meinem seidenen Morgenmantel und meinen Leinenpantoffeln in der Küche und trank bis in die frühen Morgenstunden.

Königin leistete mir Gesellschaft. Ich hatte die Mischlingskatze im Winter vor dem Frost gerettet. Sie schmiegte sich an meine Beine, als ich im Schneetreiben an der Haltestelle auf den Bus wartete. Am Kopf hatte sie einen blutenden Kratzer, als hätte ihr gerade eine andere Katze mit den Krallen zugesetzt. Als ich das Tier auf den Arm nahm, begann es sofort zu schnurren. Da war es um mich geschehen.

Königin liebte es, in den Stunden nach Mitternacht Zeit mit mir allein zu verbringen. Sie strich mir um die Beine und schnurrte.

Ich genoss die Entspannung, die mir der Wein bescherte, bis es Zeit wurde, den nächsten Tag zu beginnen und den Problemen zu begegnen, zu denen ich in der Nacht so viel Distanz gewonnen hatte, wie der Alkohol mir gewährte.

Ich weiß, dass es nichts bringt, sich zu sehr auf die Probleme der Patientinnen zu fixieren. Das ist ein Zeichen für mangelnde Professionalität. Ich konnte mir nicht vorstellen, dass meine Kollegen mitten in der Nacht darüber grübelten, wie sie die Scheidung eines Patienten verhindern oder ihm aus seiner Depression heraushelfen könnten. Ein Profi muss unbedingt fähig sein, sein privates und sein berufliches Ich voneinander abzugrenzen.

Ich bin zu empathisch für den Beruf der Therapeutin.

PEKKA

Ich bewunderte Clarissa, weil sie ihr ganzes Leben der Aufgabe widmete, Schiffbrüchigen zu helfen. Als hätte sie sich schuldig gefühlt, weil sie es nach oben geschafft hatte, während ihre Patientinnen noch im trüben Wasser strampelten.

Mein Mut hätte nicht ausgereicht, um Tag für Tag der Finsternis ins Auge zu blicken.

Ich bin sicher, dass die meisten von Clarissas Patientinnen durch die Therapie geheilt wurden oder dass sich zumindest ihre Lebensqualität verbesserte.

Wie viele unter uns können von sich sagen, dass ihre Arbeit eine so große Bedeutung hat?

Clarissa hatte die Angewohnheit, jedes Mal eine Flasche Champagner zu entkorken, wenn ihre Therapiebeziehung zu einer Patientin ein erfolgreiches Ende nahm. Dazu ging sie auf unsere Terrasse und ließ den Champagner in die Luft spritzen wie ein Formel-1-Fahrer auf dem Siegerpodest. Den Rest des Getränks goss sie in eine Kristallschale und trank genießerisch einen Schluck daraus.

Clarissa bewahrte die Champagnerkorken in einem riesigen

Weidenkorb auf. Zu Beginn ihrer Laufbahn fiel es meiner Frau schwer, nach der Arbeit abzuschalten, sie grübelte ständig über berufliche Angelegenheiten. Um das Problem zu lösen, probierte sie verschiedene entspannende Hobbys aus, bis sie feststellte, dass weder Häkeln noch Origami ihr Seelenruhe brachten.

Als Erinnerung an diese Experimente blieb in unserer Wohnzimmerecke der wütend dorthin geworfene, falsch geknotete Rohling eines Makramee-Wandbehangs zurück. Die einzige gelungene Handarbeit ist der für die Korken bestimmte Weidenkorb, was dem Umstand zu verdanken ist, dass ich ihn fertig geflochten habe. Der Korb ist schon randvoll.

Am nächsten Morgen war die Party vorbei, und auf Clarissas Couch saß bereits eine neue, um Hilfe flehende Patientin. Was sagt es über unseren Wohlfahrtsstaat aus, dass die Patientinnen Schlange standen? Clarissa konnte nicht alle Hilfesuchenden annehmen, obwohl sie ständig selbstlos Überstunden machte.

Die allermeisten Menschen im Sozialwesen müssen für einen miserablen Lohn schuften, ohne jemals Dank zu bekommen. Auch Clarissa wurde von ihrer Arbeit nicht reich, aber sie wurde umso höher geschätzt.

Clarissa war *die* Expertin für sexuellen Missbrauch und Gewalt in Finnland. Sie hatte als Sachverständige Einschätzungen für zahlreiche Zeitungsartikel geschrieben, aber die MeToo-Kampagne sprengte jeden Rahmen. Seit dem Beginn der Kampagne erkundigte sich mindestens einmal wöchentlich irgendein Medienvertreter nach Clarissas Auffassung.

Clarissa kümmerte sich wirklich um ihre Patientinnen, vielleicht sogar ein bisschen zu sehr. Bei uns zu Hause wurde nicht über die Angelegenheiten der Patientinnen gesprochen. Clarissa unterliegt ja der Schweigepflicht, hätte also ohnehin nicht über Einzelheiten reden können. Aber mir war es wichtig, dass sie in ihrer Freizeit die Kümmernisse ihrer Patientinnen vergaß und sich auf ihr eigenes Leben konzentrierte.

Es kam mir nicht in den Sinn, eifersüchtig auf Clarissas Patientinnen zu sein.

Ich glaubte an unsere Ehe.

Ich vertraute meiner Frau.

Berühmte letzte Worte …

ARTO

Die Frau, die Irmeli interviewen sollte – irgendeine junge bildende Künstlerin, die gerade eine Einzelausstellung im Kiasma-Museum bekommen hatte –, flatterte theatralisch an die Bar der *Schreibfeder* und umarmte Irmeli.

Irmeli verabschiedete sich hastig von mir und beeilte sich, Drinks für sich und die Künstlerin zu bestellen.

Ich beschloss, sofort mit der Hintergrundrecherche für das Interview mit Clarissa Virtanen zu beginnen. Da ich immer entweder verkatert oder betrunken war, würde ich später auch nicht arbeitsfähiger sein als hier und jetzt auf dem Barhocker.

Also holte ich den Laptop aus der Aktentasche und googelte nach Informationen über Clarissa.

Eine Dreiviertelstunde später hatte ich alles Mögliche über sie gelesen. Meine Schlussfolgerung war, dass sie bereitwillig Interviews gab, aber nie über ihr Privatleben sprach. Der Albtraum jedes Reporters.

Clarissa Cristal Virtanen, 50, war seit einundzwanzig Jahren als Therapeutin tätig. Neben ihren Spezialgebieten kommentierte sie in den Medien gern auch andere fachliche Fragen, ob es nun um Mobbing am Arbeitsplatz, Narzissmus oder Scheidungen ging.

Wenn Clarissa als Expertin interviewt wurde, war sie präzise und analytisch. Ihre Gedanken waren klar und scharfsinnig. Unermüdlich verteidigte sie die Rechte von Mädchen und Frauen, und sie schien sich nicht darum zu kümmern, wie andere auf ihre Ansichten reagierten.

Clarissa traf den Kern der Sache und scheute nicht davor zurück, kühne Meinungen zu äußern. Anders als die meisten Experten redete sie nicht um den heißen Brei herum, sondern sagte unumwunden, mitunter sogar provozierend, was sie dachte. Zum Beispiel hatte sie kürzlich in einem Essay für die Wissenschaftsnachrichten proklamiert, dass die Behörden nicht willens waren, gegen Sexualverbrechen an Kindern vorzugehen.

»Der finnische Staat müsste sich offiziell bei allen Opfern von Pädophilen entschuldigen, so wie er sich 2016 bei denjenigen entschuldigt hat, die in den Pflegeheimen des Kinderschutzes vernachlässigt wurden«, argumentierte sie.

»Das finnische Gesetz schützt die Pädophilen, nicht ihre Opfer. Finnland kann nicht behaupten, ein Wohlfahrtsstaat oder ein zivilisiertes Land zu sein, solange es nicht für jede an Kindern begangene sexuelle Gewalttat Verantwortung übernimmt.

Das Gesetz müsste dahin gehend geändert werden, dass Erwachsene, die von pädophilen Delikten wissen, sie aber nicht bei der Polizei anzeigen, wegen Beihilfe bestraft werden.«

Ich erinnerte mich, dass der Essay eine rege Diskussion ausgelöst hatte, aber mir war entfallen, dass Clarissa ihn geschrieben hatte.

Meine Erinnerungslücke verwunderte mich nicht. Der Alkohol hatte schon viel wichtigere Dinge aus meinem Gedächtnis gespült.

Clarissas Ansichten waren so unmissverständlich und plakativ, dass es leicht war, Überschriften und sogar Schlagzeilen daraus zu fabrizieren. Kein Wunder, dass die Reporter allem Anschein nach ihrem Bann erlegen waren.

Clarissa war zwar nicht bereit, öffentlich über ihr Privatleben zu sprechen, ließ sich aber bei allen möglichen Events blicken. Wenn man den Klatschblättern glauben durfte, war sie mit vielen Promis befreundet. Sie war ein bekanntes Gesicht bei Filmpremieren für geladene Gäste und bei Präsentationen neu erschienener Bücher. Man konnte sie auf den Gesellschaftsseiten von Frauenzeitschriften entdecken, wo sie hinter dem riesigen Sonnenhut irgendeiner Benimmtrainerin hervorspähte oder um ein aus dem Fernsehen bekanntes Pärchen herumschwirrte, das gerade seine Hochzeitstorte anschnitt.

Clarissas Geheimnistuerei in Hinblick auf ihre Privatangelegenheiten überraschte mich nicht. Sie war eine typische Expertin. Diese Leute sind nicht bereit, irgendetwas über ihr persönliches Leben auszuplaudern. Stattdessen sollen die Interviews sich um ihre Verdienste und Theorien drehen, und der Reporter soll in seinem Artikel alle Preise, Ehrungen und Anerkennungen erwähnen, die sie je erhalten hatten.

Aber ich war ein schlauer Fuchs, es würde mir bestimmt gelingen, Clarissa ein Bein zu stellen.

Manche Reporter fürchten sich davor, Psychologen, Psychiater und Therapeuten zu interviewen. Sie haben wohl Angst, sich auf das Sofa des Interviewpartners legen zu müssen und in ihre Kindheit zurückgeworfen zu werden. Ich finde solche Ängste lächerlich.

Ich überlegte, ob Clarissa als Therapeutin so kompetent war, dass sie meine Probleme lösen könnte. Wie würde sie reagieren, wenn ich ihr erzählen würde, dass ich die wichtigste zwischenmenschliche Beziehung in meinem Leben verkorkst hatte?

Die Sehnsucht nagte an meinen Knochen.

Sie war so nah, aber ich hatte keine Möglichkeit, sie zu erreichen. Und sie konnte nicht ahnen, dass ich immer noch an sie dachte.

IRA

Eins habe ich noch vergessen zu erzählen. Clarissa war nämlich nicht meine erste Therapeutin. Ich hatte auf schäbigen Sofas, hölzernen Hockern und weichen Polstersesseln gehockt, seit ich zehn war.

Eines Tages hatte sich mein Verhalten einfach verändert, und meine Eltern haben nie herausgefunden, warum.

Als Zehnjährige wurde ich zur städtischen Kinderpsychologin geschickt. Sie lehnte jede weitere Sitzung ab.

Ich war angeblich normal.

Meine Eltern waren erleichtert, dass die Behandlung endete, bevor sie überhaupt begonnen hatte. Worüber man nicht sprach, das existierte nicht.

Meine Heimatstadt war so klein, dass alle alles voneinander wussten. Meine Eltern hatten Angst, jemand würde darüber tratschen, dass ihr kleiner Liebling in Behandlung musste.

Ich habe wohl schon erzählt, dass ich beim Anblick weißer Farbe an eine psychiatrische Klinik denken muss? Mit vierzehn kam ich in die jugendpsychiatrische Abteilung einer psychiatrischen Klinik. Ich hatte schon seit Jahren unter Magersucht gelitten.

Meine klapperdürre Erscheinung weckte überall mit Entsetzen vermischte Bewunderung. »Wäre ich doch auch so schlank, aber nicht krank«, seufzte eine Mitschülerin neidisch. Alle Mädchen und Frauen wollen ja schlank sein – aber wir Magersüchtigen rechnen nicht nach, wie viele Kilos uns noch von der Bikinifigur trennen, sondern wie viele noch zwischen uns und dem Tod liegen.

Ratet mal, was komisch ist.

Der Mensch glaubt immer, dass er eine normale Kindheit gehabt hat. Immer. Unabhängig davon, wie sie in Wirklichkeit war.

Auch ich habe meine Eltern gegenüber der Psychiaterin in der Klinik verteidigt. Sie taten doch ihr Bestes. Jeder hätte so gehandelt wie sie!

Dass ich in so schlechter Verfassung war, hatte nichts mit meiner Kindheit oder meinen Eltern zu tun, sondern lag nur an mir selbst.

Als ich bereits volljährig war, brachte mein Vater mich gegen meinen Willen zu einer Psychiaterin in einem privaten Ärztezentrum. Sie empfahl mir eine Psychoanalyse. Also das traditionelle Muster: auf dem Sofa liegen.

Solche archäologischen Ausgrabungen interessierten mich nicht.

Die Psychiaterin gab bereitwillig zu, dass ihre Kompetenz nicht ausreichte, um meine Probleme zu lösen. Sie drückte sich sehr vorsichtig aus, aber ich las zwischen den Zeilen, worum es ihr ging.

Sie wollte nicht riskieren, für meinen Selbstmord zur Rechenschaft gezogen zu werden.

CLARISSA

Ich suche in den Tiefen meines Gehirns nach der Erinnerung an unsere erste Begegnung. Wäre alles, was geschehen ist, zu verhindern gewesen? Es klingt verrückt, aber ich bin davon überzeugt: Sobald Ira meine Praxis betrat, versuchte mein Unbewusstes, mir zu sagen, womit ich es zu tun hatte.

Aber ich hörte nicht zu.

Ich habe die Angewohnheit, Beobachtungen im Zuge der Behandlung meiner Patienten aufzuzeichnen und die Unterlagen zu jedem einzelnen in einem separaten Ordner im Archivschrank meines Arbeitszimmers aufzubewahren.

Iras Ordner enthält nur einige DIN-A4-Bögen. Zum Teil sind sie voll beschrieben, auf anderen stehen nur einige Sätze. Zu manchen Sitzungen habe ich gar keine Notizen.

Die Dokumente bieten also keine nennenswerte Hilfe. Versucht einfach selbst mal, euch an die wichtigsten Ereignisse eures Lebens zu erinnern!

Ich kann mir lebhaft vorstellen, wie Ira über mich lachen würde, wenn sie von meiner Bedrängnis wüsste.

Ich hatte ja nicht ahnen können, dass aus einer normalen

Patientenakte wertvolles Beweismaterial werden würde, mit dessen Hilfe ich versuchen könnte zu beweisen ... ja, was eigentlich?

Jedenfalls nicht meine Unschuld, denn jeder Versuch, meine Schuld abzustreiten, wäre sinnlos.

Vielleicht versuche ich auch gar nicht, irgendetwas zu beweisen. Eher zu erklären. Ich kann euch ja nur bitten, dass ihr versucht, mich zu verstehen. Allerdings fürchte ich, dass auch das unmöglich ist.

Ich werde mich immer an diesen Blick erinnern. Ira gab mir die Hand und sah mir in die Augen. Ihre Augen waren dunkelblau, so dunkel, dass sie in der schwachen Beleuchtung meiner Praxis fast schwarz wirkten. Poetisch ausgedrückt: Sie erinnerten an ein finsteres Meer, auf dessen Grund Rätsel verborgen waren, von denen ich nichts ahnte.

Der Blick war trotzig. Es war, als hätte sie mich zu einem Spiel aufgefordert, das Kinder lieben: das Spiel, bei dem man sich in die Augen sieht und derjenige verliert, der als Erster den Blick abwendet.

Ira durchschaute mich. Für meine anderen Patientinnen war ich vor allem ein Spiegel. In diesem Spiegel sahen sie, was sie wollten. Für manche war ich die Mutter, die sie nie geliebt, sondern mit jeder Geste ihre Verachtung ausgedrückt hatte, für andere der Vater, der sie gerade dann im Stich gelassen hatte, als sie den väterlichen Schutz am dringendsten gebraucht hätten. Bei Ira konnte ich mich nicht auf meine berufliche Rolle stützen.

Als wir uns zum ersten Mal die Hand gaben, hatte ich das Gefühl, dass in diesem einen flüchtigen Moment unermesslich viel passierte. Man sagt, dass unmittelbar vor dem Tod das ganze Leben vor den Augen des Sterbenden vorbeizieht. Ich hatte ein ähnliches Gefühl.

Ich war bereit, alles zu opfern.

Wie absurd!

All das erscheint euch sicher noch verworren. Ich habe pausenlos darüber nachgedacht, was falsch gelaufen ist. Jetzt habe ich die Antwort gefunden. Es ging bei allem nur um ein Missverständnis. Darum, dass die Dinge nicht so lagen, wie ich glaubte.

Ich verstand alles falsch, von Anfang an. Nichts war das, wonach es aussah. Nicht dieser erste Blick, und auch nichts anderes.

Ira hatte die ganze Zeit die Oberhand, obwohl ich glaubte, alles zu beherrschen. Sie ließ mich tanzen wie eine Marionette.

Ich glaubte, dass für uns dieselben Regeln galten wie in all meinen anderen Beziehungen zu Patientinnen.

Therapie beruht auf einer Illusion. Man muss den Patienten glauben lassen, er wäre am Ball, obwohl die Therapeutin die Richtung bestimmt.

Ira drehte die Konstellation um. Ich konnte mich nicht aus ihrem Griff lösen.

Mir war ja nicht einmal bewusst, dass ich ihre Gefangene war.

ARTO

Als ich meiner Ansicht nach genug Hintergrundrecherchen über Clarissa angestellt hatte, konzentrierte ich mich wieder auf das Saufen. Ich bestellte ein Bier und widmete mich ihm an derselben Stelle am Tresen, an der ich schon hockte, seit der Pub am Morgen aufgemacht hatte. Den ganzen Tag über hatte ich versucht, die Trauer fernzuhalten, aber nun drängte sie sich so heftig in mein Bewusstsein, dass ich sie nicht mehr abwehren konnte.

Ich beschloss, die Gedenkfeier für Marja zu Hause fortzusetzen.

Auf dem Heimweg ging ich noch im Laden vorbei und holte mir einen Zwölferpack Bier. Er leistete mir auf dem Sofa Gesellschaft. Ich versuchte, mir einzureden, dass ich nicht zu betrunken war, schließlich war es ein Abend unter der Woche, und um es mir zu beweisen, beschloss ich, mir *Studio A* anzusehen, wie es sich für einen anständigen Journalisten gehört. Es war eine Wiederholung der Sendung vom Neujahrstag.

Auf dem Bildschirm erschien Clarissas Gesicht. Sofern ich den Verlauf des Gesprächs richtig verstand, ging es in der Sendung um Feminismus. Clarissas Expertise reichte aus, um auch dieses Thema zu kommentieren.

»Gleichberechtigung entsteht nicht ohne Quoten. Das ist ein Fakt«, sagte sie nachdrücklich.

Clarissa fühlte sich im Fernsehstudio wie zu Hause. Sie saß kerzengerade und mit ruhiger Miene auf dem Sofa. Allem Anschein nach machte es sie keine Spur nervös, vor der Kamera aufzutreten.

Sie sprach mit klarer und fester Stimme, war präzise in ihrer Wortwahl und brachte ihre Theorie allgemeinverständlich vor. Sie ließ sich nicht dazu hinreißen, ihre Kompetenz durch Fachjargon zu unterstreichen, sondern sorgte dafür, dass auch weniger Gebildete verstanden, was sie meinte.

Ich hatte den Fernseher zu spät eingeschaltet. Das Interview war zu Ende. Der Moderator schien von Clarissa ebenso gebannt zu sein wie ich. Er stotterte und wurschtelte hilflos herum, bis die Sendung mit Russland und Putins Jagdleidenschaft weiterging.

Am nächsten Morgen erwachte ich mit Kopfschmerzen, wie nicht anders zu erwarten.

Ich beschloss, mit der Arbeit zu beginnen, indem ich Clarissa anrief und einen Termin mit ihr vereinbarte.

Ich wählte ihre Nummer.

»Clarissa Virtanen.«

Clarissas Stimme klang süß wie Nektar. Bald würde ich merken, ob sie zu Honig wurde, wenn ich meine Bitte um ein Interview vorbrachte.

»Hier ist Arto Haaleajärvi von den *Helsinkier Nachrichten*, guten Tag. Wir werden eine neue Lifestyle-Beilage herausbringen, und wir würden Sie gern für die Titelgeschichte der ersten Ausgabe interviewen.«

»Wie schmeichelhaft! Natürlich bin ich einverstanden, aber

nur unter einer Bedingung: Ich spreche in der Öffentlichkeit nicht über mein Privatleben.«

»Verstehe. Ich dachte auch, wir sollten uns statt auf Privatangelegenheiten lieber auf die wichtigsten Erfolge in Ihrer Laufbahn konzentrieren. Ich habe Sie gestern in *Studio A* gesehen, Sie haben sehr interessant über Gleichberechtigung gesprochen.«

»Ja! Ihr Männer könnt viel von uns Frauen lernen!«

Aha! Musste ich mir gleich zu Beginn eine Vorlesung anhören? Ich war nicht bereit, mit Leuten über Gleichberechtigung zu reden, wenn sie die Biologiekarte zogen. Dann kam nämlich unausweichlich das Argument, die Menschen seien nur Tiere. »Auch Tiere haben eindeutige Geschlechterrollen: Die Männchen suchen Nahrung, die Weibchen kümmern sich um den Nachwuchs.« Und anschließend blickte man auch schon nostalgisch auf die Zeit der Höhlenmenschen zurück, als die Männer zur Jagd gingen und die Frauen dankbar dort blieben, wohin sie nun endlich wieder zurückkehren sollten: zwischen Faust und Lagerfeuer.

»Hätten Sie eventuell Zeit, sich schon nächste Woche am Montagabend mit mir zu treffen?«

»Im Prinzip reserviere ich die Montagabende für meine Ehe. Was ich jetzt sage, schreiben Sie bitte nicht in der Zeitung: Ich glaube nicht, dass mein Mann und ich noch miteinander verheiratet wären, wenn wir nicht an unserer Beziehung arbeiten würden.«

Diese Arbeit hatte ich vernachlässigt, wenn man Marja glauben wollte.

»Na schön, ich mache eine Ausnahme! Treffen wir uns also nächste Woche Montag um sieben Uhr. Vielleicht im *Kaffeesalon* an der Mannerheimstraße, passt das?«

Seit Marjas Tod war ich nicht mehr im *Kaffeesalon* gewesen, und ich hatte mir geschworen, ihn nie wieder zu betreten. Zu Beginn unserer Beziehung hatten Marja und ich unzählige Male dort gesessen, uns in die Augen geblickt und einander Geheimnisse anvertraut.

Ich merkte, dass ich blitzschnell in den trügerischen Sumpf der Nostalgie gesunken war, krabbelte heraus und antwortete.

»Gern. Bis nächsten Montag.«

Ich konnte nicht ahnen, worauf ich mich vollkommen freiwillig eingelassen hatte.

IRA

Als ich bei der Therapeutin klingelte, wusste ich bereits, was mich dort erwartete. Ich wusste, dass auf dem Tisch eine geöffnete Packung Papiertaschentücher liegen würde. Die Therapeutin würde sie mir reichen, wenn sie merkte, dass meine Augen feucht wurden. Oder vielleicht würde sie die Packung nur verstohlen zu mir hinüberschieben, als fiele ihr nicht auf, dass ich weinte.

Womöglich würde sie meine Fortschritte an der Zahl der benutzten Taschentücher messen. Tränen zeugten von Vertrauen.

Neben den Taschentüchern würde eine Uhr stehen, deren Ziffernblatt zur Therapeutin zeigte. Die Sitzung würde fünfundvierzig Minuten dauern, keine Minute länger. Ganz gleich, wie wichtig das Thema war, über das ich gerade sprach, gegen Ende würde die Therapeutin immer auf die Uhr schauen.

Jeder Therapeut hat seine eigene Floskel. »Unsere Zeit nähert sich dem Ende.« »Reden wir beim nächsten Mal weiter.« »Jetzt müssen wir leider Schluss machen.« Dann nimmt der Patient seine Sachen, geht und ist wieder allein.

Was hatte ich noch gleich über die selbstlose Hilfsbereitschaft der Therapeuten gesagt?

Auch die Wände der Praxisräume sind niederschmetternd gleichartig gestaltet. Zur Therapeutenausbildung gehört bestimmt mindestens ein kurzer Kurs in Inneneinrichtung.

An einer Wand hängt immer ein Kunstposter. Nichts, was Konflikt andeutete. Keine *Kämpfenden Auerhähne*, nicht mal für die Naturliebhaber unter den Therapeuten. Je analytischer die Ausbildung, desto mehr Symbolik.

Die zerfließenden Uhren in Dalís *Die Beständigkeit der Erinnerung* erinnern einen masochistisch veranlagten Therapeuten daran, wie quälend langsam die Zeiger des Weckers vorrückten. Die Wand eines Sexologen schmücken die frivolen Callas von Georgia O'Keeffe. Ihr versteht sicher, was ich meine.

Ein Kapitel für sich sind die Danksagungen geheilter Patienten. Zeichnungen, Gemälde, Collagen, mit denen man dem Therapeuten dafür dankt, dass der Patient endlich wieder Licht sieht.

Nicht zu vergessen die Farbe der Wände. Gelb vermittelt Hoffnung. Du schaffst es! Wenn du nur an diese Wände starrst, beginnst du, wieder an die Zukunft zu glauben. Als würde die Sonne durch die Wände scheinen und bald auch in deinem Leben leuchten!

In der Praxis meiner Therapeutin war alles so, wie es sein sollte. An der Wand hingen van Goghs Sonnenblumen. An der Schreibtischtür war mit Klebstreifen ein Aquarell befestigt, das einen Regenbogen darstellte und garantiert das Werk eines ehemaligen Patienten war.

Nur die Wandfarbe überraschte mich. Hellblau. Das passte zu mir, ich suchte ja Hilfe gegen meine Aggressivität. Ich fühlte mich gleich viel ruhiger.

Hoffnung gab es natürlich auch: Der Teppich war leuchtend gelb.

Ich setzte mich und blickte der Therapeutin in die Augen. Was sah sie in mir? War ich nur eine tragische junge Frau unter vielen? Magersüchtig. Neurotisch. Phobisch.

Mein Blick irrte zu den Sonnenblumen an der Wand. Ich versuchte, mir vorzustellen, wie die Frauen waren, die auf diesem Sofa saßen und dieses Plakat betrachteten.

Ich sah sie in Tränen schwimmen und dabei in ihrer Beklemmung ein Taschentuch nach dem anderen zerreißen.

Sie waren unreife Jammerlappen, die ihre Probleme nicht selbst lösen konnten. Heulsusen, die daran gewöhnt waren, dass immer ein anderer alles für sie erledigt. Ich selbst hatte als Kind zum letzten Mal geweint.

Für die anderen Patientinnen empfand ich keine Sympathie. Ich hatte nichts mit ihnen gemein.

Ich war nicht hilflos.

Seit ich zehn war, hatte ich mich selbst um mich gekümmert.

Die anderen Patientinnen meiner Therapeutin waren vom Glück begünstigt und hatten keine Vorstellung davon, was Leiden bedeutet. Man hätte sie gründlich durchschütteln oder ihnen eine kräftige Ohrfeige verpassen sollen. Irgendwer müsste ihnen Verstand einprügeln – mit einem Hammer. Sie waren hierhergekommen, um sich eine Lösung für ihre Probleme zu holen, als könnte man die einfach so kaufen. Diagnosen shoppen.

Plötzlich verspürte ich brennende Eifersucht auf die anderen Patientinnen. Das Gehirn meiner Therapeutin würde unnötigerweise an ihren Problemen herumbasteln, statt sich allein auf meinen Fall zu konzentrieren.

Und wenn mein Plan nur deshalb misslang, weil sie nicht die Kraft hatte, sich ganz für mich einzusetzen? Sollte ich die anderen umlegen, damit sie ihr nicht die Zeit stahlen?

Ich könnte mich nach unserer Sitzung hinter der Ecke verstecken und warten, bis die nächste Patientin aus der Praxis kam. Dann würde ich mich auf sie stürzen und sie an den Haaren in den nahen Wald schleifen.

Die Patientin würde um Hilfe rufen, aber ich würde ihr den Mund zuhalten und ihr einen Stein auf den Kopf schlagen.

Schlag. Schlag. Schlag.
Stille.
Bei dem Gedanken musste ich lachen.
Leider würde ich mich mit fünfundvierzig Minuten dann und wann begnügen müssen. Das war zu wenig.

Was, wenn meine Therapeutin mir eine medikamentöse Behandlung vorschlug? Sie war von der Ausbildung her nur Psychologin, hatte also keine ärztliche Qualifikation. Aber sie könnte mich an einen Klapsdoktor überweisen. Das würde ich nicht akzeptieren.

Alle Psychiater sind der Ansicht, dass der Mensch das Ergebnis seiner Gehirnchemie ist. Für meine Probleme würden sie nur eine Lösung sehen: Medikamente.

Mein Gehirn war jungfräulich. Ich hütete seinen Naturzustand. Bisher hatte ich mir den Kopf nur mit Alkohol benebelt, und so sollte es auch bleiben.

Plötzlich kam von irgendwoher ein lautes Klingeln. Ich schrak aus meinen verworrenen Gedanken auf und kehrte in die Wirklichkeit zurück. Meine Therapeutin hatte den Wecker gestellt, um das Ende unserer Sitzung anzuzeigen. So viel zur Feinfühligkeit. Keine verlegen vorgebrachten Floskeln, keine heuchlerischen Entschuldigungen. Nur ein gnadenloser, brutaler Klingelton.

Wir hatten eine Dreiviertelstunde still dagesessen. Kaum jemand verdiente seinen Lebensunterhalt so mühelos wie meine Therapeutin. Ohne Umschweife stand sie auf.

Keine von uns sagte ein Wort.
Ich hielt ihr die Hand hin.
Wir sahen uns in die Augen.
Das Spiel hatte begonnen.

CLARISSA

An sich war es nicht außergewöhnlich, dass Ira und ich bei unserer ersten Begegnung kein einziges Wort miteinander wechselten. Manche Menschen möchten die Lage schweigend erkunden. Sie lauschen darauf, ob gerade ich als ihre Therapeutin geeignet bin. Ich würde sie kein zweites Mal zu Gesicht bekommen, wenn ich ihnen nicht erlauben würde, sich in aller Ruhe im Raum niederzulassen.

Ich mache keinen Versuch, ein Gespräch in Gang zu bringen, wenn die Patientin nicht reden will. Zu viele haben den Willen meiner Patientinnen mit Füßen getreten, dieser Truppe mag ich mich nicht anschließen. Ich kann mich darauf verlassen, dass das Unbewusste die ganze Zeit arbeitet, unabhängig davon, ob wir unsere Gedanken aussprechen.

Es geht darum, Vertrauen aufzubauen. Vor allem zu Beginn der therapeutischen Arbeit ist es wichtig, dass die Patientin den Takt bestimmen darf. Dann wird ihre Psyche nicht mit Gewalt aufgerissen.

Ein Therapeut muss geduldig warten, bis der Patient bereit ist, den nächsten Schritt zu machen. Meiner Meinung nach bin ich gerade darin gut. Ich spüre die Stimmungen meiner Patientinnen und weiß, wann ein Punkt abgehakt ist und wann es Zeit wird, das nächste Thema anzupacken. Ich habe keine Eile.

Trotz der Stille füllte Iras Anwesenheit den ganzen Raum.

Als wäre im Zimmer für nichts anderes mehr Platz, nicht einmal für Worte.

Ich hätte sie zumindest nach den Basisinformationen fragen müssen: Alter, Beruf, Beruf der Eltern, Anzahl der Geschwister, Diagnosen und Medikation.

Ich hätte wenigstens ansatzweise herausfinden müssen, warum sie sich für eine Therapie entschieden hatte.

Ira saß auf dem Sofa wie ein kleines Kind. Als trüge ich die Verantwortung für ihre ganze Existenz. Alles an ihr rief um Hilfe.

Meine Intuition prophezeite mir, dass zwischen uns etwas Bedeutsames geschehen würde. Was? Das hätte ich nicht sagen können. Nervös umklammerte ich meinen Bleistift und mein Heft. Um meine Verwirrung zu verbergen, gab ich vielleicht auch vor, mir Notizen zu machen.

Am liebsten hätte ich meine Nervosität abgebaut, indem ich irgendetwas kaute – Kaugummi, meine Fingernägel, meinen Stift –, aber ich durfte Ira nicht merken lassen, wie flattrig ich war.

Ira starrte mich intensiv an. Ihre ganze Aufmerksamkeit richtete sich auf mich.

Sie hatte offenbar beschlossen, dass ich die Initiative ergreifen müsse. In Gedanken versuchte ich, einen vernünftigen Satz zu bilden, doch mein Kopf war leer. Ich tastete und tastete, bekam aber keine Idee zu fassen.

Ich wagte kaum zu atmen, um ihr nicht den Sauerstoff zu rauben.

Als ich auf die Uhr sah, zeigte sie fünfzehn Minuten vor zehn. Zuletzt hatte ich um Viertel nach neun auf die Uhr geschaut. Die folgende halbe Stunde war in einer Art Trance vergangen. Ich hatte keinerlei Erinnerung daran.

Es bereitete mir Angst, darüber nachzudenken, was passiert war. Hatte Ira womöglich meinen Bewusstseinszustand ausgenutzt? In meinen Patientenunterlagen gewühlt? Ich schloss meinen Archivschrank nur für die Zeit ab, in der ich nicht in der Praxis war. Sie wäre problemlos an meine Akten gekommen.

Vielleicht würde sie mich erpressen! Oder die Papiere an die Redaktion irgendeiner Zeitung schicken und berichten, wie nachlässig ich sie aufbewahrt hatte!

Plötzlich hatte ich das Gefühl, mein Überleben hinge davon ab, dass ich Ira so schnell wie möglich wegschickte. Sie dagegen schien keine Eile zu haben. Als sie endlich ihren Mantel angezogen hatte, führte ich sie hastig zur Tür meiner Praxis. Das schwarze Kleid aus Samt und Spitze war ihr zu groß. Der ausgefranste Saum schleifte raschelnd über den Boden. Ich drückte die Tür hinter Ira ins Schloss.

Mir war zum Schreien zumute.

Ich versuchte, mir einzureden, dass mein Verhalten nicht auf einen psychischen Zusammenbruch hindeutete. So etwas war mir noch nie passiert. Es musste eine vernünftige Erklärung dafür geben. Vielleicht erlebte jeder Therapeut irgendwann etwas Ähnliches?

Beunruhigt ließ ich die Berichte meiner Kollegen über albtraumhafte Therapiebeziehungen Revue passieren. Gewalt, Stalking, unbezahlte Rechnungen. Niemand hatte jemals etwas erwähnt, das dem glich, was ich gerade erlebt hatte. Das konnte allerdings auch daran liegen, dass keiner von ihnen je den Mut aufgebracht hatte, über derartige berufliche Misserfolge zu sprechen. Das hätte mich nicht gewundert.

Ich rannte ins Bad, schaffte es aber nicht zur Kloschüssel, sondern kotzte auf den Boden. Die korallenroten Streifen und

Quadrate auf den schwarzen Fußbodenfliesen tanzten vor meinen Augen.

Eine Weile sondierte ich meinen Zustand. Die Übelkeit hatte sich gelegt, aber mir war immer noch flau.

Am Rand des Waschbeckens klebte ein schwarzes Haar. Iras Haar. Der Anblick ekelte mich so an, dass ich das Haar schleunigst in den Ausguss spülte.

Meine Akten! Hatte Ira sie durchsucht?

Ich eilte zurück in meine Praxis, packte den Griff der obersten Schublade und zog sie auf.

Ich ging eine Schublade nach der anderen durch. Die braunen Mappen lagen säuberlich geordnet an ihrem Platz und die Hefte in ordentlichen Stapeln unter ihnen.

Erst als ich mich beruhigt hatte, dachte ich über Ira nach. Ich musste die volle Verantwortung für sie übernehmen. Es lag auf der Hand, dass sie selbst nicht dazu fähig war. Ihren Tod durfte ich mir nicht auf mein Gewissen laden. Das würde ich mir nie verzeihen können.

Rikus Tod hatte ich mir ja auch nie verziehen.

Riku, mein lieber Riku.

Mein reizender Punker, dessen Irokesenfrisur mal blau, mal grünlich schimmerte. Riku hatte endlich Frieden gefunden.

Das hätte ich gern geglaubt, obwohl ich in meinem Beruf alles gesehen hatte und deshalb an nichts mehr glauben konnte.

PEKKA

Clarissa hatte ihre Praxis in unserem Haus, in dem Eigenheim, in dem wir seit den ersten Jahren unserer Beziehung gewohnt hatten. Mit etwas über zwanzig hatte ich das in den 1950ern gebaute Haus von meiner Patentante Mirjami geerbt. Damals hatten Clarissa und ich uns gerade erst kennengelernt, aber schon geplant zusammenzuziehen. Mirjamis Erbe beschleunigte unsere Pläne.

Da wir keine Kinder haben, wirkte unser Haus geradezu leer, wenn Clarissa Urlaub machte und das Kommen und Gehen der Patientinnen im Vorraum ausblieb.

Zu allen anderen Zeiten wäre jeder Versuch, den Patientinnen aus dem Weg zu gehen, sinnlos gewesen. Ich begegnete ihnen zwangsläufig, denn ich war Privatunternehmer und hatte mein Arbeitszimmer ebenfalls in unserem Haus.

Ich bin von Beruf Ingenieur und habe mich auf die Pflege alter Datenbanksysteme spezialisiert. Während meines Studiums an der TH lernte ich nur so zum Spaß die geradezu archaische Programmiersprache Cobol, mit der die Datenbanken der Versicherungsgesellschaften vor Zeiten geschaffen worden waren. Da sich außer mir niemand dafür interessierte, Kommandos in der alten Programmiersprache zu erstellen, war meine Position gesichert. Meine Arbeit war ein anstrengender, routinemäßiger Trott, wurde aber gut bezahlt.

Zu Beginn unserer Ehe wusste ich nicht, was ich von den Patientinnen halten sollte. Inzwischen habe ich verstanden, dass sie ganz normale Menschen sind.

Wir alle sind ja mehr oder weniger krank, jeder von uns. Manche können es nur besser verbergen als die anderen.

Trotzdem bekommen die Patientinnen zu hören, sie seien psychisch gestört, paranoid, hypochondrisch oder gar wahnsinnig, obwohl jeder von uns erkranken kann, jederzeit.

Für manche Patientinnen war die Schwelle, eine Therapie zu beginnen, möglicherweise hoch gewesen. Deshalb war es wichtig, dass sie sich sofort wohlfühlten, wenn sie in die Praxis kamen. Clarissa hatte den Windfang und die Diele, die als Wartezimmer diente, in einem schönen Hellblau gestrichen. An der Decke der Diele hatte sie einen Lautsprecher angebracht, aus dem pausenlos der Gesang von Walen ertönte. Als ich die CD, die Clarissa gekauft hatte, zum ersten Mal hörte, dachte ich, an dieses Gejaule würde ich mich nie gewöhnen. Inzwischen achte ich gar nicht mehr darauf.

An der Garderobe hingen Strickjacken bereit, in die sich die Patientinnen während der Sitzung hüllen konnten. Die Patientinnen durften in weichen Polstersesseln warten, bis sie an der Reihe waren. Als würden die Sessel ihre empfindlichen Hinterteile nicht schon genug verwöhnen, hatte Clarissa weiße Schaffelle auf die Sitze gelegt. Neben den Sesseln stand ein kleiner Rokoko-Tisch mit einem Silbertablett, auf dem immer Lapsang-Souchong-Tee und Arabica-Kaffee sowie selbst gebackene Bio-Brownies bereitstanden.

Für mich war es Ehrensache, den Patientinnen mit Achtung zu

begegnen. In der Regel sah ich ihnen in die Augen und nickte kurz, bevor ich mich verzog. Mit einigen tauschte ich einen verlegenen Gruß oder sogar ein gezwungenes Lächeln. Mehr nicht.

Manchmal musste man sehr auf der Hut sein. Einigen sah man gleich an, dass sie zu keinem normalen menschlichen Kontakt fähig waren. Undenkbar, dass sie mich angesehen hätten. Ich grüßte sie nicht, denn es war klar, dass sie sich durch einen Gruß nur zusätzlich unter Druck gesetzt gefühlt hätten. An ihnen marschierte ich resolut vorbei und tat, als hätte ich sie nicht bemerkt.

Clarissa und ich hatten schon so viele gemeinsame Jahre hinter uns, dass es mir nicht entging, wenn eine Patientin ihre Aufmerksamkeit in besonderem Maß beanspruchte.

Im Stillen bezeichnete ich Clarissas Auserwählte als Prinzessinnen.

Ich betrachtete sie als die Kinder, die Clarissa nicht bekommen hatte und als deren Therapeutin sie sich nicht eignete, weil sie immer mehr sein wollte. Sie wollte ihre Mutter sein.

Junge, magere, blasse Frauen, die meinem Blick auswichen und in Clarissas Praxis huschten wie Gespenster. Sie hinterließen einen süßlichen Geruch, der verriet, dass sie kurz vor Beginn der Sitzung auf unsere Toilette gegangen waren, um die Minitörtchen herauszuwürgen, die sie gerade erst in einem Café verschlungen hatten. Das hätte man allerdings auch aus den rosa Liebesperlen schließen können, die in der Kloschüssel schwammen.

Wie viel Leid und Schmerz war ihnen aufgebürdet worden!

Sie waren erwachsene Frauen, aber auch wieder nicht. Sie tapsten auf den Zehenspitzen, als trügen sie immer noch Ballettschuhe und rosa Tutus wie im Ballettunterricht ihrer Kindheit.

Wenn man es schaffte, ihnen in die Augen zu sehen, blickte ein kleines Mädchen zurück, dessen Kindheit zu Ende gegangen war, bevor sie richtig angefangen hatte. Sie waren diese Einser-Schülerinnen, die Juristinnen, Unternehmensleiterinnen, Ingenieurinnen und Ärztinnen hätten werden sollen. Aber sie wurden nichts.

Und würden nie etwas werden.

All die Erwartungen, die man in sie gesetzt hatte und die im Sande verlaufen waren! Die Türen, die ihnen weit offen gestanden hatten und ihnen dann vor der Nase zugeschlagen wurden.

Man hatte ihnen alles versprochen, aber sie hatten nichts bekommen. Stellt euch ihre Wut vor! Gegen wen richteten sie sie?

Gegen sich selbst, natürlich.

Und niemanden hat es gekümmert.

Ihre Geschichte war zu Ende geschrieben, obwohl sie noch ihr ganzes Leben vor sich hatten.

Nur Clarissa interessierte sich wirklich für diese Frauen. Sie war ja selbst eine von ihnen gewesen. Ein jämmerliches kleines Mädchen, das niemanden hatte außer sich selbst.

Aber während diese Patientinnen den Rest ihres Lebens in den Ruinen ihrer Kindheit verbringen würden, hatte Clarissa ihre Vergangenheit hinter sich gelassen. Die Gewalt, die Albträume, die Angst, die Beklemmung.

Das war ein Kunststück, das nur wenigen gelang.

Was gab Clarissa die Kraft zu diesem unmöglichen Zaubertrick? Nur der Wunsch, diese jungen Frauen zu retten.

Aber sich selbst konnte sie am Ende doch nicht retten.

CLARISSA

Als Ira mir am Ende unserer ersten Sitzung die Hand gab, standen keine Tränen in ihren Augen. Stattdessen lag Trotz in ihrem Blick. Er flammte nur kurz auf, dann verwandelte Ira sich wieder in ein kleines Kind.

Erst jetzt, viel zu spät, verstehe ich die Bedeutung dieses Blicks. Damals deutete ich ihn ganz falsch. Ich glaubte, dass sie versuchte, ihre Empfindsamkeit durch Aggressivität zu übertünchen. Das war mein erster Eindruck.

Wir sind Gefangene des ersten Eindrucks. Er entscheidet, wie wir andere Menschen einschätzen. Empfindsam. Verletzlich. Hilflos. So hätte ich Ira nach unserer ersten Begegnung beschrieben. Und auf diesen Eindruck stützte ich mich auch weiterhin, obwohl alles, was später geschah, dieser Einschätzung widersprach.

Ihr haltet es bestimmt für unbegreiflich, dass ich ihre wahren Absichten nicht erkannte. Ich bin schließlich Therapeutin, eine Expertin für die menschliche Natur.

Wie könnte ich mich verteidigen?

Ich behaupte dreist, dass jeder andere ihr ebenso ins Netz

gegangen wäre. Meine Kollegen hätten sich genauso verschätzt wie ich. Das glaube ich. Dennoch ging es auch um etwas sehr Persönliches.

Der ganze Schwindel war speziell für mich geplant worden.

PEKKA

Ich sah sie zum ersten Mal durch das Fenster meines Arbeitszimmers. Es war Morgen, und ich wollte gerade mit der Arbeit anfangen. Clarissa hatte am Abend mein Arbeitszimmer geputzt und die Jalousien heruntergelassen. Als ich sie hochzog, sah ich eine junge Frau über den Gartenweg auf unsere Haustür zugehen. Eine neue Patientin.

Mein Instinkt sagte mir, dass sie eine von Clarissas Prinzessinnen werden würde.

Die Prinzessin war schwarz gekleidet. Sie blickte sich misstrauisch um, als wären die Mädesüß-Stauden in unserem Garten nur gepflanzt worden, damit hinter ihnen jemand lauern und sich auf sie stürzen konnte.

Ich ließ die Jalousie schleunigst wieder herunter, um die Prinzessin nicht zu erschrecken. Sie gehörte definitiv zu denjenigen unter Clarissas Patientinnen, die nichts mit mir zu tun haben wollten.

Vorsichtig schob ich eine Lamelle der Jalousie nach oben. Die Prinzessin hatte sich gebückt, um ihre Schnürsenkel zu binden.

Sie hatte mich nicht bemerkt.

Erst jetzt begreife ich, wie blind ich war. Wenn ich ein bisschen scharfsinniger gewesen wäre, hätte ich gemerkt, dass sich alles veränderte, kaum dass Clarissa sich diese neue Patientin aufgebürdet hatte.

Clarissa hatte schon vor ihr viele Favoritinnen gehabt. Manchmal kam es mir so vor, als hätte sie immer eine Patientin, die wichtiger war als die anderen, eine Prinzessin, die ihre volle Aufmerksamkeit beanspruchte.

Die Prinzessinnen bekamen bei ihr eine Sonderbehandlung. Sie hatten die Erlaubnis, Clarissa jederzeit anzurufen, selbst mitten in der Nacht. Sie durften bei uns klingeln, wann sie wollten, auch außerhalb der Sprechstundenzeit. Ihre Sitzungen dauerten oft viel länger als die übliche Dreiviertelstunde. Einmal hielt sich eine der Prinzessinnen für die Dauer von zwei normalen Sitzungen in der Praxis auf, so lange, wie ein Fußballspiel dauert!

Clarissas Kollegen hätten die Augenbrauen hochgezogen, wenn sie gehört hätten, dass meine Frau die Prinzessinnen auf Pump oder manchmal sogar kostenlos behandelte.

Die Prinzessinnen waren für Clarissa nicht nur Patientinnen, sondern lagen ihr wirklich am Herzen. An einigen hing sie vielleicht zu sehr, so genau konnte ich das nicht beurteilen. Ich bin nicht eifersüchtig, aber jeder Ehemann möchte glauben, dass er für seine Frau der allerwichtigste Mensch ist.

Zum Glück schien Clarissa zu erkennen, dass ihre Beziehung zu den Prinzessinnen zu eng war.

Vielleicht sollte ich mir eine ganz andere Frage stellen: Wie hätte ich begreifen können, was zwischen Clarissa und ihrer neuen Patientin ablief? Ich hatte ja keinen Grund, an Clarissa zu zweifeln.

Wer könnte eine ehrlichere Ehepartnerin sein als eine Psychotherapeutin?

ARTO

Der *Kaffeesalon* an der Mannerheimstraße wurde von einem Gespenst beherrscht. Als ich nervös eintrat, merkte ich, dass ich mich unwillkürlich nach Marja umschaute. Ich schnaubte über meine Blödheit. Instinktiv steuerte ich unseren Stammtisch an, der sich ganz hinten im Café befand. Der Tisch war frei. Ich warf Jacke und Schal über den Stuhlrücken und ging zur Theke, um Kaffee für Clarissa und mich zu bestellen.

Plötzlich wirkte die Stimmung im *Kaffeesalon* wie elektrisiert. Ich blickte mich verblüfft um und fragte mich, warum die anderen Gäste so aufgeregt waren.

Clarissa war eingetroffen.

Ich sah sie an der Tür stehen. Die Menschen bemühten sich, nicht zu ihr hinzuschauen, hatten ihrer Neugier aber wenig entgegenzusetzen.

Mit langen Schritten ging ich zu ihr.

»Hallo! Sie sind sicher Clarissa Virtanen? Arto Haaleajärvi von den *Helsinkier Nachrichten*, freut mich, Sie kennenzulernen.«

Ich hielt ihr die Hand hin, aber sie umarmte mich herzlich.

»Ganz meinerseits! Ich muss gestehen, dass ich Ihre scharfe

Feder immer bewundert habe. Ihre Kolumne in den *Helsinkier Nachrichten* habe ich regelmäßig gelesen. Schade, dass Sie damit aufgehört haben!«

Ich murmelte eine vage Antwort. Es war mir unangenehm, daran erinnert zu werden, dass ich meine Karriere ins Klo gespült hatte.

Chanel N°5 stieg mir in die Nase. Ich versuchte, den Atem anzuhalten. Zu diesem Parfüm hatte ich eine eifersüchtige Beziehung. Es war Marjas Lieblingsduft gewesen. Niemand außer ihr hätte es verwenden dürfen. Doch nun berauschte mich die Duftwolke, die Clarissa umgab, mit einer Kraft, gegen die ich nicht ankam.

Wir setzten uns an den Tisch. Ich sah Clarissa in die Augen. Sie wich meinem forschenden Blick aus und betrachtete ihre rosa lackierten Acrylnägel, die mit Goldglitter verziert waren wie Christbaumkugeln.

»Ist es Ihnen recht, wenn ich das Interview auf Band aufnehme? Ich möchte mich nicht ausschließlich auf mein Gedächtnis verlassen.«

Ich erinnerte mich nicht, dass irgendein Interviewpartner mir jemals untersagt hätte, das Gespräch aufzunehmen. Den meisten war klar, dass ich sie exakter zitieren würde, wenn ich auf die Aufnahme zurückgreifen konnte. Und diejenigen, die es nicht sofort verstanden, begriffen es, wenn ich es ihnen erklärte.

»Natürlich. Psychologische Experimente haben lückenlos nachgewiesen, dass der Mensch sich nicht auf sein Gedächtnis verlassen kann«, sagte Clarissa und zwinkerte mir zu.

Ich holte den Rekorder aus der Aktentasche. Meine Kollegen hatten ihre Geräte längst entsorgt und durch die Aufnahmefunktion ihres Handys ersetzt. Aber ich war oldschool – auch in diesem Punkt. Ich stellte das Gerät auf den Tisch und schaltete es ein.

Wir saßen uns gegenüber und dachten beide noch nichts Schlimmes voneinander.

IRA

In der Nacht nach meiner ersten Therapiesitzung schrak ich wieder vor dem Spiegel in meiner Toilette hoch. Er hing an einer einzigen Schraube an der Wand, und es war nur eine Frage der Zeit, wann die Schraube nachgeben, der Spiegel herunterfallen und auf den mausgrauen Kacheln zerspringen würde.

Ich wohnte in einer kleinen Einzimmerwohnung in einem Miethaus aus den Zwanzigerjahren im Stadtteil Töölö. Ich hatte mir nicht die Mühe gemacht, meine Wohnung einzurichten. Es gab nicht einmal ein Bett, nur eine Matratze, ein Bücherregal, einen Schreibtisch und einen Stuhl. Als Nachttisch diente die Kiste, in der ich meine wenigen Habseligkeiten aus meinem Elternhaus hierhergebracht hatte. An Geld mangelte es mir nicht, mir fehlte einfach der Schwung.

Die Uhr des Handys bestätigte, was ich befürchtet hatte. Ich hatte mehr als eine halbe Stunde hier gestanden und mein Spiegelbild angestarrt, hatte aber nicht die geringste Erinnerung daran.

Am liebsten hätte ich nicht weiter darüber nachgedacht. Aber das war mir unmöglich. Neuerdings kamen diese Blackouts häufiger und dauerten immer länger.

Ich ging zurück zu meinem Schlafplatz. Das heißt, ich müsste wohl eher sagen: Ich trat auf ihn. Meine Wohnung war so klein, dass man nicht viele Schritte machen konnte.

Ich beging den Fehler, einen Blick auf mein Fenster zu werfen. Die schweren, rostigen Gitterstäbe, die dort aufgetaucht waren, machten mich zur Gefangenen.

Was sollte ich mit ihnen tun? Sollte ich sie über Nacht lassen, wo sie waren, oder sofort versuchen, sie loszuwerden?

Ich entschied mich für die zweite Alternative. Den widerlichen Geruch, den der abblätternde Rost verströmte, konnte ich keine Sekunde länger ertragen. Der Rost stank nach Eisen wie eine Monatsbinde, die ganz unten im Mülleimer liegen geblieben ist.

Würgend trat ich ans Fenster. Der Gestank war unerträglich. Ich packte das Gitter fest mit beiden Händen. Die Stangen begannen zu schmelzen, als wären meine Hände glühend heiß und hätten das Eisen erhitzt.

Mit aller Kraft umklammerte ich die Stangen. Rost fiel auf den Boden. Ich schob meine Hände durch das Gitter hindurch und legte die Handflächen an die Fensterscheibe. Das Gitter begann, in meinem Blickfeld zu schwanken, bis ich es nicht mehr sah.

Eine Weile blickte ich noch durch das Fenster auf die alte Kiefer, die vor dem Haus im Wind schaukelte, um mich zu vergewissern, dass die Gitterstäbe nicht zurückkehrten.

Ich wünschte mir, meine Halluzinationen würden endlich wieder verschwinden.

Allerdings glaubte ich nicht, dass ich sie unter Kontrolle bringen konnte. Im Gegenteil, der Bezug zur Realität schien mir von Tag zu Tag mehr zu entgleiten.

Bei dem Versuch, mein Leben auf die Reihe zu bekommen, griff ich zu gefährlichen Mitteln. Ich forderte mich dazu heraus, einen Tag lang nichts zu essen, dann zwei und so weiter. Wenn ich schon über nichts anderes in meinem Dasein bestimmen konnte, durfte ich doch wenigstens entscheiden, was und wann ich aß. Ich bildete mir ein, Qual und Beklemmung zu beherrschen, indem ich mich selbst folterte, aber die Hungerkur verschlimmerte meinen Zustand nur.

Oder ich ritzte mir die Haut auf, obwohl auch der körperliche Schmerz meine seelische Qual nicht ersticken konnte.

Zum ersten Mal begann ich zu begreifen, warum die Menschen mit anderen über ihre persönlichen Angelegenheiten reden wollen. Bisher war mir das unbegreiflich gewesen. Wie könnte ein anderer Mensch mich verstehen?

Sprechen ist nur für normale Menschen gedacht. Plötzlich spürte ich einen Hauch von Empathie für die Normalen. Ich stellte mir vor, wie es wäre, sich für so banale Dinge wie Seitensprünge oder Scheidung zu geißeln. Wenn ich den Fehler beginge, irgendwem etwas über mein Leben zu verraten, müsste ich mich vor der Polizei fürchten.

Aber zum Sprechen brauchte man wohl keinen anderen Menschen. Liefe es nicht auf dasselbe hinaus, wenn ich gegen die Wand redete? Verständnis und Mitgefühl waren so oder so nicht zu erwarten.

Ich machte auch sonst alles allein. Andere Menschen brauchte ich nur zu einem Zweck.

Zum Töten.

CLARISSA

Schon bei meiner ersten Begegnung mit Arto Haaleajärvi fühlte ich mich unsicher. Wir hatten kaum auf den unbequemen Stühlen des *Kaffeesalons* Platz genommen, als Arto sich beeilte, mir zu sagen, wie sehr er mich bewundere und wie hoch er meinen Einsatz für Mädchen und Frauen, die Opfer sexueller Gewalt geworden waren, schätze.

Er sei nämlich Feminist.

Ich hatte im Lauf meines Lebens genug Männer kennengelernt, die vorgaben, sich einer hehren Idee verschrieben zu haben – nur um mich ins Bett zu kriegen.

Arto trug keinen Ring, aber das sagte in seinem Fall nichts darüber aus, ob er verheiratet war. Er wirkte wie ein Mann, der gern zu verstehen gab, dass er Junggeselle war.

Er war das typische Beispiel eines Mannes, der mit Frauen, die intelligenter sind als er selbst, ganz einfach nicht zurechtkommt.

Auch seine verlebte Erscheinung war nicht dazu angetan, mein Vertrauen zu wecken. Man sah ihm schon von Weitem an, wie die Diagnose lautete. Der Alkoholismus war so weit fortgeschritten, dass ich nicht verwundert gewesen wäre, hätte seine Leber mitten im Interview versagt und ich einen Krankenwagen rufen müssen. Sein Gesicht war fahl, seine Wangen hingen schlaff herab wie die Kehllappen bei einem Huhn, und der Kater trieb ihm kalten Schweiß auf die Stirn.

Arto schien ein hoffnungsloser Fall zu sein, kaum mehr fähig, seine Arbeit zu tun. Trotzdem hatte ich das Gefühl, er würde mich durchschauen und könnte seinen Lesern alle meine Geheimnisse enthüllen.

Er hatte eine so lange Laufbahn hinter sich, dass das berufliche Können ihm bestimmt in Mark und Bein übergegangen war.

Warum hatte ich mich auf dieses Spiel eingelassen? Was würde es mir bringen?

Vielleicht hatte ich auch Angst davor, dass in mir selbst der Wunsch aufkommen würde, Arto alle meine Sünden zu gestehen. Dass mich ein zwanghafter Wahrheitsdrang überkäme und ich mich nicht zurückhalten könnte.

Je größer das Geheimnis, das ein Mensch hat, desto begieriger ist er darauf, es zu enthüllen.

Ich hatte meine Gedanken für das Interview zu Papier gebracht, um nichts Wichtiges zu vergessen. Allerdings hätte ich auch ohne Notizen stundenlang über meine Spezialgebiete sprechen können, so gründlich war ich mit ihnen vertraut.

Als wir zur Sache kamen, holte ich das in lila Leder gebundene Notizbuch aus meiner rosenroten Chanel-Handtasche. Ich lächelte kurz, als ich sah, dass Pekka wieder einmal ein Post-it auf den Einband geklebt hatte. »Zeig's ihm!« Der Zettel sollte mich dazu anspornen, Arto das Maul zu stopfen. Pekka wusste, dass ich bei Interviews nervös war, auch wenn ich nach außen hin immer kühl und gelassen wirkte. Selbst die Tatsache, dass ich im Lauf der Jahre Dutzende, wenn nicht gar Hunderte Interviews gegeben hatte, verringerte meine Unruhe nicht.

Wir Frauen können unsere Leistungen nie restlos genießen,

sondern befürchten immer, dass man uns den Erfolg streitig macht, als hätten wir ihn nicht verdient.

In Gedanken betete ich mir Pekkas positiven Spruch vor: »Zeig's ihm! Zeig's ihm! Zeig's ihm!«

Arto Haaleajärvi würde auf der Hut sein müssen.

IRA

Auf dem Weg zu unserer zweiten Sitzung überlegte ich, ob es mir wirklich gelungen war, die für meine Zwecke geeignete Therapeutin zu wählen. War Clarissa Virtanen gutgläubig und dumm genug, um mir die ersehnte Karte »Du kommst aus dem Gefängnis frei« zu verschaffen?

Ich hoffte, dass meine Therapeutin unter Schuldgefühlen litt. Menschen, die sich darin suhlen, sind leicht zu manipulieren. Sie versuchen mit der Wut der Verzweiflung, die Welt für ihre Existenz zu entschädigen, ob ihr Schuldgefühl berechtigt ist oder nicht.

Es ist sinnlos, ihnen Asche aufs Haupt zu streuen. Barmherzigkeit wirkt bei ihnen viel besser. Ich würde meiner Therapeutin weismachen, dass ich als einziger Mensch auf der Welt bereit war, ihr all ihre Taten zu vergeben.

Alles hinge davon ab, ob sie mich retten konnte. Wenn ja, hätte sie sich damit selbst bewiesen, dass sie ein guter Mensch war.

Aber wenn sie doch nicht bereit wäre, ein für mich günstiges Gutachten zu schreiben?

Ich hatte nie eine Frau getötet.

Noch nicht.

ARTO

Sobald ich die Morgentoilette erledigt und zum Ausgleich einen kleinen Whisky getrunken hatte, beschloss ich, Irmeli anzurufen und ihr zu erzählen, dass ich Clarissa schon getroffen und interviewt hatte.

Ich nahm mir nicht einmal die Zeit, mich anzuziehen, sondern setzte mich in meinen löchrigen Boxershorts auf den Bettrand und wählte Irmelis Nummer. Diesmal hatte ich ihr etwas anzubieten, das sie beeindrucken würde! Ich hatte schon fast vergessen, was für ein Gefühl es war, stolz auf seine Arbeit zu sein.

Irmeli brachte es fertig, gleichzeitig anspornend und zweifelnd zu klingen.

»Arto, du platzt ja geradezu vor Eifer! Toll! Aber vergiss nicht, dass die Lifestyle-Beilage erst im Sommer erscheint, du hast also reichlich Zeit, deine Story zu bearbeiten. Schick sie mir erst, wenn du einen Diamanten daraus geschliffen hast.«

Irmeli glaubte an meine Fähigkeiten – oder auch nicht. Aber es stand fest, dass ich es mir nicht leisten konnte, ihr Vertrauen noch ein einziges Mal zu enttäuschen.

Ich legte auf, holte das Tonbandgerät hervor, drückte die Play-Taste und hörte mir das Interview an.

Nach einer Stunde erwog ich ernsthaft, mich für den Rest meines Lebens in meiner Wohnung zu verbarrikadieren. Das Interview war eine Verschaukelung wie des Kaisers neue Kleider. Ich hatte geglaubt, ich hätte Clarissa dazu gebracht, sich zu offenbaren. Gut, dass ich Irmeli gegenüber noch nicht geprahlt hatte, das Interview sei pures Gold, denn die Aufnahme enthüllte die traurige Wahrheit.

Anfangs lief alles mustergültig. Also so lange, wie das Interview sich um Clarissas Laufbahn und ihre Erfolge drehte. Sie antwortete ausführlich und steuerte interessante Anekdoten bei. Aber als ich die Sprache auf ihr Privatleben brachte, umging sie jede meiner Fragen. Eine totale Katastrophe, doch es kam noch schlimmer.

Plötzlich war auf dem Band nur noch meine Stimme zu hören.

Ich erzählte von einem Vorfall, an den ich mich überhaupt nicht mehr erinnerte.

»Ich war damals in der Oberstufe. Meine Freunde und ich haben eine spiritistische Sitzung organisiert.«

Das *s* zischelte auf dem Band wie immer, wenn ich nach einem feuchtfröhlichen Abend etwas gegen den Kater getrunken hatte.

Ungläubig spulte ich das Band vor und zurück. Eine spiritistische Sitzung? Daran hatte ich keinerlei Erinnerung. Trotzdem beschrieb ich sie immer detaillierter.

Und dann – ohne Vorwarnung – füllte süßlicher Lavendelduft meine Wohnung.

Mein Gedächtnis sprang mehrere Jahrzehnte zurück.

Lari, mein Klassenkamerad in der Oberstufe, war zum Schüleraustausch in New Orleans gewesen und hatte von dort ein Ouija-Brett mitgebracht. Es roch muffig, als hätte es in einem Keller gelegen, in dem es einen Wasserschaden gegeben hatte. Die Bilder auf dem Brett waren kindisch, geradezu unfreiwillig komisch. Als Lari mir das Brett zum ersten Mal zeigte, lachten wir gemeinsam über die blöden Dinger. Vielleicht blieben sie mir deshalb so gut im Gedächtnis, dass ich sie immer noch beschreiben kann.

In der oberen rechten Ecke war das Bild einer warzennasigen Hexe, die aus einer Kristallkugel weissagte. Die Hexe sah genauso aus wie die Königin in dem Zeichentrickfilm von Disney, die sich als alte Frau verkleidet hat, um Schneewittchen zu täuschen und ihr den vergifteten Apfel zu geben. In der linken unteren Ecke schwang ein Magier im bodenlangen schwarzen Umhang seinen Zauberstab.

Es war klar, dass das Brett nicht für Hexenkünste oder schwarze Magie gedacht war. Es handelte sich um ein harmloses Gesellschaftsspiel.

Trotzdem wollten wir es ausprobieren.

Lari war begeistert und bereitete unsere Sitzung sorgfältig vor. Er schlug vor, dass wir uns bei mir trafen, wenn meine Eltern das nächste Mal über das Wochenende in unser Sommerhaus fuhren. Das Ganze sollte im engen Schlafzimmer meiner Eltern stattfinden, damit die Atmosphäre so eindringlich war wie möglich.

Die Nachricht von der spiritistischen Sitzung hatte in unserer Schule bereits die Runde gemacht. In den Pausen sprachen Jungs aus der Parallelklasse, die wir kaum kannten, uns an und baten darum, teilnehmen zu dürfen – auch einige Mädchen zeigten Interesse. Lari ließ jedoch nur seine besten Freunde zu, mich und ein paar andere Jungs, die er seit der Kindheit kannte. Soweit ich mich erinnere, waren wir insgesamt sechs.

Am Samstagmorgen regnete es. Ich befürchtete schon, meine Eltern würden doch nicht ins Sommerhaus fahren, aber zum Glück klarte es bereits auf, als wir noch beim Frühstück saßen. Meine Mutter beschwor mich, brav zu sein.

»Du darfst keine Party geben, und wenn du es doch tust, musst du aufpassen, dass keiner etwas kaputt macht.«

Gegen sechs Uhr am Abend kam Lari an. Vor Begeisterung brachte er kaum ein Wort heraus. In der einen Hand hielt er eine Einkaufstüte, mit der anderen drückte er das Ouija-Brett an seine Brust und streichelte es zärtlich wie Gollum seinen Ring.

Lari eilte ins Schlafzimmer meiner Eltern, um alles vorzubereiten. Er zog die Tür hinter sich zu. Offenbar sollte auch ich nicht erfahren, was er im Sinn hatte.

Allmählich trudelten die anderen Jungs ein. Als die ganze Truppe versammelt war, öffnete Lari uns geheimnisvoll lächelnd die Tür. Wir marschierten ins Zimmer. Mit dem Gehabe eines Zeremonienmeisters schloss Lari die Tür hinter uns.

Ich kannte meine Freunde und wusste, dass keiner von uns die spiritistische Sitzung ernst nahm, nicht einmal Lari selbst.

Es war für uns nur ein Spiel.

Ich eilte ans Fenster und zog die Vorhänge zu. Nun lag das Zimmer im Halbdunkel, und die Gesichter der Jungs wurden ernst.

Wir setzten uns dicht gedrängt auf das Bett meiner Eltern.

Lari holte aus seiner Einkaufstüte eine violette Lavendelkerze, stellte sie auf den Nachttisch und zündete sie an. Sie war das einzige Detail unserer Sitzung, das auch nur entfernt auf schwarze Magie hindeutete.

Die Stimmung war gespannt. Lari hatte in seiner Tüte nur ein Bier pro Nase mitgebracht, aber zum Glück angelten meine Freunde weitere Getränke aus ihren Rucksäcken. Wir versuchten, unsere Nervosität zu überspielen, indem wir Witze rissen, aber das Tempo, in dem wir die Bierdosen leerten, verriet, wie uns zumute war.

Damals tat man sich noch nicht mit den Produkten von Mikrobrauereien groß, und es war auch nicht weiter schlimm, wenn das Bier lauwarm oder abgestanden war. Heute wird mir schon übel, wenn ich nur einen Schluck zimmerwarmes Bier trinke. Zum Glück gibt es auf der Welt noch andere alkoholische Getränke.

Wir waren schon leicht angetrunken, aber immer noch nicht zur Sache gekommen. Niemand traute sich, den Anfang zu machen. Schließlich hatte Lari genug von der Trödelei und nahm als Erster Kontakt zur Geisterwelt auf.

An dieser Stelle ist meine Erinnerung ziemlich verschwommen. Alle anderen hatten es schon versucht, nun war ich an der Reihe.

Ich griff nach dem Brett und zog es zu mir heran. Welche Frage ich den Geistern stellte, weiß ich nicht mehr, aber die Antwort bekamen alle mit.

Ein eiskalter Luftzug wehte durch den Raum und blies die Kerze aus.

Meine Freunde starrten mich entsetzt an. Ich konnte nicht anders, als lauthals zu lachen.

Im Lauf des Abends wurde das Ereignis immer wieder durchgehechelt, alle suchten nach einer rationalen Erklärung. Ich beteiligte mich an dem Tamtam, damit die anderen mir nicht auf die Schliche kamen.

Ich hatte das Schlafzimmerfenster einen Spaltbreit offen gelassen, in der Erwartung, dass der Wind es irgendwann aufstoßen würde. Als das Fenster sich knarrend zu öffnen begann, hatte ich nach dem Brett gegriffen und ihm meine Frage gestellt.

Am Montag erlöste ich meine Freunde aus der Ungewissheit. Zum Glück reichte ihr Sinn für Humor aus, damit sie mir den Trick nicht verübelten, auch wenn es ihnen peinlich war, dass ich es geschafft hatte, sie an der Nase herumzuführen.

Viele Jahre später – die Oberstufenzeit lag weit zurück, der alte Freundeskreis hatte sich in alle Winde zerstreut, und ich hatte die Sitzung längst vergessen – lag Marja im Krankenhaus, und ich wusste, dass sie bald sterben würde. Sie war schon so erschöpft, dass sie nur noch kurze wache Momente hatte, und selbst dann war ihr Geist weit weg.

Eines Abends, als ich von einer schnellen Einkaufstour zurückkam, setzte ich mich wieder an Marjas Bett. Ich strich ihr eine Haarsträhne von der Wange hinter das Ohr, als mir plötzlich Lavendelduft und der Geruch eines brennenden Dochts in die Nase stiegen.

Ich drehte mich um und suchte die Geruchsquelle. Auf dem Fensterbrett war während meiner Abwesenheit eine hässliche violette Kerze aufgetaucht. Ich stand auf, um sie zu löschen. Bevor ich die Kerze erreichte, kam durch das weit geöffnete Fenster ein kühler Windhauch, der die Flamme löschte.

Obwohl ich nicht an Übernatürliches glaube, kam ich nicht umhin, an meinen arroganten Trick bei der spiritistischen Sitzung zu denken und daran, dass die Geister das letzte Wort hatten.

CLARISSA

Schon eine Stunde vor dem Termin, den Ira reserviert hatte, stand ich in unserem Vorgarten und erwartete sie zu unserer zweiten Sitzung. Ich sehnte mich nach einem alkoholischen Mutmacher. Alkoholgenuss war mit meiner Ethik als Therapeutin unvereinbar, aber ich malte mir dennoch aus, wie ich einen kleinen Schluck aus der Rotweinflasche trinken und wie der Wein meine Kehle streicheln würde.

Ich schob die genüssliche Vorstellung von vollmundigem Wein beiseite und versuchte, mich zu entspannen, indem ich die Statue betrachtete, die unsere Haustür bewachte.

Es war eine Kopie der Kleinen Meerjungfrau von Edvard Eriksen, die sich im Hafen von Kopenhagen befindet. Pekka hatte sie als Hochzeitsgeschenk für mich mit einer Motorsäge geschnitzt.

Mit einer Kettensäge bringt man keine so schöne Statue zustande wie mit Stein und Meißel, aber Pekkas Werk hatte seinen eigenen Reiz. Das Gesicht der Meerjungfrau war schartig und trotzdem schön. Einige meiner Patientinnen schienen sich vor der Statue zu fürchten. Sie schlugen einen weiten Bogen um sie, als könnte sie jederzeit zum Leben erwachen, sie bei den Handgelenken packen und sie mit Gewalt in ihre Arme reißen.

Die Geschichte der kleinen Meerjungfrau ist tragisch, denn die Meerjungfrau opfert ihr eigenes Glück für das des Prinzen.

Meine Aufgabe war es, ein glückliches Ende für die Lebensgeschichten meiner Patientinnen zu schreiben. Ich war für sie alle verantwortlich. Aber was, wenn ich diesmal scheitern würde, wenn ich Iras Vertrauen enttäuschte und ihr nicht helfen konnte?

Ich wusste, dass diese Möglichkeit bestand. Ich war auch früher schon gescheitert.

Verhängnisvoll.

Aber ich durfte nicht über die Misserfolge nachgrübeln, denn sonst würde ich wieder an Riku denken. Und wenn ich an Riku dachte, würden Gefühle in mir aufwallen, die ich mir untersagt hatte: Scham, Schuld und Reue.

Mir blieb keine andere Wahl, als daran zu glauben, dass es mir gelingen würde, Ira zu retten.

Ich brauchte unbedingt eine Zigarette. Es blieb nicht bei einer, sondern ich qualmte drei hintereinander weg. Am liebsten hätte ich mir noch eine vierte angezündet, aber ich war auch so schon wacklig auf den Beinen.

Ich sammelte die Kippen auf, ging ins Haus und spülte sie in der Toilette hinunter. Pekka war strikt dagegen, dass Frauen rauchten, daher versuchte ich mein Laster vor ihm zu verbergen, wenn auch nur halbherzig. Pekka sprach mich nie darauf an. Als würde es ihm schon reichen, wenn ich wenigstens so tat, als ob.

Spielt nicht jedes Paar ein sadistisches Machtspiel, ohne es zu merken?

Ich brachte es einfach nicht fertig, in meinem Arbeitszimmer zu sitzen, sondern lief hitzig und nervös auf dem Teppich im Kreis. Das hypnotisierende Rautenmuster des Teppichs flimmerte vor meinen Augen und kündigte eine Migräne an. Ich hatte Angst davor, wieder innerlich zu erstarren, wenn ich Ira sah.

Endlich klingelte es.

Ich holte Ira im Windfang ab und führte sie in die Praxis. Sie wirkte so zerbrechlich, dass ich sie am liebsten an der Hand genommen hätte, als könnte ich dadurch sicherstellen, dass sie nicht in Stücke brach und zerbröselte.

Trotzdem entschied ich mich dafür, die angemessene Distanz zu halten, die in der Beziehung zwischen Patientin und Therapeutin üblich ist. Ehrlich gesagt, fürchtete ich, dass ich ihre Hand nicht mehr würde loslassen können. Ich begnügte mich damit, meine Hand mit ein paar Zentimeter Entfernung in ihrem Rücken zu halten.

Vermutlich bemerkte sie meine Geste nicht.

Ich übernahm sofort die Führung. Ira hatte kaum ihr Regencape ausgezogen und neben sich auf das Sofa gelegt, als ich auch schon loslegte.

»Erzähl mir erst einmal von deiner Familie. Hast du Geschwister? Wie ist dein Verhältnis zu deinen Eltern?«

Diese Fragen hätte ich ihr unbedingt schon bei unserer ersten Sitzung stellen müssen. Ich war immer noch wütend auf mich selbst, weil ich mich nicht an die übliche Prozedur gehalten hatte.

»Ich habe keine Geschwister. Meine Eltern ... Unser Verhältnis ... Schwierig ... Nein ... Ich möchte nicht über sie reden, weil ... Nein, ich spreche nicht über sie ...«

Ich seufzte tief, fast ohne es zu merken.

Hoffentlich war Ira künftig gesprächiger. Eine Therapie ist eine einzige mühselige Plackerei, wenn man die Antwort auf jede Frage hervorzupfen muss wie einen Rocksaum, der in der Tür eingeklemmt ist. Das ist eine der Schattenseiten meines Berufs, aber daran habe ich mich längst gewöhnt.

Iras mürrische Art begann, mich zu ärgern. Ich bin gut darin, mich selbst zu analysieren, ich habe nämlich eine lange Psychoanalyse hinter mir. Der Grund für meinen Ärger war die Enttäuschung. Warum gab Ira meinem Wunsch, ihr zu helfen, nicht nach?

Es kam mir vor, als hätte ich aus unserer Sitzung nichts herausgeholt.

Ich begleitete Ira zum Ausgang. Als die Tür hinter ihr zufiel, fluchte ich leise vor mich hin.

Dann kehrte ich in meine Praxis zurück und sah, dass sie die Sofakissen durcheinandergebracht hatte. Auch das noch!

Unordentliche Menschen mochte ich nicht. Es reichte, dass ich hinter meinem lieben Mann herräumen musste. Mal lagen dreckige Unterhosen auf dem Fußboden, mal verschwitzte Socken.

Als ich die Kissen zurechtrückte, merkte ich, dass unter einem ein mehrfach gefalteter Papierbogen hervorlugte. Ich faltete den Bogen auf und strich ihn glatt. Auf der Rückseite entdeckte ich eine Kohlezeichnung. Mein Herz verkrampfte sich.

IRA

Während meine Therapeutin bei unserer ersten Sitzung im eigenen Dunst zu versinken schien, preschte sie bei unserer zweiten Begegnung im Laufschritt voran.

Noch bevor ich durch die Haustür in den Windfang gekommen war, hielt sie mir die Hand hin. Sie schob sich zu nah an mich heran und blies mir eine nach Zigaretten riechende Atemwolke ins Gesicht. Ihre Finger waren nikotingelb, und ich hätte sie lieber nicht berührt, weil ich fürchtete, der Geruch würde sich an meine Hand heften. Meine Armreifen klirrten, als ich ihr so kurz wie möglich die Hand gab.

Die Therapeutin folgte mir aus der Diele in die Praxis und hielt ihre Hand nur ein paar Zentimeter von meinem Rücken entfernt, wie eine stolze Mutter, deren Kind die ersten Schritte macht. Sie merkte nicht, wie zuwider mir ihre Nähe war.

Sie hätte doch schon aufgrund ihres Berufes verstehen müssen, dass jeder Mensch sein eigenes Revier hat, in das man nicht eindringen darf.

Die Therapeutin wirkte ungeduldig, als ich an der Tür zur Praxis stehen blieb und versuchte, die verknoteten Schnürsenkel zu öffnen, damit ich meine Springerstiefel ausziehen und in die rosa Pantoffeln aus dem Korb schlüpfen konnte, über dem ein mahnender Zettel hing: »Nur in Pantoffeln in die Praxis!!!«

Ich war gerade erst dabei, mein Regencape glatt zu streichen, als sie mich auch schon mit einem Dauerfeuer von Fragen belegte. Ich brachte meine Empörung über ihren Übereifer zum Ausdruck, indem ich mein wassertriefendes Cape quälend langsam zu einem exakten Quadrat faltete, das ich sorgfältig neben mir auf das Sofa legte. Erst danach war ich bereit, ihre Fragen zu beantworten.

Die abweisende Miene meiner Therapeutin verriet, was sie davon hielt, dass ich beschlossen hatte, mein nasses Cape während der Sitzung auf ihrem Sofa zu verwahren. Einen Kommentar verkniff sie sich allerdings.

Ich hätte meine Antworten auf ihre Fragen schon zu Hause aufschreiben und ihr den Zettel überreichen können. So war es immer: Ein Therapeut folgte auf den anderen, und jedes Mal musste man von vorn beginnen. Immer und ewig dieselben Fragen. Eltern, Geschwister, Diagnosen, Medikamente? Ich unterdrückte ein Gähnen.

Beinahe hätte ich angefangen zu lügen, konnte mich aber gerade noch zügeln. Die Wahrheit ist langweilig, besonders, wenn man sie immer aufs Neue wiederholt. Aber ich musste in den Punkten ehrlich sein, die man anhand offizieller Quellen überprüfen konnte. Ich tröstete mich damit, dass ich später reichlich Gelegenheit haben würde, Märchen zu erzählen.

Die Therapeutin wirkte zufrieden, als sie die Hintergrundinformationen bekommen hatte, obwohl ich mich weigerte, über meine Eltern zu sprechen. Sie leckte sich die Lippen wie eine Katze, die Sahne geschleckt hat.

Ich konnte beinahe das Rauschen ihrer Gedanken hören, als sie sich mein Krankheitsbild zurechtlegte.

Ihre Miene verhieß Mitgefühl.

Alles war gerade so, wie es sein sollte.

Als Nächstes musste ich eine glaubhafte Erklärung erfinden, weshalb ich eine Therapie beginnen wollte. Zum Glück hatte ich mir die Antwort im Voraus überlegt.

Ich versuchte, meinen Blick auf die Therapeutin zu heften, aber er wanderte zu dem Sperling, der draußen auf dem Fensterbrett aufgeregt Körner pickte.

»Ich habe das Gefühl, dass ich meine Kindheit nicht losgeworden bin. Als würde die Kindheit mich immer noch definieren. Ich möchte sie hinter mir lassen. Zum ersten Mal spüre ich, dass ich dazu bereit bin. Aber ohne Hilfe schaffe ich das nicht. Und ich bin mir nicht einmal sicher, ob es mit einer Therapie gelingt.«

Meine Therapeutin nickte und lächelte verhalten. Ich kann die Seelenklempner um ihr Schauspieltalent nur beneiden!

»Eine Therapie ist eine mutige Entscheidung. Nur wenige wagen es, die Verantwortung für ihr Leben zu übernehmen. Meistens schieben die Menschen die Verantwortung auf ihre Eltern ab und sagen, so ist mein Leben nun mal, daran kann ich nichts ändern«, antwortete die Therapeutin ernst.

Das hörte sich nicht gut an. Wer hatte denn die Verantwortung für mein Leben, wenn nicht meine Kindheit und meine Eltern? Ich jedenfalls nicht!

Würde meine Therapeutin wollen, dass ich auch für meine Verbrechen die Verantwortung übernahm? Nein, das sah jetzt gar nicht mehr gut aus.

Ich beschloss, auf Umwegen herauszufinden, wie sie zu dem Thema stand.

»Man kann an seiner Situation ja nicht immer etwas ändern.«

Auf der Stirn der Therapeutin bildete sich eine bedrohlich tiefe Falte.

»Man kann immer selbst etwas tun. Immer.«

Was für eine Scheinheiligkeit! In mir kochte Wut auf. Ich würde meine Therapeutin töten müssen.

Ich konnte ihr schwärmerisches Gerede keine Sekunde länger ertragen. Zu glauben, dass gerade die Patientinnen, die sie behandelte, von jedem Trauma geheilt würden, war doch reiner Narzissmus. Ihre Selbstgefälligkeit war geradezu salbungsvoll!

Ich stellte mir vor, wie meine Finger sich um den blassen Hals meiner Therapeutin legten. Ich würde sie erwürgen.

Doch ich verdrängte die Vorstellung und zwang meine Gedanken zurück in die Gegenwart.

»Du kannst mich also heilen?«

Die Therapeutin wand sich wie ein Aal.

»Ich finde es schade, dass die Menschen zum Beispiel Gartenpflege als Therapie bezeichnen. Eine Therapie ist kein Freizeitvergnügen, sondern Arbeit. Du musst die ganze Arbeit selbst tun. Ich bin nur zu deiner Unterstützung da. Es hängt von dir ab, ob die Therapie gelingt. Das Gute daran ist, dass du dir die ganze Ehre selbst zuschreiben kannst, wenn du geheilt wirst.«

Sie wirkte aufrichtig. Ich konnte nicht glauben, dass jemand so einen Scheißjob macht und sich dafür nicht einmal eine Feder an den Hut stecken will.

CLARISSA

Nach unserer zweiten Begegnung fühlte ich mich rastlos. Ich brauchte frischen Wind im Kopf. Beim Anblick von Iras Zeichnung hatte ich eine Gänsehaut bekommen, ich wollte das düstere Bild aus meinen Gedanken vertreiben.

Düsterkeit konnte ich mir nicht leisten, denn wenn ich mich ihr überließ, würde Riku mir wieder im Kopf herumspuken.

Ich hatte versucht, die Erinnerung an ihn in den hintersten Winkel meines Unbewussten zu verbannen, aber Riku war nicht bereit, sich abweisen zu lassen. Er versuchte, sich in mein Bewusstsein zu drängen wie ein Stalker, der sein Opfer selbst dann nicht in Ruhe lässt, wenn er bereits ein Annäherungsverbot bekommen hat.

Ich beschloss, einen Spaziergang an der Töölö-Bucht zu machen. Deshalb rief ich Harri an und bat ihn, mir Gesellschaft zu leisten.

Der Psychoanalytiker Harri Kuikkasuo, emeritierter Professor für Psychologie, war seit fünf Jahren mein Mentor. Wir hatten uns bei seiner Vorlesung über sexuellen Missbrauch kennengelernt.

Nach der Vorlesung hatte ich ihn angesprochen. Wir hatten

so viel Gesprächsstoff, dass wir schließlich den Abend in einem Restaurant in der Nähe verbrachten. Ich glaube, dass meine leidenschaftliche Einstellung zur therapeutischen Arbeit Harri beeindruckte, denn er nahm mich unter seine Fittiche. Als er bald nach der Vorlesung in Rente ging und gleichzeitig seine inoffizielle Position als diensthabender Dozent im Bereich Psychiatrie und Psychologie aufgab, trat ich seine Nachfolge an.

Wir hatten die Angewohnheit, bei unseren Spaziergängen formlos über meine beruflichen Probleme zu sprechen. Für seine Tätigkeit als Mentor forderte Harri schon seit längerer Zeit kein Honorar mehr von mir.

Wir verabredeten uns vor dem Haupteingang der Oodi-Bibliothek.

Während ich auf Harri wartete, wunderte ich mich über die Kette dunkel gekleideter junger Mädchen, die im Schneegeriesel vor der Bibliothek Schlange standen.

Riku hatte mir nie erzählt, ob er eine Freundin hatte, und ich hatte ihn nicht danach gefragt. Die Mädchen in der Schlange wären bestimmt nach seinem Geschmack gewesen. Ich stellte mir vor, wie Riku an ihnen vorbeiging und sie ihn bewundernd ansahen. Riku war so schön gewesen.

Was mochte von seiner Leiche übrig sein?

Wo kam dieser krankhafte Gedanke her? Ich musste meinen Geist unter Kontrolle bringen!

Ich zwang mich, Riku aus meinem Kopf zu vertreiben.

Harri unterbrach meine Überlegungen. Er winkte mir schon von Weitem zu und umarmte mich sanft, als er vor mir stand. Wir machten uns auf den Weg um die Töölö-Bucht.

»Hast du es gemerkt? Schon wieder!« Harri zog mich gern damit auf, dass ich seinen Platz in der Öffentlichkeit übernommen hatte. Immer wenn er auf unseren Spaziergängen sah, dass ein Passant mich erkannte, knuffte er mir den Ellbogen in die Seite.

»Wem gibst du dein nächstes Interview?« Harri konnte seine Neugier nicht zügeln.

»Ich bin gerade für die *Helsinkier Nachrichten* interviewt worden. Nicht als Expertin, sondern für ein Porträt.«

Harri zog verwundert die Augenbrauen hoch, sagte aber nichts.

»Natürlich habe ich nicht über mein Privatleben gesprochen!«

Harri und ich hatten wer weiß wie oft darüber geredet, wie Therapeuten in den Medien auftreten sollten. Harris Standpunkt war immer rigoros gewesen.

»Clarissa, merk es dir! Wenn eine Frau auf dem Titelblatt einer Frauenzeitschrift posiert, verliert sie ihre Glaubwürdigkeit als Expertin, während ein Mann dadurch nahbarer wird.«

Wir kehrten zu unserem Startpunkt zurück. Nachdem ich mich von Harri verabschiedet hatte, peilte ich die Oodi-Bibliothek an, denn ich wollte irgendeinen seichten Roman ausleihen, in dessen Traumwelt ich versinken konnte.

Ich stieß die Tür zur Bibliothek auf. Als das Lachen aus dem Café im Foyer an meine Ohren drang, erstarrte ich und spürte kalte Schauder auf der Haut. Ich zwang mich aus meiner Starre und ging mit so langen Schritten ins Café, wie mein Rock zuließ.

Ich blickte mich überall um, aber Riku war nicht zu sehen.

IRA

Ich schloss die Tür der Praxis hinter mir. Alles war genau nach meinem Drehbuch verlaufen – wenigstens bis jetzt. Ich hatte dankbar geweint, als die Therapeutin mir Heilung versprochen hatte. Sie hatte mir ein Taschentuch gereicht und versichert, das sei ein guter Anfang. Die Existenz eines Problems zuzugeben sei der erste Schritt zu seiner Lösung.

Hoffentlich würde ich mir nicht ständig derartige Ein-Cent-Banalitäten anhören müssen. Ebenso gut könnte ich mir in der Bibliothek Paulo Coelhos Werke ausleihen.

Die Entschlossenheit der Therapeutin war allerdings vielversprechend. Nur weiter so!

Ich lächelte zufrieden, weil ich daran gedacht hatte, meinen brillanten Plan zu verwirklichen. Scheinbar versehentlich hatte ich eine Zeichnung aus meiner Jackentasche auf das Sofa rutschen lassen.

Ich hatte beschlossen, bei jedem Besuch ein kleines Erinnerungsstück zu hinterlassen. Dann würde der Eindruck schwinden, dass die Zeichnung aus Versehen auf dem Sofa gelandet war. Stattdessen könnte man den Vorfall so interpretieren, dass ich zwar mit meiner Therapeutin kommunizieren wollte, verbal aber nicht dazu fähig war. Unabhängig von ihrer Schule waren bestimmt alle Psychologen der Ansicht, dass Zeichnungen ein direkterer Weg in die menschliche Psyche sind als verbale Kommunikation.

Als ich wieder zu Hause war, holte ich den alten Schuhkarton hervor.

Zuoberst im Karton lag eine kleine Holzpuppe, so lang wie mein Mittelfinger.

Ich streichelte die Puppe mit dem Daumen. Sie war so sorgfältig geschliffen, dass ihre Oberfläche sich fast so glatt anfühlte wie Plastik.

Die Puppe trug einen grauen Anzug und eine schwarze Krawatte mit weißen Tüpfelchen. Die Kleidung war mit einem kleinen Pinsel exakt aufgemalt.

Die Puppe war perfekt.

Jedenfalls beinahe.

Jemand hatte ihr den Kopf abgesägt.

Nachdem ich die Puppe eine Weile betrachtet hatte, stellte ich sie auf die Ecke meines Schreibtischs. Dann widmete ich mich wieder dem Karton.

Er war voll von Bildern, die einen Käfig und den Scheißkerl zeigten. Ich hatte sie gezeichnet, als ich zehn war und mir zu beweisen versuchte, dass ich mir meine Entführung nicht nur eingebildet hatte. Dreißig Zeichnungen. Eine für jeden Tag des Monats nach dem Käfig. Hass, Beklemmung, Wut. Dann hatte ich aufgegeben.

Die Zeichnungen zeigten überraschend viele Einzelheiten. Wie war ich in so jungen Jahren fähig gewesen, alles Wesentliche festzuhalten?

Das Wesen des Scheißkerls war so gut getroffen, dass man ihn anhand der Zeichnung sicher immer noch erkennen würde. Es war mir gelungen, in seinen Porträts nicht nur sein Äußeres, sondern auch seinen Charakter darzustellen. Wer sein sadistisches Lächeln und seine höhnischen Augen gesehen hatte, würde sie nie mehr vergessen können.

Ich hatte nicht mit der Wirkung gerechnet, die diese Zeichnungen auch nach zehn Jahren noch auf mich hatten. Die Erinnerungen überfluteten mich mit erschütternder Kraft.

Flashbacks gehören zu den Symptomen einer posttraumatischen Stressreaktion. Wenn ich beim Einkaufen an der Kasse Schlange stand oder im Bus saß oder mich in irgendeiner anderen alltäglichen, normalen, harmlosen Situation befand, schoss mir manchmal irgendetwas durch den Kopf, was ich im Käfig erlebt hatte. Die Flashbacks wirkten so real, dass ich meist eine unkontrollierbare Panikattacke bekam. Diesmal traf mich die Welle der Übelkeit so überraschend, dass ich es nicht mehr zur Toilette schaffte. Ich kotzte auf das erste Porträt des Scheißkerls. Zum Glück hatte ich mehrere gezeichnet.

Warum sollte ich neue Zeichnungen machen? Die Bilder, die ich als Kind verfertigt hatte, waren authentisch und würden meine Geschichte viel besser untermauern.

In den alten Zeichnungen waren meine Gefühle noch roh wie eine frisch in die Haut geschnittene Wunde. Ich würde nicht fähig sein, das atavistische Grauen zu imitieren, das ich als Kind empfunden hatte. Ein Erwachsener kann die Gefühle eines Kindes nicht ausdrücken.

Mir kam gar nicht in den Sinn, dass meine Zeichnungen jemand anderem als meiner Therapeutin in die Hände fallen könnten.

Am Abend, als ich mich frustriert im Bett wälzte und auf den Schlaf wartete, erinnerte ich mich an die Haustür der Therapeutin. Daran hing ein Post-it-Zettel in grellem Pink, auf dem in schöner Handschrift stand: »Du bist auf dem Weg in dein Inneres.«

Ich kannte keinen schlimmeren Ort.

ARTO

Zum Glück hatte Irmeli mir so viel Spielraum gelassen, dass ich die Arbeit an Clarissas Porträt wochenlang vor mir herschieben konnte, bis ich es dann doch für angebracht hielt, es fertigzustellen.

Das Interview schickte ich anschließend sofort an Irmeli, obwohl der Papierkorb die bessere Adresse gewesen wäre.

Kaum eine Viertelstunde später erhielt ich von Irmeli eine Nachricht, deren Tonfall, gelinde gesagt, barsch war.

»Komm her. Sofort.«

Schon nach einer halben Stunde traf ich in der Redaktion der *Helsinkier Nachrichten* ein. Irmeli erwartete mich in der Eingangshalle und winkte mich in ihr Büro.

Die Enttäuschung stand ihr ins Gesicht geschrieben. Wenn man die Frauen meines Lebens fragen würde, welches Gefühl ich am häufigsten in ihnen geweckt habe, würde die Antwort zweifellos lauten: Enttäuschung.

»Arto, wie ist das möglich?«

Irmeli drehte zwei DIN-A4-Bögen in den Händen und seufzte müde. Von mir ermüdet. An schlechten Tagen nannte sie mich

Arto, und zwar in äußerst offiziellem Ton. Artsi hieß ich bei ihr immer seltener.

»Vielleicht hat Clarissa mich hypnotisiert?«

Irmelis Lippen wurden noch schmaler und stellten klar, dass jetzt nicht die Zeit für Witze war.

Ich hatte aus Clarissas Interview so viel herausgeholt wie nur möglich. Mit anderen Worten: Ich hatte versucht, aus dem Nichts etwas hervorzuzaubern. Irmeli fand es unfassbar, dass ich meine Zeit für einen Artikel vergeudet hatte, der nicht veröffentlicht werden konnte. Einem Anfänger konnte so etwas natürlich passieren, aber nicht einem alten Hasen wie mir.

»Arto, ich möchte dir etwas sagen.«

Auf so eine Einleitung folgt nie etwas Gutes. Ich hatte schon länger damit gerechnet, dass Irmeli meinen Freelancer-Vertrag kündigen würde, und nun war es offenbar so weit.

»Als ich dich gefeuert habe, warst du am Boden. Die wenigsten hätten gewagt, jemanden als freien Mitarbeiter zu beschäftigen, dem sie gerade erst wegen Alkoholismus gekündigt hatten. Und ich habe es nicht aus Mitleid getan. Ich habe immer gewusst, dass du mich dafür belohnen würdest, wenn du eine zweite Chance bekommst.«

Was das Mitleid anging, log sie.

Mitleid war der einzige Grund, weshalb Irmeli mir gleich nach dem Rauswurf einen Freelancer-Vertrag angeboten hatte.

Warum sie Mitleid mit mir hatte? Aus einem ganz einfachen Grund: Ich war der Witwer ihrer besten Freundin Marja.

Irmeli war noch nicht fertig.

»Selbst wenn du alle Whiskyflaschen der Welt austrinkst, wirst du Marja auf ihrem Grund nicht finden.«

Als hätte ich das nicht gewusst. Aber das Wissen hinderte mich nicht daran, es zu versuchen.

»Wir machen es jetzt so: Du triffst dich noch einmal mit

Clarissa. Und diesmal holst du eine persönliche Bilanz aus ihr heraus, selbst wenn du ihr dafür den Hals umdrehen müsstest.«

Irmelis Tonfall wurde immer härter.

»Mit dem Saufen ist jetzt Schluss. Hast du mich verstanden? Jetzt!«

Sie scheuchte mich aus ihrem Zimmer, wie eine Schulleiterin einen Lausejungen nach der Strafpredigt davonschickt. Mir kam ein Satz in den Sinn: »Jede Wolke hat einen Silberrand.« Mit dieser Banalität hatte Clarissa unsere Leserinnen und Leser in ihrem Interview bedacht.

Aber wie sollte ich Clarissa nach diesem Fiasko dazu bewegen, sich noch einmal mit mir zu treffen?

Das Interview mit der Therapeutin hatte mein Trauma an die Oberfläche geholt.

Ich vergaß Irmeli und Clarissa und dachte wieder an sie, an wen sonst?

Sie hatte sicher keinen Gedanken mehr für mich übrig. Garantiert glaubte sie, dass auch ich nicht mehr an sie dachte – und war erleichtert darüber.

Aber sie irrte sich.

Sie war mich nicht losgeworden.

Und dazu würde es auch nie kommen.

IRA

Ich saß im Bus auf dem Weg zu meiner dritten Therapiesitzung und überlegte, was meine Therapeutin zu der Zeichnung sagen würde, die ich auf dem Sofa in ihrer Praxis hinterlassen hatte.

Meine Therapeutin besaß eine seltene, echte Sensibilität. Ich war mir sicher, dass meine Zeichnung sie zutiefst bewegt hatte. Ihr erinnert euch sicher an Edvard Munchs Klassiker *Der Schrei*? Multipliziert die erschütternde Beklemmung und den Horror, die darin zum Ausdruck kommen, mit hundert. Oder mit tausend.

Vielleicht könnte man mein Werk sogar vor Gericht als Beweis für meine Unzurechnungsfähigkeit vorlegen?

Ungeduldig setzte ich mich auf das Sofa in der Praxis meiner Therapeutin. Jetzt würden wir zur Sache kommen! Aber nein! Sie begann, belangloses Zeug zu labern. Ich wand mich rastlos auf dem Sofa, kaute an meiner Nagelhaut und wartete darauf, dass sie das Gespräch endlich auf die Zeichnung brachte.

Als unsere Sitzung sich dem Ende näherte und mir klar wurde, dass meine Therapeutin nicht die Absicht hatte, über mein Geisteserzeugnis zu sprechen, wurde ich wütend. Ging es um ein krankhaftes Machtspiel?

Dieses Spiel beherrschte ich auch! Ich war mir sicher, dass die Therapeutin, auch wenn sie meinen ersten Köder nicht geschluckt hatte, nicht umhinkönnte, meine Werke, die den Käfig und den Scheißkerl darstellten, zu kommentieren. Ich bot ihr die tiefsten Geheimnisse meiner Seele auf dem Silbertablett an!

Was tat die Therapeutin mit meinen Zeichnungen?

Ich weiß es nicht, aber manchmal stelle ich mir vor, dass sie sie betrachtet und an mich denkt.

Vielleicht sind ihre Gedanken nicht gerade schmeichelhaft, aber immerhin denkt sie an mich.

CLARISSA

Es war schwierig, Ira gegenüberzusitzen und so zu tun, als wäre nichts geschehen. Als würden ihre Zeichnungen gar nicht existieren oder als hätte ich sie nie gesehen.

Wir erwähnten die Zeichnungen nie, mit keinem Wort. Und dennoch brachte Ira sie mir hartnäckig bei jeder Sitzung. Vielleicht dachte sie, sie könne mich mürbemachen.

Gebt mir eine Chance, mich zu verteidigen! Es war – jedenfalls am Anfang – ein purer Lapsus, dass ich Ira nicht auf die Zeichnungen ansprach.

Nachdem ich mich vom ersten Schock erholt hatte, war ich zu dem Entschluss gelangt, dass wir bei unserer dritten Sitzung über nichts anderes reden würden als über die Zeichnung. Wir würden sie gemeinsam betrachten und herauszufinden versuchen, was sie über Ira aussagte.

Da Ira von Natur aus sehr eigen wirkte, dachte ich, dass ich es wagen könnte, bei ihrer Behandlung kreativere Methoden anzuwenden als gewöhnlich. Obwohl ich keine kunsttherapeutische Ausbildung hatte, hatte ich mir überlegt, ihre Zeichnung zu nutzen. Sofern ich mithilfe des Bildes eine erste Verbindung zu ihr bekäme, würde die sich hoffentlich so festigen, dass ich später Methoden anwenden konnte, die mir besser lagen, zum Beispiel die Traumanalyse.

Ich hatte sogar eine Liste von Fragen notiert, die wir erörtern könnten. Erzählte das Bild von Iras Kindheit, oder beschrieb es ihr heutiges Leben? Woran hatte sie beim Zeichnen gedacht? Erinnerte es sie an eine bestimmte Situation? Was würde das Bild sagen, wenn es sprechen könnte? Was sah sie selbst darin? Versuchte ihre Mutter, sie zu ersticken? Hatte sie ihren eigenen Tod gezeichnet?

Als es ernst wurde, war ich nicht fähig, meinen Plan zu verwirklichen. Wie soll ich es erklären? Jetzt wirkt alles so vernunftwidrig.

Die Wahrheit ist: Ich hatte Mitleid mit Ira.

Die Zeichnung war so brutal und grotesk, dass es mir grausam erschien, sie zur Sprache zu bringen. Ich wollte, dass Ira wenigstens einen Ort auf der Welt hatte, an dem sie sich sicher fühlen durfte, vielleicht zum ersten Mal in ihrem Leben. Verdient nicht jeder von uns einen solchen Ort?

Ich wollte all das Böse, das die Zeichnung zum Ausdruck brachte, aus meiner Praxis aussperren. Lacht nicht – ich betrachtete den Raum als eine Art Gebärmutter. Als bliebe das Böse unter Kontrolle, wenn ich es jenseits der Tür halten konnte.

Wie ihr wisst, brachte Ira selbst das Böse herein.

Mein Lieblingsphilosoph Ludwig Wittgenstein hat gesagt, worüber man nicht sprechen kann, darüber muss man schweigen. Ich musste feststellen, dass das, worüber man nicht sprechen kann, einem unaufhörlich durch den Kopf geht. Und alles, was wir sagten, verwies auf die eine oder andere Art auf das, worüber wir schwiegen.

Alle unsere Gespräche waren mit Bedeutungen aufgeladen, die aus dieser Sprachlosigkeit auf sie projiziert wurden. Das brachte eine solche Spannung in unseren Umgang, dass niemand außer uns die wirklichen Bedeutungen unserer Worte hätte verstehen können.

All die Verweise, Symbole, Fußnoten ... Wusste ich wirklich, was sie bedeuteten? Vielleicht hatte Ira auch das geplant?

Und wenn sie mich mit ihren Zeichnungen manipulierte? Sie fesselten meine Aufmerksamkeit so sehr, dass ich die Dinge übersah, auf die ich mich hätte konzentrieren müssen.

Waren die Bilder nur ein Mittel, mich in die Irre zu führen? Wäre mir alles klar geworden, wenn ich nicht in ihrem Bann gestanden hätte? Überschüttete Ira mich mit obskurer Symbolik, weil sie glaubte, ich würde es genießen, sie zu analysieren?

Ich grübelte über die Bedeutung der Zeichnungen, dabei verbarg sich die Wahrheit ganz woanders.

IRA

Nach unserem dritten Treffen packte mich eine mörderische Wut. Es ärgerte mich maßlos, dass meine Therapeutin keinen einzigen Gedanken für meine Zeichnung übrig gehabt hatte.

Nach der Sitzung sprang ich in den Bus und schimpfte halblaut vor mich hin. Der Mann, der nach mir eingestiegen war, wollte sich neben mich setzen, aber als er mich fluchen hörte, sah er mich nur verständnisvoll an und ging weiter in den hinteren Teil des Busses.

Ich hatte mich schon entschieden, was ich als Erinnerung an meine Therapeutin stehlen würde, falls ich sie töten musste. Sie trug eine dünne Halskette, an der ihr Name in goldenen Buchstaben hing. Das Pünktchen auf dem Buchstaben i schmückte ein kleiner Diamant. Ich malte mir aus, wie der Edelstein im Licht meiner Nachttischlampe funkeln würde, wenn ich im Bett lag und an unsere gemeinsamen Momente zurückdachte.

Meine Gefühle waren so in Aufruhr, ich merkte nicht einmal, dass ich aus dem Bus ausgestiegen und ins Shoppingcenter Kamppi geraten war. Normalerweise machte ich einen weiten Bogen um das Gebäude. Sobald mir aufging, wo ich mich befand, verschlimmerte sich mein Zustand.

Ich hasste Einkaufszentren. Der Gedanke, dass alle Menschen, die mir begegneten, gerade etwas fühlten, widerte mich an. Hass, Liebe, Unsicherheit, Glück, Neid, Bedrückung, all das in denselben Raum gepfercht! Und ich musste durch all diese Gefühle kriechen wie eine Ameise, die ins Marmeladenglas gefallen ist. Als hätte ich nicht schon selbst genug Gefühle.

Das Schlimmste war, dass man keinem von außen ansah, was er empfand, und ich keine Möglichkeit hatte, die Gefühle der Leute zu deuten. Das teilnahmslose Auftreten eines Teenie-Mädchens konnte ebenso gut Lust wie Qual ausdrücken.

Auf den Gängen hatte ich das Gefühl, das Rauschen der menschlichen Gehirne würde noch lauter widerhallen als die Musik im Fahrstuhl. Selbst wenn niemand etwas gesagt hätte, wäre es mir so vorgekommen, als würde mir gleich der Kopf platzen. All die Träume, Hoffnungen, Pläne. Die egoistische Vorstellung, dass gerade ich bedeutungsvoll bin, dass mein Leben einen Sinn hat, dass die ganze Welt sich um mich dreht.

Die belanglosen Gedanken der Menschen, die durch das Shoppingcenter wanderten, drängten sich durch die Schädeldecke in mein Gehirn und brüllten im Chor. Zu Hunderten, zu Tausenden bohrten sich die Gefühle durch meine Haut und versuchten, sich aus der Kakofonie herauszuheben.

Die Gefühle der Unbekannten verdrängten meine eigenen und zuckten durch mein Bewusstsein, als wären sie meine. Meine Persönlichkeit war nicht stark genug, um dem Angriff standzuhalten. Ich hatte das Gefühl, dass mein Ich sich in Luft auflöste.

Erschrocken rannte ich los. Zum Glück stand vor der Damentoilette keine Schlange. Ich riss mir die Hose und den Slip herunter, setzte mich auf das Klo und pinkelte. Gleichzeitig versuchte ich, mich zu beruhigen, indem ich tief aus- und einatmete, obwohl ich wusste, dass das nichts half.

Ich stand auf und zog Slip und Hose hoch. Da merkte ich, dass die Kloschüssel aussah, als wäre darin ein kleines Tier geschlachtet worden. Ich betätigte die Spülung; sofort begann das Wasser in der Schüssel zu steigen. Bald würde mein Menstruationsblut auf den Boden schwappen. Ich knallte den Klodeckel zu und stürmte aus der Kabine.

Davor hatte sich inzwischen doch eine Schlange gebildet. Die Wartenden sahen mich befremdet an, als ich im Vorbeirennen gegen die Erste in der Schlange stieß.

Ich wusch mir nicht einmal die Hände, sondern lief auf den Gang des Shoppingcenters und legte noch einen Zahn zu, als ich um die Ecke bog und mich der Rolltreppe näherte.

Mir war klar, dass ich das Gebäude sofort verlassen musste. Sonst würde ich bald nicht mehr wissen, wer ich war.

Ein kleines Mädchen kam mir entgegen, dessen T-Shirt das Bild eines rosa Schmetterlings zierte. Plötzlich löste sich der Schmetterling von dem Stoff und flog auf. Er flatterte vor meinem Gesicht, als ob er darauf wartete, dass ich ihn bemerkte. Dann steuerte er den Ausgang des Shoppingcenters an, als wollte er mir den Weg zur Erlösung zeigen.

Ich versuchte, mich zwischen den entgegenkommenden Menschen durchzuschlängeln, ohne jemanden anzurempeln, doch das war unmöglich, denn das Gedränge der Kauflustigen war einfach zu dicht. Auf der Rolltreppe wäre ich fast gestürzt, konnte mich aber in letzter Sekunde am Geländer festhalten.

Die Leute starrten mich an. Ihre verwunderten Blicke steigerten meine Panik. Ich spürte, wie der Schweiß mir die Haare an die Schläfen klebte und den Rücken hinunterlief.

Beim Laufen biss ich mir auf die Zunge. Der rostige Geschmack des Blutes löste meine Wahnvorstellung aus. Wieder sah ich die Gitterstäbe des Käfigs. Sie tauchten vor mir auf und versperrten mir den Weg. Ich musste sie umgehen. Die Menschen, die mir entgegenkamen, blickten mich verdutzt an, als ich einen

Bogen nach links schlug, obwohl sie vor mir kein Hindernis sahen.

Es kam mir vor, als hätte ich nicht mein eigenes Blut im Mund, sondern den Rost, der von den Gitterstäben abblätterte. Angewidert spuckte ich im Laufen auf den Boden. Zwei besonders diensteifrige Sicherheitsmänner sahen es und kamen auf mich zu. Zum Glück waren die Türen des Shoppingcenters schon zu sehen. Die Wächter kapierten, dass ich nach draußen wollte, und ließen mich gehen.

Draußen lief ich noch einige Schritte weiter, bevor ich anzuhalten wagte. Es dauerte eine Weile, bis sich mein Atem beruhigte. Sorgfältig kippte ich alle Gefühle und Gedanken, die in meinen Kopf gedrungen waren, auf den Platz vor dem Shoppingcenter.

Ich bekam die Realität zu fassen. Das Blut, das aus meiner Zunge gequollen war, schmeckte wieder nach Blut und nicht nach Rost.

Helsinkier Nachrichten

Verschwundener Finanzminister tot aufgefunden

Der ehemalige Finanzminister Uolevi Mäkisarja, der vor einem Monat im Stadtteil Kilta in Kerava verschwand, wurde tot aufgefunden. Mäkisarjas Leiche wurde in einem Teich auf dem Grundstück der alten Gummifabrik in Savio entdeckt.

Die Leiche wurde von einer Frau gefunden, die ihren Hund ausführte. Sie möchte ungenannt bleiben.

»Ich fühle mich entsetzlich! Ich habe Mäkisarja mehrmals gewählt. Ich bin so erschüttert, dass ich meinen Hund bestimmt nie mehr am Teich ausführen kann«, sagt die Frau.

Die Polizei schweigt über die Einzelheiten der Ermittlungen, hat aber einen kurzen Kommentar abgegeben.

»Mäkisarjas Tod wird jetzt als Kapitalverbrechen untersucht«, sagt Kommissarin Jaana Taivaskivi vom Gewaltdezernat der Polizei von Ost-Uusimaa.

ARTO

Niedergeschlagen kehrte ich aus der Redaktion nach Hause zurück. Auf dem Heimweg versuchte ich verzweifelt, mir diverse Vorwände auszudenken, mit denen ich Clarissa gegenüber begründen konnte, dass wir uns noch einmal treffen mussten.

Zu guter Letzt entschied ich mich doch für die Wahrheit. Als Psychotherapeutin hätte Clarissa meinen Bluff sicher durchschaut. Ich holte tief Luft und griff zum Handy.

»Hallo, Arto! Danke für den netten Abend!«

Was zum Teufel? Für welchen netten Abend? Hatte Clarissa Spaß daran gehabt mitzuerleben, wie ich mich komplett zum Narren gemacht hatte?

»Danke, gleichfalls! Hör mal, unsere Chefredakteurin meint, dass dem Interview noch das gewisse Etwas fehlt. Könnten wir uns noch einmal treffen, damit ich dir ein paar zusätzliche Fragen stellen kann?«

Ich merkte, dass ich in Gedanken dasselbe Mantra herunterbetete wie als Kind, wenn ich mir etwas ganz besonders dringend wünschte: »Please, please, please!«

Das Mantra wirkte: Clarissa stimmte meiner Bitte zu.

»Natürlich! Wir hatten ja so viel Spaß! Erinnere ich mich richtig, dass das Interview erst im Sommer veröffentlicht wird?«

Ohne meine Antwort abzuwarten, fuhr Clarissa fort:

»In nächster Zeit habe ich viel zu tun. Ich rufe dich an, wenn ich ein Treffen einrichten kann.«

Ich stimmte verwirrt zu. Mission erfüllt. Oder wenigstens zur Hälfte. Ich hatte Clarissas Zustimmung zu einem weiteren Interview bekommen, aber das Schwierigste lag noch vor mir: Wie sollte ich sie dazu bringen, mir ihre dunkelsten Geheimnisse anzuvertrauen? Hatte sie überhaupt welche? Dass mein eigener Keller voller Leichen war, hieß noch längst nicht, dass es sich bei anderen ebenso verhielt.

Clarissas seltsames Benehmen machte mich wütend. Ich stellte mir vor, wie sie hinter meinem Rücken über mich lachte, als fände sie meinen Alkoholismus amüsant. Wie konnte sie als Therapeutin es wagen, sich mir gegenüber so unverschämt zu verhalten?

Mir fiel nur eine Methode ein, mich zu beruhigen – eine Methode, die nicht nur verboten, sondern auch kriminell war. Ich zog den Mantel an, band mir den Schal um den Hals, schnappte Tasche und Schirm von der Garderobe und eilte nach draußen.

Wochenlang hatte ich es geschafft, mich zu beherrschen und nicht bei ihr vorbeizugehen. Vier Wochen lang, um genau zu sein.

Nun fühlte ich mich wie ein Alkoholiker, der seine einmonatige Abstinenz feiert, indem er sich besäuft. Ich malte mir aus, wie sie, nichts Böses ahnend, am Fenster ihrer Einzimmerwohnung stand und mit ihren von Trauer erfüllten Augen nach draußen blickte.

Tagsüber betrachtete sie die spielenden Kinder auf dem Hof, abends die Leute, die ihre Hunde ausführten. Ihre Vorhänge waren auch nachts nicht zugezogen, und auch dann stand sie am Fenster. Um die Sterne zu betrachten?

Mich bemerkte sie nicht, nie. Ich konnte sie in aller Ruhe ansehen. Mehr wagte ich auch nicht zu hoffen.

Ich ging möglichst langsam zur Bushaltestelle, gerade so, als wollte ich mir einen Aufschub verschaffen, um wieder Vernunft anzunehmen. Dabei wusste ich, dass es mir nicht gelingen würde, mich zum Umdenken zu bewegen. Jeder Schritt brachte mich näher zu ihr. Sie zog mich an wie eine ungeöffnete Whiskyflasche.

Noch als ich an der Haltestelle stand und dem Busfahrer ein Handzeichen gab, damit er hielt, beschwor ich mich, kehrtzumachen und wieder nach Hause zu gehen. Vergeblich. Ich stieg ein, suchte mir einen Fensterplatz und setzte mich.

Der Busfahrer gab per Lautsprecher durch, er müsse einen Umweg machen, weil irgendein Marathon stattfinde, dessen Strecke über den Anfang der Mannerheimstraße verlaufe.

Ich blickte durch das Fenster in die Dunkelheit. Ich konnte mich nicht erinnern, wann ich zuletzt Licht gesehen hatte. Eine Herde ausgehungerter Menschen lief freudlos an dem Bus vorbei. Einer der Läufer trank mit einem Strohhalm Wasser aus seiner Trinkflasche, dabei war sein Organismus so ausgetrocknet, dass er vermutlich eher eine Flüssigkeitsinfusion gebraucht hätte.

Im Mittelalter hätte der Masochismus diese Leute dazu getrieben, auf der Spitze einer Säule miteinander zu ringen oder sich mit Dornenzweigen zu geißeln.

Ich war froh, als der Bus endlich die richtige Haltestelle erreichte, denn ich wollte die Marathonprozession keinen einzigen Meter mehr beobachten.

Neben dem Haus, in dem sie wohnte, befand sich – wie ein Geschenk des Himmels – ein Park. Ich nahm meinen gewohnten Platz auf der Parkbank ein, von wo ich unauffällig zu ihrer Wohnung blicken konnte.

Ich wurde nicht enttäuscht. Sie stand wie versteinert am Fenster, in derselben Haltung wie immer. In der rechten Hand hielt sie eine Tasse, aus der sie ab und zu ein Schlückchen trank wie ein

Spatz. Sie betrachtete die Kinder, die sich im Park tummelten, und ich betrachtete sie.

So hätte es nicht kommen sollen, doch so war es gekommen.

Schneeregen setzte ein, aber ich versuchte, ihn zu ignorieren. Ich hatte schon bei schlechterem Wetter auf der Bank gesessen, einmal sogar bei Hagel. Die Hagelkörner knallten mir ins Gesicht, als hätte mich jemand mit kleinen Steinen beworfen, und als sie schmolzen, lief mir das Wasser in den Mantel. Aber sie zu sehen reichte beinahe, um mir selbst weiszumachen, dass nichts anderes von Bedeutung war. Nicht der Hagel und nicht die Tatsache, dass ich sie nie mehr berühren durfte.

Die unbequeme Rücklehne der Parkbank drückte schmerzhaft gegen mein Kreuz.

Ich stellte meinen schwarzen Regenschirm zum Schutz auf die Bank, holte die neueste Ausgabe der *Helsinkier Nachrichten* aus der Tasche und gab vor, mich auf die Zeitung zu konzentrieren. In Wahrheit verfolgte ich jede ihrer Bewegungen.

Was dachte sie, wenn sie am Fenster stand? Vielleicht dachte sie doch an mich – wenigstens manchmal?

Oder war es ihr gelungen, mich zu vergessen?

Meinen Einfluss auf ihr Leben würde sie nicht abstreiten können.

Wir hatten etwas gehabt, das man nicht vergisst.

All die Momente zu zweit im Keller.

Sie und ich.

2. TEIL

DAS BECK-
DEPRESSIONS-INVENTAR

CLARISSA

Am deutlichsten lag ich daneben, als ich fürchtete, dass Ira sich das Leben nehmen würde. Diesem Irrglauben wäre allerdings auch jeder andere Profi anheimgefallen, wenn er Ira behandelt hätte. Alle Anzeichen waren gegeben. Die Essstörung und das Ritzen waren nur die offensichtlichsten Beispiele dafür, dass sie die Aggression, die aus ihren Traumata entstanden war, gegen sich selbst statt nach außen gerichtet hatte.

Ich weiß sehr wohl, wie sich das anhört. Aber ich hatte keinen Grund, etwas anderes zu vermuten. Iras selbstzerstörerische Symptome waren so heftig, dass man sie einfach wahrnehmen musste.

Mein Fehler war, dass ich alles andere außer Acht ließ.

Iras Symptome waren jedoch kein Bluff. Nach wie vor bin ich der Meinung, dass sie Aufmerksamkeit verdienten. Ich fürchte, ihr werdet mir nicht mehr glauben. Ihr seid schon zu dem Ergebnis gekommen, dass auf meine Fachkenntnis kein Verlass ist. Aber ich kann euch solides Beweismaterial präsentieren!

Bei unserem vierten Treffen ließ ich Ira den BDI-Test, also das Beck-Depressions-Inventar machen. Es handelt sich um einen

Multiple-Choice-Test, mit dem man den Schweregrad einer Depression misst.

Der Test enthält 21 Fragen. Sie betreffen die typischsten Symptome einer Depression, wie Appetitverlust und das Schwinden des Sexualtriebs. Auf jede Frage gibt es vier mögliche Antworten, vom leichtesten bis zum schwersten Grad.

Iras Testergebnisse waren alarmierend. Dem Test zufolge litt sie an einer schweren Depression. Hier einige der Antworten, die sie wählte: »Ich habe gar keinen Appetit«, »Ich habe das Gefühl, dass ich als Mensch völlig gescheitert bin« und die allerkritischste: »Ich töte mich, wenn sich die Gelegenheit ergibt.«

Ich verstehe euch, wenn ihr jetzt denkt, dass ich nur versuche, alles zu meinen Gunsten zu erklären. Aber welches Motiv sollte mich dazu treiben? Von dem, was ich verloren habe, bekomme ich nichts mehr zurück. Damit habe ich mich längst abfinden müssen.

Ich möchte euch jedoch an die Berufsethik der Therapeuten erinnern. Es war meine Pflicht, Ira zu schützen. Obwohl wir Therapeuten nicht die juristische Verantwortung für die Taten unserer Patienten tragen, sind wir für ihr Leben verantwortlich. Auch ein normaler Mensch wird zur Rechenschaft gezogen, wenn er einen Penner, der in einer Schneewehe eingeschlafen ist, einfach liegen lässt, statt Hilfe zu holen. Aber unsere Verantwortung wiegt viel schwerer. Ich wusste von Iras Selbstmordabsichten. Es war meine Aufgabe, dafür zu sorgen, dass sie sie nicht verwirklichte.

Warum habe ich Ira nicht in eine psychiatrische Klinik eingewiesen? Das wäre allein schon wegen ihrer klinischen Depression angebracht gewesen. Hier kommen wir wieder in jene Dunstzone, in der man nicht klar sieht – ich nicht, aber ihr auch nicht.

Ich warte nicht auf den ersten Stein, der wurde längst geworfen. Also kann ich euch gegenüber ehrlich sein.

Ira weckte meine Eifersucht.

Ich bin aufrichtig, wenn ich sage, dass mir nichts so wichtig war wie Iras Genesung. Aber niemand anders als ich sollte sie heilen.

Ira beantwortete die Testfragen so schnell, dass es mir vorkam, als hätte sie das Ausfüllen im Voraus geübt.

Schon bald fiel mir auf, dass Ira ihre ganze Aufmerksamkeit auf ihre Finger richtete. Sie hatte die nervende Angewohnheit, mit den Zähnen an ihren Nagelhäuten zu zupfen. Sie malträtierte ihre Finger derart, dass ich am liebsten geschrien hätte.

Bin ich die Einzige, oder haben alle Therapeuten das Gefühl, dass ihre Patienten samt und sonders irgendeine widerwärtige neurotische Angewohnheit haben, von der sie nicht abzubringen sind? Es ekelte mich an. Eine Zigarre ist manchmal vielleicht nur eine Zigarre, aber an den Fingern zu lutschen deutet auf schwere Probleme in der oralen Phase hin.

Nachdem ich den Test ausgewertet hatte, erzählte ich Ira, dass ich mir große Sorgen um sie machte.

Über eine medikamentöse Behandlung sprachen wir nicht, denn meiner Einschätzung nach wäre sie für Ira nicht hilfreich gewesen. Der massive Cocktail aus Antidepressiva, Anxiolytika und Beruhigungsmitteln hätte sie benommen gemacht, sie wäre wie ein Zombie im Nebel herumgetapst, und aus unserer Therapiearbeit wäre nichts geworden.

Als Psychologin fehlte mir die Kompetenz für diese Einschätzung. Dennoch unterließ ich es, Harri, den Psychiater meines Vertrauens, zu konsultieren.

Ich versuche gar nicht erst, mich zu verteidigen.

Das Ergebnis des Beck-Inventars überrascht den Getesteten häufig. Der Test ist belastend, denn er enthüllt dem Patienten manches über sich selbst, das ihm nicht bewusst war.

Ein leicht depressiver Patient ist sich nicht unbedingt bewusst, dass seine Symptome auf eine Depression hinweisen, sondern denkt, er sei müde, weil er unter Stress steht. Ein schwer depressiver Patient wiederum hat seine Symptome möglicherweise heruntergespielt. Die Testergebnisse können den Patienten aufrütteln und ihm zeigen, wie schlecht seine psychische Verfassung ist.

Ich fragte nicht nach, schloss aber aus Iras Reaktion, dass ihr der Test bereits bekannt war. Ich brauchte ihr nicht zu erklären, was ihre Antworten verrieten. Sie interessierte sich nur für die Punktzahl, die sie erreicht hatte. »Scheiß auf alles andere«, murmelte sie kaum hörbar. Sie merkte, dass ihre grobe Ausdrucksweise mich zusammenfahren ließ, als hätte sie mich geohrfeigt, und sie entschuldigte sich scheinbar aufrichtig.

Es war das erste Mal, dass ich Ira fluchen hörte. In meiner Erschütterung achtete ich damals noch nicht auf die Veränderung, die damit einherging. Erst später merkte ich, dass beim Fluchen ein ganz anderer Mensch zum Vorschein kam, ein aggressives und grausames Wesen.

Später bekam ich Iras Sarkasmus zu spüren. Wenn ich ermutigend sagte, wie sehr ich mich über die Fortschritte freute, die wir in der Therapie gemacht hatten, holte sie mich auf den Boden zurück, indem sie mit spöttischem Lächeln stichelte: »Du hörst dich ja schon fast wie eine Therapeutin an.«

Der Mensch kommt immer aus seiner Deckung, wenn er wütend wird. Manche beherrschen ihre Aggressionen besser als andere. Ira verwandelte sich sozusagen vom Dr. Jekyll zum Mr. Hyde. Das brave Mädchen verschwand, und stattdessen erschien sein böses Schattenbild.

Erst jetzt weiß ich mit Sicherheit, welches von beiden ihre wahre Natur war.

IRA

Ich habe eine Lösung für alle eure zwischenmenschlichen Probleme.

Ich weiß. Die Beziehung zwischen Mörder und Opfer fällt wohl kaum in diese Kategorie. Andere zwischenmenschliche Beziehungen hatte ich nicht. Außer der Therapiebeziehung. Aber die umfasst ja eigentlich alle zwischenmenschlichen Beziehungen von der Kindheit bis in die Gegenwart. Der Therapeut ist abwechselnd Vater und Mutter und Lebensgefährte.

Ihr solltet meinen Rat ernst nehmen. Der Schlüssel zu allem ist das Zuhören.

Damit meine ich kein psychologisches Lirumlarum. Ich meine, dass der Mensch schon zu Beginn einer Beziehung die Wahrheit über sich selbst sagt, nur ist niemand bereit, ihm zuzuhören.

Untreue, Bindungsangst und so weiter. Nichts sagt das künftige Benehmen eines Menschen so gut voraus wie sein früheres Verhalten.

Ein Mann erzählt beim ersten Date, dass seine Zweierbeziehungen nicht länger als ein paar Wochen halten. Wieso bildest du dir ein, du wärst eine Ausnahme? Ein Mann gesteht zu Beginn der

Beziehung im Suff, dass er jede seiner Freundinnen betrogen hat. Warum glaubst du, dass er dir nicht das Gleiche antun wird? Und wenn der Mann dir in einem zärtlichen Moment ins Ohr flüstert, dass er dir nie in irgendeiner Weise wehtun will, plant er genau das.

Als ich euch erzählt habe, dass ich eine chronische Lügnerin bin, hättet ihr mir glauben sollen.

Das heißt allerdings nicht, dass nicht auch ich manchmal die Wahrheit sage. Wenn sie mir mehr nützt als eine Lüge.

Man hatte mich im Lauf der Jahre allen möglichen psychologischen Tests unterzogen, angefangen mit dem Tintenflecktest. Ich hatte mich darauf eingestellt, dass meine Therapeutin mich testen würde. Und ich hatte ganz richtig vermutet, dass der erste Test gerade das Beck-Depressions-Inventar sein würde, das ich ebenfalls bereits kannte. Zum ersten Mal hatte ich diesen Test schon als Teenager in der jugendpsychiatrischen Abteilung der psychiatrischen Klinik ausfüllen müssen.

Diesmal hatte ich ein klares Ziel. Das Testergebnis musste gut aussehen, für den Fall, dass ich wegen meiner Verbrechen vor Gericht kam. Ich musste möglichst deprimiert wirken, am besten wie gelähmt. Ein solches Testergebnis würde meiner Verteidigung in die Hände spielen.

Ein schwer depressiver Mensch hat nicht einmal die Kraft, aus dem Bett aufzustehen, geschweige denn zu morden. Ja, warum sollte ich nicht versuchen, mich ganz vor der Verantwortung zu drücken. Glaubhaft zu machen, dass ich unschuldig war. So würde mir sogar der Abstecher in die Klapsmühle erspart bleiben.

Leider hatte die Sache einen Haken. Wenn das Testergebnis auf eine schwere Depression hinwies, würde meine Therapeutin wahrscheinlich darauf bestehen, dass ich Medikamente bekam. Antidepressiva haben eine äußerst unangenehme Nebenwirkung. Bevor sie so anschlagen wie vorgesehen, verbessern sie den Zustand des Menschen so weit, dass er einen Teil seiner Entschlussfähigkeit zurückgewinnt. Gerade so viel, dass er die Energie hat, sich umzubringen. Oder in meinem Fall andere abzumurksen.

Ich würde also doch auf der Anklagebank landen.

Als meine Therapeutin mir den Test vorlegte, hatte ich schon ziemlich lange über mein Dilemma nachgedacht: deprimiert, aber nicht zu deprimiert?

Die meisten Menschen schätzen die Wahrheit. Ihr habt sicher schon gemerkt, dass ich nicht zum statistischen Durchschnitt gehöre. Ehrlichkeit ist geistige Faulheit. Es gibt keinen besseren Beweis für totalen Mangel an Fantasie und Kreativität. Lügen beweist, dass ich bereit bin, mir bei der Kommunikation mit anderen Menschen Mühe zu geben. Mein Ausgangspunkt war, immer zu lügen, wenn es nur möglich war.

Trotzdem müsst ihr mir in diesem Punkt glauben. Ich beantwortete den Test ganz ehrlich. Diesmal brauchte ich die Wahrheit nicht zu verdrehen.

Die Wahrheit war schlimm genug.

PEKKA

Ich hatte einen triftigen Grund, dorthin zu gehen, in die verbotene Zone, ins Allerheiligste. Clarissa war zu einem Seminar nach Kuopio gefahren, und ich hatte versprochen, während ihrer Abwesenheit ihren Archivschrank so zu verschieben, dass er die Ecke des Teppichs fixierte. Sie hatte sich vor zwei Tagen den Ellbogen schmerzhaft an der Kante ihres Schreibtischs gestoßen, nachdem sie über den Teppich gestolpert war.

Ich öffnete die Tür zu Clarissas Arbeitszimmer. Königin schlüpfte hinein und wuselte herum wie ein Kind, das zu viel Süßigkeiten bekommen hat. Ich konnte das Viech einfach nicht ausstehen.

Clarissa musste der Mieze endlich mal Manieren beibringen. Allerdings hatte ich gemerkt, dass sie die Katze umso rührender und bemitleidenswerter fand, je schlechter die sich benahm. Als könnte auch eine Katze Traumata haben, die sich in bockigem Verhalten niederschlugen.

Es war nicht meine Absicht zu schnüffeln. Selbst als ich die vergessene Mappe oben auf dem Schrank entdeckte, kam mir nicht in den Sinn, mir ihren Inhalt anzusehen.

Ich möchte betonen, wie ernst die Sache war.

Mich könnte man für mein Handeln nicht zur Verantwortung ziehen. Clarissa dagegen würde in ernsthafte Schwierigkeiten geraten, wenn herauskäme, dass ihre Patientenakten Außenstehenden zugänglich waren.

Wenn ich die Unterlagen über Clarissas Patientinnen las und die Behörden davon erfuhren, würde Clarissa ihrem Beruf Adieu sagen müssen.

Ich beschloss, die Mappe auf den Schreibtisch zu legen, damit sie nicht herunterfiel, wenn ich den Archivschrank verrückte. Nur deshalb griff ich danach. Es waren die Unterlagen der Prinzessin.

Clarissa hatte die Angewohnheit, auf die Oberseite jeder Mappe mit Bleistift ein Bild der jeweiligen Patientin zu zeichnen. Obwohl ich diese Patientin nur aus respektvoller Distanz gesehen hatte, erkannte ich sie sofort. Clarissa hatte genau die Züge betont, die auch mir an ihr aufgefallen waren. Auf der Mappe starrte mich eine abgezehrte junge Frau an.

Ich ahnte die tragische Geschichte der Prinzessin, ohne die Mappe aufzuschlagen. Sie war als Kind sexuell missbraucht worden.

Was sonst.

Das arme Mädchen.

Ich hatte keine Ahnung, was für ein Spiel sie tatsächlich mit meiner Frau trieb.

IRA

An das erste Mal erinnere ich mich am besten. Ich war 14. Ich hatte viele Gründe, mich umzubringen. Völlig rationale Gründe. Ich hasste mich selbst. Es war kein Zufall, dass ich das Opfer des Scheißkerls geworden war. Er hatte gerade mich gewählt. Alles war mir nur deshalb zugestoßen, weil ich ich war. Sonst wäre es ja einer anderen passiert. An allem trug einzig und allein ich die Schuld, niemand sonst. Ich hatte alles Schlimme verdient, was mir angetan wurde, das war klar.

Ich begnügte mich nicht mit einer Selbstmordmethode, sondern beschloss, das Diazepam meines Vaters zu schlucken und mir anschließend die Pulsadern aufzuschneiden.

Mein Vater hatte nicht, wie sonst, Überstunden gemacht, sondern kam nach Hause, als ich fast bewusstlos in der blutigen Badewanne lag und daran dachte, dass ich vergessen hatte, einen Abschiedsbrief zu schreiben. Am nächsten Morgen erwachte ich in der jugendpsychiatrischen Abteilung der psychiatrischen Klinik. Nun hatte ich einen weiteren Grund, mich als Versagerin zu fühlen.

Mein Vater saß an meinem Bett und unterhielt sich mit einer Ärztin. Er fragte sie, wie schnell meine Wunden verheilen würden und ob man die Verbände abnehmen könne, bevor ich wieder zur Schule ginge. Meinem Vater war es wichtig, dass meine Mitschülerinnen nicht erfuhren, was ich getan hatte. Bestimmt, antwortete die Ärztin. Ich hatte einen längeren Klinikaufenthalt vor mir. Neben meinen selbstzerstörerischen Tendenzen forderte auch meine Anorexie rasche Behandlung.

Mein Vater begann mir leidzutun. Ich nahm mir vor, seinetwegen durchzuhalten, damit er sich nicht für meinen Tod verantwortlich fühlte.

Meine Willenskraft reichte aber nicht, und so unternahm ich einen zweiten Selbstmordversuch. Es ist mir immer noch peinlich, wie stümperhaft mein zweites Mal war. Ich bin bestimmt der einzige Mensch in der Weltgeschichte, dem es nicht gelungen ist, sich aufzuhängen. Damals war ich schon volljährig, kann mich also nicht einmal mit meinem Alter herausreden.

Alles ging gut, bis ich den Stuhl unter mir wegstoßen musste. Meine Zehen blieben zwischen den grazil gedrechselten Streben des Stuhls stecken, sodass ich den Stuhl nicht zum Kippen brachte. Ich trat, trat und trat, aber meine Zehen kamen einfach nicht frei. Als ich vom Stuhl kletterte und mir das Seil vom Hals riss, kam ich mir vor wie eine komplette Idiotin.

Beim dritten Mal war ich schon nahe dran, ich lag sogar einen Tag im Koma. Tabletten und Schnaps. Ich hatte mich zum Sterben in den nahe gelegenen Wald zurückgezogen wie ein krankes Tier. Dort wird mich niemand finden, bevor es zu spät ist, dachte ich. Das war ein Irrtum. Eine eifrige Blaubeersammlerin wich vom Pfad ab und sah mich unter einer Fichte liegen.

Diesmal saß niemand mehr an meinem Krankenbett.

Während ich in der Klinik lag, kam mir der Gedanke, dass mein Überleben irgendeine Bedeutung hatte. Das hört sich bestimmt so an, als wäre ich übergeschnappt. Vielleicht war es auch so. Ich hatte das Gefühl, mein Leben hätte eine Bedeutung, die größer war als ich. Menschen sind schon aus nichtigeren Gründen gestorben. Ich dagegen hatte drei Mal überlebt. Damals erkannte ich, dass ich doch nicht dazu bestimmt war, mich zu töten.

All der Hass, den ich gegen mich selbst gerichtet hatte, hätte mich umbringen müssen. Aber ich war nicht gestorben. Was, wenn ich meinen Hass nach außen richtete? Ich würde mich für alles rächen, was mir angetan worden war. Alles Unwohlsein aus mir herausdrängen. Es auf andere Menschen auskotzen. Und ich würde es so tun, dass ich mich nicht mehr zu schämen brauchte.

Jetzt würde es Tote geben.

PEKKA

Ich stand allein in Clarissas Arbeitszimmer und hielt die Mappe der Prinzessin in den Händen. Ich schwöre, dass ich bis dahin noch nie in Clarissas Papieren gelesen hatte.

Dazu hatte ich keinen Grund gehabt. Clarissas berufliche Angelegenheiten interessierten mich nicht. Ich war es eher satt, dass der Beruf meiner Frau sich auch auf mein Leben so stark auswirkte. Die Stimmung in unserem Haus war immer irgendwie düster, gerade so, als wäre die Beklemmung, die Clarissas Patientinnen verströmten, zurückgeblieben und würde durch unsere Wohnung schweben.

Vom Einband der Mappe starrte die Prinzessin mich vorwurfsvoll an.

Ich verstehe nicht, was mich dazu trieb, die Mappe zu öffnen. Der plötzliche Impuls zog mich völlig in seinen Bann, ich konnte ihm nicht widerstehen.

Eine Stimme in meinem Kopf mahnte laut, ich dürfe die Mappe nicht antasten. Eine andere Stimme rief noch lauter: »Niemand wird davon erfahren.« Das stimmte! Clarissa würde garantiert nichts merken. Sie würde nicht nach meinen Fingerabdrücken auf der Mappe suchen.

Und was man nicht weiß, kann keinen Schaden anrichten.

Meine Hände zitterten. War das das Gefühl, das Verbrecher bei ihren illegalen Taten befiel? Ich wurde doch nicht etwa beobachtet? Verstohlen blickte ich aus dem Fenster. Es war niemand zu sehen.

Obwohl ich unsere Nachbarn nicht sah und auch ihre alte orangefarbene Ente nicht wie sonst vor der Garage stand, obwohl sie also sicher nicht zu Hause waren, eilte ich ans Fenster und zog die Gardinen zu. Als würden sich unsere Nachbarn Gedanken darüber machen, wenn ich mit einer Mappe in der Hand in meinem Haus stand!

Ich öffnete die Mappe. Sie war leer.

Ich gab mich geschlagen.

Bevor ich das Zimmer verließ, kam ich auf die Idee, Clarissa zu überraschen, indem ich staubsaugte. Nichts erfreute meine Frau so sehr wie meine Putzerei. Ich warf einen Blick unter das Sofa, um abzuschätzen, ob Staubsaugen angebracht war. Dort war kein bisschen Schmutz zu sehen. Clarissa hatte offenbar unmittelbar vor ihrer Dienstreise sauber gemacht.

Mein Blick fiel auf Papiere, die unter dem Sofa versteckt waren. Es war nicht Clarissas Art, Papiere versehentlich unter die Couch zu schieben und sie dort zu vergessen. Es war definitiv ein Versteck. Meine Frau nahm es mit der Ordnung so genau, dass ich manchmal fürchtete, ausgeschimpft zu werden, nur weil eine Büroklammer unter dem Sofakissen lag.

Vorsichtig zog ich die Papiere hervor. Königin blickte mich aus ihren seelenlosen Augen an und miaute. Vielleicht hatte Clarissa das Tier beauftragt, mir während ihrer Seminarreise nachzuspionieren und ihr dann Bericht zu erstatten.

Entschlossen hob ich die Katze hoch, setzte sie auf dem Teppich in der Diele ab und schloss die Tür vor ihrer neugierigen Schnauze. Das Viech kratzte unzufrieden an der Tür und maunzte weiter.

Ich kümmerte mich nicht darum, sondern begann, die Papiere zu untersuchen.

Auf das oberste Blatt war irgendetwas mit Kohle geschmiert worden. Verwundert drehte ich den Bogen in den Händen. Mir war völlig unklar, was die Zeichnung darstellte. Ich betrachtete sie aus jedem Winkel, konnte sie aber nicht deuten.

Die Zeichnung sah aus wie das Gekritzel eines Grundschulkindes. Aber nicht irgendeines beliebigen Kindes, sondern eines schwer gestörten.

Eines, dessen Kindheit schlagartig geendet hatte.

Ich griff nach dem zweiten Bogen. Auch darauf befand sich eine Kohlezeichnung, aber das Motiv dieses Bildes war besser erkennbar.

Eine finstere Gestalt starrte mir entgegen. Ein Mann im Anzug und mit einem widerlichen Lächeln.

Die Miene des Mannes erschreckte mich. Er strahlte Bösartigkeit aus. Ich hätte ihm wirklich nicht in einer dunklen Gasse begegnen mögen.

Diesem Mann bereitete das Leiden anderer Menschen Genuss.

Man kann die Bilder nicht anders beschreiben als mit Worten wie »durchgedreht« und »krank«. Ich bin kein Kunstexperte, aber die Schmierereien erinnerten mich sofort an Hugo Simbergs Darstellungen des Todes. Vor allem kam mir Simbergs Gemälde *Im Garten des Todes* in den Sinn, von dem der Künstler mehrere Versionen angefertigt hatte. Es zeigt schwarz gekleidete Skelette bei der Gartenarbeit. Verglichen mit dieser Künstlerin, wirkte Simberg allerdings wie ein ausgesprochen fröhlicher Bursche.

Ich fühlte mich verwirrt. Hatte ich nichts Besseres zu tun, als Zeichnungen in Augenschein zu nehmen, für die ich mich gar nicht hätte interessieren sollen? Welcher Teufel ritt mich?

Entnervt schob ich die Bilder wieder unter das Sofa, wie um mir zu beweisen, dass ich nichts mehr mit ihnen zu tun haben wollte.

Eine unerklärliche Beklemmung überfiel mich. Mir drehte sich der Magen um, und die Kehle wurde mir so eng, dass ich kaum Luft bekam.

Als hätten die Zeichnungen versucht, mir etwas zu sagen.

Ganz speziell mir.

ARTO

Ich traf vor der Zeit im *Kaffeesalon* ein, aber diesmal war Clarissa noch früher da als ich. Sie winkte mir fröhlich von Marjas und meinem Stammtisch zu und umarmte mich wieder, als wären wir enge Freunde. Ich war auf Chanel N°5 gefasst und stülpte während unserer Umarmung schützend die Oberlippe vor die Nase. Aber Clarissa schien meine Gedanken gelesen und berücksichtigt zu haben, denn diesmal hatte sie sich Opium von Yves Saint Laurent hinter die Ohren getupft. Ich erkannte das Parfüm sofort, denn ich hatte es einmal auf der Fähre nach Schweden als Mitbringsel für Marja gekauft. Ihr hatte der Duft jedoch nicht zugesagt, und so hatte das Fläschchen auf ihrem Nachttisch Staub gesammelt.

Marjas Nachttisch war wie ein Altar. Alle ihre persönlichen Gegenstände lagen immer noch da, wo sie sie bei ihrem Tod hinterlassen hatte. Ich hatte mir schon lange vorgenommen, die Sachen durchzusehen, einige zur Erinnerung aufzubewahren und den Rest wegzuwerfen, doch dieser Schritt erschien mir zu endgültig, als hätte ich danach nicht einmal mehr davon träumen können, dass Marja nicht gestorben wäre.

Ich ging Kaffee für Clarissa und mich bestellen.

Clarissas freundliches Lächeln verwandelte sich in Besorgnis, als ich ihr gegenüber Platz nahm.

»Arto, was hast du?«

Ich hatte allmählich genug davon, dass alle Frauen um mich besorgt waren. Und Clarissa war nicht mal meine Therapeutin!

»Na ja, wo soll ich anfangen? Bei der Arbeit läuft es beschissen, und auch sonst läuft es beschissen, man könnte meine Lage also so zusammenfassen: Mir geht es beschissen.«

Clarissa betrachtete mich, als wollte sie abschätzen, ob ich eine gepolsterte Zelle brauchte oder ob eine Zwangsjacke ausreichte.

»Arto, man bekommt keine Hilfe, wenn man nicht darum bittet.«

Das Einzige, was ich von Clarissa wollte, waren ein paar saftige Zitate. Zum Beispiel so etwas: »Ich werde mir nie verzeihen, dass ich keine Kinder bekommen habe«, »Mein Mann ist neidisch auf meinen Erfolg« oder am allerliebsten etwas Schockierendes wie »Ich habe meinem Mann seinen Seitensprung verziehen«. Also Stoff für Schlagzeilen.

Ich entdeckte in Clarissas Blick etwas Echtes, etwas, das man nicht vortäuschen kann. Dieselbe Wärme, die in Irmelis Stimme lag, wenn sie versuchte, mich aufzurichten. Die Wärme, die Marjas Blick verströmt hatte, bevor unsere Beziehung zu bröckeln begann.

»Wenn aus deinem Interview keine Titelstory wird, kündigen die *Helsinkier Nachrichten* meinen Freelancer-Vertrag. Und für eine Titelstory brauche ich ein kleines Stück aus deinem Privatleben. Es tut mir leid.«

Jetzt lagen alle meine Karten auf dem Tisch, und ich hatte nicht einmal einen Fünfer im Ärmel, geschweige denn ein Ass.

Ich fürchtete, dass Clarissa wütend aus dem Café stürmen und es nicht einmal für nötig halten würde, sich von mir zu verabschieden. Und tatsächlich war sie schon aufgestanden und zog sich in aller Eile den Mantel an.

»Arto, worum du dir Sorgen machst! Wir bringen schon eine Schlagzeile für dich zustande! Aber nur unter einer Bedingung: Wir gehen jetzt in meine Stammkneipe, in den *Dorfbrunnen*, und trinken ein Glas Rotwein.«

Ich brachte kein Wort heraus. Clarissa benahm sich völlig ungehemmt. Wo war die analytische und kühle Sachverständige, die sich in ihren Interviews geradezu rücksichtslos professionell ausdrückte?

Als Clarissa sich bückte, um ihre Handtasche aufzuheben, erhielt ich die Antwort auf meine Frage. Sie schwankte, stützte sich am Tisch ab, tauchte den Ärmel ihres Mantels in meine Kaffeetasse, stieß die Tasse auf den Boden, kicherte und beförderte die Scherben mit einem Fußtritt unter den Tisch.

Clarissa war betrunken. An einem Montagnachmittag um 17.10 Uhr.

Mir war nie bewusst gewesen, dass ich danach gesucht hatte, aber ich hatte endlich jemanden meines Schlages gefunden.

PEKKA

Am Abend lag ich unter meiner Decke im Bett und zählte die Blumen auf der Rosenmustertapete, die meine Frau ausgesucht hatte. Die Zeichnungen, die ich unter der Couch in der Praxis gefunden hatte, gingen mir nicht aus dem Sinn.

Als ich einen Blick auf den Wecker warf und merkte, dass ich eine halbe Stunde lang gegrübelt hatte, ob ich auch die Knospen zählen sollte oder nur die aufgeblühten Rosen, beschloss ich, meine Zeit sinnvoller zu verwenden und mich auf das Rätsel der Bilder zu konzentrieren.

Ich überlegte, wie Clarissa oder irgendein anderer fachkundiger Psychoanalytiker die Zeichnungen interpretieren würde. Als Amateur konnte ich nicht einmal sagen, ob es an ihnen überhaupt etwas zu deuten gab oder ob sie nur harmlose Kritzeleien waren. Hatte jemand nur zum Spaß zur Kohle gegriffen und seine wirren Visionen zu Papier gebracht? Oder steckte irgendeine Absicht dahinter?

Ich war immer stärker davon überzeugt, dass sich in den Zeichnungen irgendeine Botschaft verbarg, die sich an mich richtete. Mir war durchaus klar, wie verrückt dieser Gedanke war, aber die Intuition erstickte den Verstand.

Von welchem Ende her sollte ich versuchen, dieses Rätsel zu lösen? Ich hatte nicht die geringste Ahnung. Mir fiel nichts ein, woran ich mich festhalten konnte.

Ironischerweise kam ich zu dem Entschluss, die Sache so zu untersuchen, als ob es sich um irgendein beliebiges logisches Problem handelte, das man in Teile gliedern und austüfteln konnte. Ich legte eine Excel-Tabelle an, in deren Spalten ich sorgfältig alles vermerkte, was ich über die Zeichnungen wusste. In die erste Spalte schrieb ich das Datum, an dem ich sie gefunden hatte. In der zweiten notierte ich die Anzahl. Es waren zwei: der schwarze Wirrwarr, der mir nichts sagte, und der höhnisch lächelnde Mann im Anzug.

Ich dachte lange nach, aber mir fiel nichts ein, was ich noch eintragen könnte. Es war immerhin ein Anfang. Und alle Geschichten fangen ja irgendwo an.

Ich glaubte, ich könnte mir Zeit damit lassen herauszufinden, worum es bei den Zeichnungen ging.

Schließlich konnte ich nicht wissen, dass mein Leben davon abhing, ob ich das Rätsel lösen würde.

ARTO

»Entschuldige, Arto! Es tut mir leid.«
Clarissas Anruf weckte mich aus meinem Koma. Ihre Stimme triefte vor Schuldgefühl. Eine Entschuldigung! Wofür denn?

Unser gestriges Treffen drängte sich mit Gewalt in meinen Kopf, obwohl ich lieber nicht daran gedacht hätte. Wir hatten den *Kaffeesalon* in aller Eile verlassen, als hätte Clarissa es keine Sekunde länger ohne Wein ausgehalten. Meiner Meinung nach hatte sie allerdings schon genügend Promille im Blut, aber wie hätte ausgerechnet ich mir anmaßen können, sie zu verurteilen?

Als wir den *Dorfbrunnen* betraten, konnte ich meinen Schrecken kaum verbergen. Ich erinnere mich nicht, jemals einen Fuß in eine derart schäbige Kaschemme gesetzt zu haben. Mir war unbegreiflich, wieso eine gebildete Frau wie Clarissa sich in so einer Spelunke wohlfühlte.

Ich setzte mich an die Theke und bestellte einen Whisky für mich und ein Glas Rotwein für Clarissa. Sie gesellte sich zu mir, nachdem sie auf der Toilette gewesen war. Unterwegs hatte sie die Songliste des Karaoke in die Finger bekommen und schwenkte sie fröhlich vor meiner Nase, als wäre es ein Lottoschein und sie hätte gerade den Hauptgewinn gezogen.

»Arto, wir wären doch ein tolles Duo!«

Um Himmels willen, dachte ich. Nur über meine Leiche. Aber schon eine halbe Stunde später stand ich auf der wackligen Bühne im *Dorfbrunnen* und sang mit Clarissa den schauderhaften Evergreen *She's a Lady* von Tom Jones.

Mir grauste bei der Vorstellung, irgendein böswilliger Gast hätte unseren erniedrigenden Auftritt mit seiner Handykamera gefilmt, das Video auf YouTube gestellt und uns dem allgemeinen Spott preisgegeben.

»Kannst du mir verzeihen?«, flehte Clarissa am Telefon.

Es war das erste Mal, dass ich einer Frau, die ihre Trunkenheit bereute, Absolution erteilen durfte. Ich erinnerte mich an all die Momente, in denen ich Irmeli und früher Marja um Entschuldigung für meine besoffenen Torheiten gebeten hatte. Da ich genau wusste, wie furchtbar es war, sich in Schuldgefühlen zu wälzen, wollte ich Clarissa möglichst schnell von dem Übel erlösen.

»Bitte, Clarissa, beruhige dich! Vergessen wir den Abend!«

»Aber du wirst doch nicht ...«

Es hörte sich so an, als würde Clarissa gleich in Tränen ausbrechen. Weinende Frauen ertrug ich nicht. Ich war machtlos gegen sie.

»Du schreibst doch nicht darüber? Mein Ruf ...«

Clarissa schluchzte auf, und ich stellte mir vor, wie sie nach einem Taschentuch griff. Ich musste ihre Tränen sofort zum Versiegen bringen.

»He, stellen wir das mal gleich klar. Ich schreibe nichts über den gestrigen Abend.«

Ich meinte es ernst. Wir Alkoholiker müssen schließlich zusammenhalten. Vielleicht konnte ich auf diese Weise positives Karma sammeln. Vielleicht würde Clarissa oder sonst wer irgendwann meine Haut retten, wenn *ich* das nächste Mal gründlich Mist baute.

»Danke! Ich schulde dir einen Gefallen. Wir treffen uns noch einmal und denken uns eine saftige Schlagzeile für dich aus. Ich könnte Pekka – also meinen Mann – fragen, ob er mir erlaubt, etwas über unsere Ehe zu erzählen.«

»Klingt gut!«

»I… Ich habe kein Alkoholproblem.«

Ich auch nicht.

»Darüber brauchen wir nicht zu sprechen.«

»Ich bin nur bei meiner Arbeit in einer schrecklichen Situation. Eine meiner Patientinnen ist eine traumatisierte junge Frau, die unter einer schweren Essstörung leidet. Ich glaube, dass sie als Kind sexuell missbraucht wurde …«

Davon wollte ich kein Wort mehr hören. Ich spürte, dass ich Kopfschmerzen bekam, die nicht nur vom Kater herrührten.

»Ich dachte, du unterliegst der Schweigepflicht.«

Meine Worte waren nicht sarkastisch gemeint, aber so hörten sie sich an. Offenbar auch in Clarissas Ohren.

»Ich sehe im Kalender nach, wann ich Zeit für ein Treffen habe, und schicke dir den Termin per SMS.«

Clarissas Stimme war plötzlich eisig geworden. Die saftige Story über ihre Geheimnisse würde ich wohl doch nicht bekommen.

CLARISSA

Vor Scham wäre ich fast gestorben. Die Missbilligung in Artos Stimme war unüberhörbar. Ich versuchte, mich zu beruhigen. Jeder trinkt mal einen über den Durst. Man nennt den Wein nicht umsonst das Getränk der Weisen. Ein netter Versuch, aber erfolglos. Die Scham brannte mir immer noch im Gesicht.

Wenn Arto wollte, würde ganz Finnland erfahren, welchen Mist ich gebaut hatte. Er hatte versprochen, nichts über den gestrigen Abend zu schreiben, aber kann man Reportern vertrauen? Ist ihnen eine ordentliche Sensationsmeldung nicht wichtiger als die Regeln des Journalismus?

Eigentlich hätte ich lieber nicht an gestern zurückgedacht, aber mir blieb keine Wahl. Ich musste mir in Erinnerung rufen, was ich getan hatte, bevor ich es in Artos Enthüllungsstory las.

Mein Gedächtnis wies riesige Lücken auf. Ich erinnerte mich, dass wir eine Weile im *Kaffeesalon* gesessen hatten, wusste aber nicht mehr, was dort passiert war. Meine einzige Erinnerung war das Geräusch von zerbrechendem Porzellan, als hätte jemand eine Kaffeetasse auf den Boden fallen lassen. Wer? Arto? Oder ich?

Mein nächstes Erinnerungsbild stammte von der Bühne des *Dorfbrunnen*, vom Karaoke. Wie waren wir dort gelandet?

Ich schämte mich so, dass ich am liebsten im Garten eine Grube gegraben und mich darin versteckt hätte. Sofern ich mich auf mein Gedächtnis verlassen konnte, waren wir nach dem Karaoke an die Bar gegangen. Worüber hatten wir gesprochen?

Ich hatte im Lauf des Abends erfahren, dass Arto Witwer war. Er hatte die abgeschmacktesten Klischees von sich gegeben.

Meine Frau hat mich nicht verstanden.

Wir haben uns auseinandergelebt.

Wir hatten nichts mehr gemeinsam.

Dieses Lied hatte ich schon tausendmal von Patienten gehört.

Plötzlich fielen mir Pekkas Seitensprünge ein. Er hatte nie etwas erzählt, und ich hatte nicht gefragt. Trotzdem war ich sicher, dass er mich in den ersten Jahren unserer Beziehung betrogen hatte. Er würde es bestimmt immer noch tun, wenn er nicht schon so alt, dick und faul wäre, dachte ich und lächelte säuerlich. Hatte auch mein Pekka mit denselben verstaubten Phrasen Frauen ins Bett gelockt?

»Auf Männer kann man sich nicht verlassen«, klang mir die Stimme meiner Mutter im Ohr. Sie hatte recht gehabt, zumindest, was meinen Vater betraf. Und Pekka.

Aber wie hatte der Abend geendet? Waren wir vernünftig genug gewesen, aus eigener Kraft zu gehen? Oder hatte man uns hinaustragen müssen?

Ja, auch das war mir schon passiert. Ich hätte mich lieber nicht daran erinnert, aber die Episode kam mir gegen meinen Willen in den Sinn.

Damals hatte ich beschlossen, das Wochenende zu feiern, indem ich mich am Freitagabend bei ein paar Glas Rotwein entspannte, aber auf ein Glas folgte das nächste und so weiter. Zum Schluss musste der Türsteher mich zum Taxi tragen, weil ich mich geweigert hatte, die Bar zu verlassen.

In Gedanken kehrte ich wieder zu meinem gestrigen Karaoke-Abend mit Arto zurück. Dann bekam ich einen Erinnerungsfetzen zu fassen. Ich hatte allein an der Theke gesessen. Arto hatte sich schon Stunden zuvor verdrückt. Wann und warum?

Ich hatte keinen blassen Schimmer.

IRA

Anfangs bemühte ich mich, gegen die Mordlust anzukämpfen. Ihr wisst doch, wie man versucht, den Menschen eine verständnisvolle Einstellung zu Pennern und Junkies einzuimpfen? Auch sie sind Menschen, so wie du und ich. Auch sie sind jemandes Kind. Auch sie haben Eltern, vielleicht Geschwister, andere Verwandte, Freunde. Jemand liebt sie oder hat sie irgendwann einmal geliebt. Wenn sie sterben, wird irgendwer um sie trauern.

Ich versuchte, an den Anzugträgern menschliche Züge zu finden, mit denen ich mich identifizieren könnte. Es würde uns beiden wehtun, wenn wir uns in den Finger schnitten. Wir würden uns beide erschrecken, wenn wir überraschend einen lauten Knall hörten. Wir hatten beide Gefühle.

Ich gab mir alle Mühe, aber die Gedankenübungen brachten mir nichts. Sie ließen mich kalt. Natürlich war auch der Scheißkerl irgendwann ein kleines Kind gewesen, doch das war kein Grund, ihn nicht zu hassen.

Es ist mir ein Rätsel, woher ich die Willenskraft nahm, die dafür sorgte, dass meine Gedanken so lange bloße Gedanken blieben und ich sie nicht verwirklichte.

Die latente Phase dauerte Wochen, wenn nicht sogar Monate. Ich begann, meine Fantasien aufzuschreiben. Ein Heft nach dem anderen füllte sich mit verschiedenen Mordmethoden. Ich bin froh, dass ich die Hefte aufgehoben habe, denn später habe ich ihnen diverse Kniffe entnommen.

Ich hatte keine Angst, dass jemand meine Hefte finden und mich in eine Klinik schicken würde. Im Zweifelsfall hätte ich behaupten können, dass ich einen Krimi schreibe. Schließlich durfte ja auch Agatha Christie unbehelligt Hunderte von Menschen ermorden – in ihren Romanen.

Krimi-Magazine wurden vorübergehend zu meiner Lieblingslektüre, aber ich hatte sie schon bald satt. Haben die Menschen kein bisschen Fantasie? Immer nur das Gleiche, Messer und Schrotflinten, puh. Diese Einfallslosigkeit schädigte den Ruf aller Mörder.

Ich hätte gern Briefe an Lebenslängliche geschrieben und ihnen neue Ideen geliefert. Zu der Zeit versuchte ich mir noch einzureden, dass ich auf der Ideenebene bleiben und nicht zur Tat schreiten würde. Unbewusst war mir aber offenbar schon klar, dass es mir nicht gelingen würde, denn ich behielt meine Visionen für mich.

Ich dachte mir immer sadistischere Methoden aus, einen Menschen zu töten. Diese Fantasien bereiteten mir keinerlei Genuss. Sie strömten einfach in meinen Kopf, und ich fand es nur folgerichtig, sie aufzuschreiben.

Eigentlich waren das keine Fantasien, sondern Visionen. So eine Vision konnte mich zum Beispiel beim Einkaufen überkommen. Mal sah ich eine blutige Axt, mal mich selbst, wie ich einem mir unbekannten Anzugträger einen Hammer auf den Kopf schlug.

Oft sah ich nur Blut.

Blutlachen auf dem Küchenboden, Blutstropfen auf den Gängen im Shoppingcenter, Blutspritzer auf dem Joggingpfad, Blut, Blut, Blut.

Aber wie ich euch schon erzählt habe, kann man mein Schaffen geradezu als klinisch bezeichnen. Für blutige Visionen habe ich mich nie begeistert. Wenn ich sie in die Realität umsetzte, verwirklichte ich sie ohne unnötiges Blutvergießen.

Ich fantasierte vom Morden, doch es dauerte nicht lange, bis die bloßen Gedankenspiele mich nicht mehr befriedigten. Ich musste ans Werk gehen. Die Hämmer, Scheren und Sägen hervorholen.

Wieso entsetzt ihr euch immer noch über meine Fantasien? Ihr seht euch doch Horrorfilme an, oder?

Habt ihr euch nie überlegt, dass jemand die Drehbücher dafür geschrieben hat?

Jemand, der sehen möchte, wie Frauen auf möglichst groteske Art gequält und ermordet werden.

Wieder, wieder und wieder.

CLARISSA

Als ich mich von dem Telefongespräch mit Arto erholt hatte, stand ich verkatert auf unserer Terrasse und saugte an einer Zigarette, obwohl ich das Rauchen angeblich aufgegeben hatte. Wie oft hatte ich in meinem Leben die letzte Zigarette ausgedrückt, nur um ein paar Stunden später wieder mit dem Rauchen anzufangen.

Ich zerquetschte die Kippe am Terrassengeländer wie eine Küchenschabe.

Draußen herrschte so dichter Schneeregen, dass ich kaum unsere Weißdornhecke sehen konnte, geschweige denn das Nachbarhaus. Ich flüchtete mich vor dem Wetter nach drinnen. Meine Unruhe wollte nicht weichen. Ich beschloss zu warten, bis der Schneeregen nachließ, und dann in Kleidergeschäften Gemütsruhe zu suchen.

Laut Wettervorhersage handelte es sich nur um einen Schauer. Nach einer Stunde stellte ich fest, dass die Vorhersage zutraf. Der Schneeregen hatte sich in winzige Flocken verwandelt, die schmolzen, sobald sie auf der Erde landeten. Ich zog den Mantel an, schnappte mir meine Handtasche und machte mich auf den Weg zur Straßenbahnhaltestelle.

Ich stand allein an der Haltestelle und wunderte mich darüber, dass das Wetter in so kurzer Zeit vollkommen umschlagen kann, genau wie die Stimmung eines Menschen. Von Trauer zu Hass, von Hass zu Scham, von Scham zu Schuldbewusstsein. Die strahlend weiße Farbe der Schneeflocken weckte in mir den Gedanken an Unschuld – aber vor allem daran, wie leicht es ist, Unschuld zu zerstören.

Rikus Gesicht tauchte vor meinem inneren Auge auf, so blass wie damals, als ich es zum letzten Mal gesehen hatte. Über seine rechte Wange lief ein einzelner Tropfen Blut.

Ich sperrte das Bild entschlossen in den Safe in meinem Kopf und konzentrierte mich auf das Spiel der Schneeflocken in der Luft.

Die Straßenbahn war ziemlich voll. Ich fand einen Fensterplatz hinten im Wagen, gerade als ein Junkie-Pärchen, das auf der letzten Bank gesessen hatte, aufsprang, um etwas vom Boden aufzulesen. Ich drehte den Kopf, um zu sehen, was sie gefunden hatten, doch sie hatten mir den Rücken zugekehrt und standen da wie eine Mauer.

Im selben Moment rief die Frau begeistert und so laut, dass alle es hörten:

»Da ist noch eine Tablette drin!«

»Was für eine?«, fragte der Mann ebenso eifrig.

»Tenox!«

Ich steckte die Hand in die Tasche meines Nerzmantels. Die Tenox-Schachtel musste aus der Tasche gefallen sein, als ich meine Fahrkarte herausnahm. Ich nehme nur gelegentlich Beruhigungsmittel, wenn ich beruflich stark unter Stress stehe, denn ich will nicht abhängig werden. Man wird schnell süchtig, und der Entzug ist nicht leicht. In der Zehnerpackung war tatsächlich nur noch eine Tablette übrig, aber ich hatte sie schon seit fast einem Jahr. Ich musste Harri um ein neues Rezept bitten.

Die beiden Drogensüchtigen stiegen an der nächsten Haltestelle aus. Ich sah ihnen nach und machte mir Gedanken über das Schicksal der Frau.

Wie weit lag die Zeit zurück, als es für sie, wie für uns andere, noch ein völlig fremder und widerwärtiger Gedanke war, eine Tablette aufzuheben, die irgendein Unbekannter auf den Boden der Straßenbahn hatte fallen lassen? War sie schon als Teenager ins Trudeln geraten? Bestimmte ihre Kindheit den Verlauf ihres Lebens?

Plötzlich schreckte ich auf, als wäre ich auf meinem Sitz eingeschlafen und jemand hätte mich wach gestupst. War der Mann womöglich Rikus Vater? Nein, er war um die dreißig, Rikus Vater war älter gewesen. Hoffentlich war Rikus Vater schon tot und Rikus drogensüchtige Mutter ebenfalls.

Das wäre nur gerecht.

Die Straßenbahn hielt am Glaspalast. Ich stieg aus und machte mich auf den Weg zum Shoppingcenter Kamppi. Meine Gedanken kehrten zu Ira zurück.

Mir war immer noch unklar, warum Ira sich für eine Therapie entschieden hatte. Es ist nicht meine Angewohnheit, meine Patientinnen zu lenken. Ich möchte, dass sie selbst in ihren eigenen Worten sagen, worum es geht. Aber würde Ira dazu fähig sein?

In einer Pattsituation pflegte ich der Klientin einen meiner Kollegen zu empfehlen, von dem ich wusste, dass er neue Patienten suchte. Das ist in unserer Branche eine übliche Praxis. Auch meine Kollegen hatten mir Patientinnen geschickt, wenn sie meinten, sie wären eher für eine Behandlung bei mir geeignet.

Diesmal durfte es nicht so kommen.

Ira hatte sich in ihrer Not gerade an mich gewandt.

Ich war verantwortlich für ihr Leben.

Oder für ihren Tod.

ARTO

Clarissa beendete das Gespräch barsch, und ich konnte mich auf meinen Kater konzentrieren. Als ich mich im Selbstmitleid suhlte, fuhr mir wieder derselbe Gedanke durch den Kopf: Ich hatte nur noch einen Grund zu leben.

Noch vor einigen Jahren hatte ich die Not meiner alkoholabhängigen Bekannten regelrecht genossen. Ich redete mir ein, wenn ein anderer ein noch schlimmeres Alkoholproblem hatte als ich, bräuchte ich mir keine Sorgen zu machen. Früher hätte ich auch Clarissas Verhalten als triftigen Beweis dafür betrachtet, dass bei mir alles in Ordnung war. Wenn selbst Clarissa fähig war, mitten in der Woche zu saufen und trotzdem ihre ausgesprochen verantwortungsvolle Arbeit zu tun, brauchte ich mir keine Gedanken über meinen Alkoholkonsum zu machen.

Inzwischen hatte ich die Tatsachen anerkannt. Ich war Alkoholiker und würde mich höchstwahrscheinlich ins Grab trinken.

Ich griff nach dem Fotoalbum auf meinem Nachttisch. Es war voll von Fotos, die ich von der Parkbank aus geknipst hatte und auf denen sie am Fenster stand und ihre Teetasse umklammerte. Die Bilder waren aus einem verdrehten Winkel aufgenommen.

Ich konnte keine Nahaufnahmen machen, denn dann hätte sie mich bemerkt.

Durch die Fensterscheibe bekam man keine großartigen Aufnahmen zustande. Ihre Gesichtszüge waren nicht zu erkennen. Auf den Bildern war nur eine verschwommene Gestalt zu sehen. Wie ein Gespenst. So sah sie allerdings tatsächlich aus: wie ein Windhauch, als hätte sie jemand ausradiert und nur die Umrisse übrig gelassen.

Wenn ich daran dachte, dass wir irgendwann einmal im selben Zimmer gewesen waren, brach es mir fast das Herz. Ich wusste, dass mir das nie mehr vergönnt sein würde. Ich durfte sie nur noch von Weitem betrachten. Aber ich hatte sie doch nicht in Gefangenschaft halten können! Ich war gezwungen gewesen, sie gehen zu lassen.

Wusste sie, dass ich sie die ganzen Jahre hindurch beobachtet hatte? Dass ich ihr folgte wie ein Schatten?

Als würde meine Anwesenheit sie vor allem Bösen schützen, dabei war der Einzige, vor dem sie geschützt werden wollte, ich selbst.

CLARISSA

Die nächste Woche war nichts als Warten. Ich saß in meiner Praxis, war aber nicht präsent. Es wundert mich, dass keine meiner Patientinnen mich auf meine Abwesenheit ansprach. Vielleicht war ich so routiniert, dass ich die Show durchziehen konnte, obwohl meine Gedanken weit weg waren.

Meine Patientinnen breiteten ihre Probleme vor mir aus, doch ich konnte mich nicht darauf konzentrieren. Meine Gedanken irrten umher. Ich versuchte vergeblich, ihren Worten zu folgen.

Ich darf in aller Bescheidenheit sagen, dass ich in meinem Beruf äußerst kompetent war.

Natürlich kann ich über meine Patientinnen nur so berichten, dass man sie nicht erkennt. Ich habe dutzendweise Anorektikerinnen, Bulimikerinnen, Alkoholikerinnen, Neurotikerinnen geheilt. Frauen geholfen, die an Schizophrenie oder einer bipolaren Störung litten. Ich habe Frauen Kraft gegeben, die durch ihre Scheidung wie gelähmt waren. Frauen, die am Arbeitsplatz gemobbt wurden. Die vergewaltigt worden waren.

Dennoch mache ich mir immer noch Vorwürfe. Ich hätte es schaffen müssen.

Obwohl die Aufgabe undurchführbar war.

Ich ahnte nicht, welche Büchse der Pandora ich öffnete, als ich anfing, euch alles zu gestehen. Ein Geständnis, so nenne ich meinen Bericht.

Patientinnen, die ihren Ehemännern im Namen der Wahrheit ihren Seitensprung in allen Einzelheiten gestehen, habe ich immer verabscheut. Was, wo, mit wem und sogar in welcher Stellung. Diese Geständnisse hatten meiner Meinung nach nichts mit Wahrheit zu tun, geschweige denn mit Reue. Die Untreuen wollten lediglich ihre ganze Schuld bei ihrem Liebsten abladen und danach die Hände in Unschuld waschen. Die sadistischsten unter ihnen genossen sogar das Leid, das sie ihrem Mann mit ihrem Geständnis zufügten, und empfanden eine unbegründete Selbstgefälligkeit wegen ihrer in einem Anfall von Rechtschaffenheit gemachten Eröffnung. Vielleicht habe ich ihn betrogen, aber ich war wenigstens ehrlich.

Das fand ich widerwärtig. Jetzt merke ich, dass ich genau dasselbe tue. Ich kippe alles auf euch, als könnte ich dadurch meine Fehler ungeschehen machen.

Aber seid unbesorgt! Meine Offenheit hat meinen Zustand nicht verbessert. Im Gegenteil, ich habe das Gefühl, kaum vernarbte Wunden wieder aufzureißen.

Ich spüre eure anklagenden Blicke und die Missbilligung, mit der ihr mich überschüttet, obwohl ich euch nie begegnen werde. Euch könnte es ja nie passieren, dass ihr in eine ähnliche Situation geratet wie ich.

Oder?

Erinnert ihr euch, dass ich meine Notizen ausgegraben habe, um herauszufinden, was bei meiner ersten Begegnung mit Ira passiert war? Das hätte ich nicht tun sollen. Seitdem habe ich meine Aufzeichnungen wieder und wieder überflogen.

Ich habe so oft darin geblättert, dass die Bögen Eselsohren

bekamen, und sämtliche Ränder mit meinen Fragen vollgeschrieben. Als kein Platz mehr war, habe ich sie mit Post-it-Zetteln beklebt, auf denen weitere Anmerkungen stehen. Ich habe jedes zweite Wort unterstrichen. Und trotzdem hoffe ich jedes Mal, wenn ich zu meinen Notizen greife, von ganzem Herzen, etwas Neues zu finden.

Was ich suche? Den Schlüssel zu diesem Mysterium. Nein, ich habe geschworen, ehrlich zu sein. Ich suche ein Detail, einen Hinweis, irgendetwas, das zeigt, dass ich unschuldig bin.

Ich male mir aus, dass aus dem Papierstapel ein überzähliger Bogen fällt. Er schwebt auf den Boden wie das letzte Ahornblatt im Herbst. Auf dem Bogen steht etwas, von dem ich nicht mehr wusste, dass ich es geschrieben hatte. Der fehlende Teil, der dem Puzzlebild ein ganz neues Aussehen verleiht.

Ich verstehe, dass euch zum Lachen ist.

Mir ist zum Weinen. Wie vergeblich ist doch mein Versuch, die Wahrheit zu finden. Zumal ich weiß, dass die Aufzeichnungen, die wir Therapeuten über unsere Patienten machen, keine offiziellen Dokumente sind, in denen man die Wahrheit über das Leben der Patienten lesen könnte. Im Gegenteil, sie sind eine zweifache Interpretation, die Deutung einer Deutung. Zuerst erzählt die Patientin der Therapeutin ihre eigene Deutung ihres Lebens. Was will sie erzählen? Was will sie verheimlichen? Und woran erinnert sie sich gar nicht? Danach legt die Therapeutin ihre eigene Deutung vor, die wir als Aufzeichnung bezeichnen. Was hält die Therapeutin für wert, festgehalten zu werden? Versteht sie, was die Patientin meint? Will sie es überhaupt verstehen? Oder versteht sie absichtlich alles falsch? Denn wie in allen zwischenmenschlichen Beziehungen geht es auch in der Beziehung zwischen Therapeut und Patient um Gefühle. Und der Therapeut kann keineswegs alle Patienten leiden, obwohl er meistens fähig ist, seine Abneigung zu verbergen. Aber all dieser Ekel, der Hass und die Aggression fließen in die Aufzeichnungen ein, die folglich ein verzerrtes Bild vom Patienten liefern.

Ich bin bis an mein Lebensende an die Schweigepflicht gebunden, aber so viel kann ich sagen: In Finnland gibt es kaum eine eitle Prominente, die ihr Leben ohne meine Hilfe ertragen hätte.

Ihr versteht sicher, wie gewaltig der Absturz war. Ich war so hoch hinaufgelangt, wie es in meinem Beruf in Finnland nur möglich ist. In den USA hätte ich meine eigene Fernsehsendung gehabt wie Dr. Phil. Und jetzt: nichts.

Mein Erfolg wurde mir zum Schicksal. Zeigt mir einen Menschen, der nicht stolz darauf wäre, den Ministerpräsidenten oder die Ministerpräsidentin therapieren zu dürfen (welchen oder welche darf ich natürlich nicht sagen). Ich wurde hochmütig. Unvorsichtig. Und das habe ich nun davon. *Sic transit gloria mundi.*

Ich kenne die Antwort, aber ich höre nicht auf, nach ihr zu suchen.

Früher war es mein Lebenszweck, einem Eishockeyspieler der NHL begreiflich zu machen, dass seine Frau in ihrem Leben vielleicht noch etwas anderes vermisst als eine neue Küche. Jetzt habe ich keinen Lebenszweck mehr.

Nur noch eine Obsession.

Diese Geschichte in allen Einzelheiten zu klären.

Schon nach wenigen Sitzungen mit Ira begann ich zu ahnen, worauf ich mich eingelassen hatte. Mir schoss der Gedanke durch den Kopf, dass ich meinen Aufgaben nicht gewachsen war. Ich tat ihn als lächerlich ab. Ein zu großer Brocken für mich? Blödsinn. Doch allmählich wuchsen meine Zweifel. Was, wenn ich es nicht schaffte? Welche Konsequenzen hätte mein Scheitern? Daran wollte ich nicht einmal denken. Die Folgen wären katastrophal. Für Ira, für mich, für alle.

Ich versuchte, meine Gedanken wegzudiskutieren. Sicher übertrieb ich nur.

Jetzt wissen wir natürlich, wie berechtigt meine Furcht war.

Irgendwann war klar, dass ich die Ereignisse nicht mehr unter Kontrolle hatte. Ich versuchte verzweifelt, hier und da ein Feuer zu löschen. Ich hätte um Hilfe bitten müssen. Ein kurzer Klinikaufenthalt hätte die Lage vielleicht beruhigt. Ich hätte Harri um Rat bitten können.

Man hätte mir ganz bestimmt geholfen! Aber dann hätte ich sie verloren.

Ich wollte nicht, dass irgendwer sie mir wegnahm. Ich klammerte mich bis zum Schluss an sie, ohne Rücksicht auf die Konsequenzen. Am Ende konnte ich nur noch zusehen, als sie über den abschüssigen Rand in die Kluft rutschte, die sie selbst gegraben hatte.

Und sie zog mich mit sich.

In meinem Kopf liefen Horrorszenarien ab, eines entsetzlicher als das andere. Was, wenn ich sie nie wiedersähe? Wenn sie anriefe, mir ihren Selbstmord ankündigte und auflegte, bevor ich etwas tun konnte? Wenn ich am Morgen die *Helsinkier Nachrichten* aufschlüge und in der Zeitung von ihrem Tod läse?

Was, wenn die Post mir ihren Abschiedsbrief brächte?

IRA

Natürlich fürchtete ich, dass sie mich unter Berufung auf den Beck-Test in eine geschlossene Anstalt einweisen lassen würde. Allein die Tatsache, dass ich ihr meine Selbstmordabsichten verriet, wäre schon eine ausreichende Begründung für eine Zwangsbehandlung gewesen. Andererseits: Der Etat des öffentlichen Gesundheitswesens war auf das Minimum gekürzt worden. Vielleicht kommt man heute erst in die geschlossene Abteilung, wenn man schon einen Selbstmordversuch hinter sich hat? Außerdem kannte ich meine Therapeutin schon gut genug, um zu wissen, dass sie mich nicht in die Klinik bringen würde.

Ich bin eine hervorragende Menschenkennerin. Töten macht einen auf einzigartige Weise mit der menschlichen Natur vertraut, besser als die engste zwischenmenschliche Beziehung.

Ein Mensch, der um Gnade fleht, durchläuft das ganze Spektrum menschlicher Gefühle, vom Entsetzen zur Wut, zur Trauer und schließlich zur Demut. Ich hatte meine Therapeutin noch nicht sehr oft getroffen, aber in Gedanken hatte ich schon ein genaues psychologisches Profil von ihr gezeichnet.

Meine Therapeutin hatte einen großen Verlust erlebt, für den sie sich schuldig fühlte.

Ich wusste nicht, was sie verloren hatte, aber es war offensichtlich, dass sie über das Erlebnis nicht hinweggekommen war. Hatte sie irgendwann jemanden geliebt, der sie sitzen gelassen hatte?

Oder war der Mensch, den sie geliebt hatte, gestorben?

Der Verlust hatte in das Herz meiner Therapeutin ein riesiges Loch gerissen, das sie mit allen Mitteln zu füllen bemüht war. Sie versuchte, ihren Verlust zu kompensieren, indem sie ihre Patientinnen verschlang. Ich hatte das Gefühl, dass sie von dem narzisstischen Wunsch motiviert wurde, der ganzen Welt ihre Herzensgüte unter die Nase zu reiben. Andererseits *wirkte* ihre übertriebene mütterliche Hingabe selbstlos.

Ich wusste, ich konnte mich darauf verlassen, dass sie nicht gewillt sein würde, auf mich zu verzichten. Sie würde bereit sein, mein Leben aufs Spiel zu setzen, um mich für sich zu behalten.

Ja, sie hätte eher zugelassen, dass ich mich umbrachte, als mich irgendeinem anderen anzuvertrauen.

Die Situation verursachte jedoch ein Problem, das ich erst viel später erkannte. Wie konnte ich so dumm sein?

Meine Therapeutin beging einen schweren Berufsfehler, indem sie mich nicht zur Zwangsbehandlung einwies. Wenn ich für meine Verbrechen zur Verantwortung gezogen würde, hätte ihre Aussage kein Gewicht, sondern würde als unzuverlässig betrachtet werden. Könnte sie überhaupt noch vor Gericht aussagen? Ihr Versäumnis war so schwerwiegend, dass sie möglicherweise sogar das Recht verlieren würde, ihren Beruf auszuüben.

Hätte ich mir das rechtzeitig überlegt, dann hätte ich darauf bestanden, dass sie mich zur Zwangsbehandlung einwies.

Am meisten ärgert mich, dass ich nur einen oder höchstens zwei Tage in der geschlossenen Anstalt gehockt hätte. Heutzutage werden die Patienten nicht mehr hospitalisiert, weil man sie möglichst zügig aus den Pflegeanstalten rauswirft.

Ich habe die ganze Geschichte immer wieder durchgekaut und meine Therapeutin in die unterste Hölle verwünscht. Wegen ihrer märtyrerhaften Aufrichtigkeit ist alles danebengegangen. Ihre Heiligkeit und Barmherzigkeit kotzen mich an. Diese verdammte Madonna!

Wollt ihr einen guten Witz hören?

Vielleicht hat sie ja alles geplant.

Dann wäre ich der Zwangsbehandlung doch nicht deshalb entgangen, weil sie mich keinem anderen anvertrauen wollte. Was, wenn das ein Teil ihres Ränkespiels war und sie alles von Anfang an arrangiert hat?

Ich wollte es damals nicht glauben, aber jetzt sehe ich mich dazu gezwungen.

ARTO

Wieder saßen wir uns im *Kaffeesalon* gegenüber, Clarissa und ich, und an unserem Tisch saß auch Marjas Geist. In Wahrheit hatte Marja mir nie einen Besuch aus dem Grab abgestattet. Manchmal überlegte ich, ob ich sie mit offenen Armen empfangen würde, obwohl sie nur ein Gespenst wäre. Bestimmt.

So einsam war ich, dass ich mich nach einer Frau sehnte, die ich gehasst hatte, als sie noch am Leben gewesen war.

Ich versuchte, Marja im Jenseits zu vergessen, und wandte mich Clarissa zu.

»Was hat dein Mann gesagt? Darfst du im Interview über eure Ehe sprechen?«

»Pekka hat widerwillig zugestimmt, aber große Enthüllungen hat er nicht erlaubt.«

Pekkas ablehnende Haltung überraschte mich nicht.

»Ich habe vorab schon mal über die Überschrift nachgedacht. Was meinst du zu dem Vorschlag: ›Dank der Hilfe meines Mannes wurde ich vom Alkoholismus geheilt‹?«

Verdammt noch mal! Clarissa war alles andere als trocken.

Ich brannte darauf, mehr über ihre Selbsttäuschung zu hören.

»Klingt köstlich! Erzähl mal!«

Clarissa begann mit ihrem Monolog, der sich krümmte und bog und absolut nicht zur Sache zu kommen schien. Besonders begeistert schilderte sie ihr Äußeres und ihre Kleider.

»Sachverständige erkennen schon an meiner Kleidung, dass ich geheilt bin. Kannst du dir vorstellen, dass ich früher blaue Klamotten getragen habe? Blau ist ja absolut nicht meine Farbe, das ist doch völlig klar!«

Es gab nur eine Erklärung für Clarissas verworrene Redeflut: Sie war wieder betrunken. Unter der Woche und mitten am Tag.

»Ich war innerlich so blockiert, dass mein Unwohlsein in meiner Kleidung zum Ausdruck kam. Blau und Jeans, schrecklich!«

Was hatte das alles mit Clarissas Alkoholismus, mit ihrer Heilung und Pekkas Hilfe zu tun?

»Laut Farbanalyse bin ich ein Sommertyp, das heißt, am besten stehen mir verschiedene hellrote Töne, ganz besonders Rosa ...«

Clarissa schien an die Farbanalyse ebenso unverbrüchlich zu glauben wie an die Psychoanalyse.

»Mir ging es damals nicht sehr gut. Offen gesagt war ich eine Säuferin.«

Für den letzten Satz hätte ich eher das Präsens gewählt als das Imperfekt.

»Ich hatte eine unglückliche Kindheit, aber Pekkas Liebe war selbstlos. Und so kam ich vom Alkohol los.«

Diese Story würde meine Haut retten, falls es mir gelang, aus Clarissas Bewusstseinsstrom eine Geschichte zu basteln, die einen Anfang, eine Mitte und ein Ende hatte, vorzugsweise in dieser Reihenfolge.

Irmeli würde vor Begeisterung juchzen, wenn sie erfuhr, dass ich als erster Reporter Clarissa dazu gebracht hatte, öffentlich über ihre Privatangelegenheiten zu sprechen.

Dass die Story völliger Blödsinn war, störte mich nicht. Aber der investigative Journalist in mir wollte Clarissa nicht sofort vom Haken lassen, sondern sehen, wie sie sich wand.

»Wie lange hat deine Abstinenz gehalten?«

»Über zwanzig Jahre, die ganze Zeit unserer Ehe.«

»Was war das dann bei unserem vorigen Treffen? Dein Verhalten kam mir nicht sehr nüchtern vor.«

Clarissa trug immer reichlich Kriegsbemalung, aber selbst das Rouge konnte nicht verbergen, dass sie errötete.

»Arto, du weißt doch, dass Abstinenz wie ein Tanz ist: zwei Schritte vor und einen zurück. Aber es bringt nichts, sich über kleine Ausrutscher zu grämen.«

Wenn es mir doch nur gelingen würde, so leicht über meine eigenen Fehler hinwegzugehen, statt mich noch nach Jahren dafür zu geißeln.

Ich stellte mir vor, wie ich an der gewohnten Stelle auf der Parkbank saß. Ich sah sie am Fenster stehen und mir in die Augen blicken.

In ihren Augen loderten Anklagen.

Ich verdiente diesen Blick.

Ich trug die Schuld an allem, wofür sie mich zur Rechenschaft ziehen wollte.

CLARISSA

Ich bringe mich um. Das ist unausweichlich. Du kannst es nicht verhindern. Wieder einmal hatte ich von Iras Selbstmord geträumt. Diesmal hatte sie sich erschossen. Ich hatte versucht, ihr die Pistole zu entreißen. Wir hatten auf dem Fußboden meiner Praxis miteinander gerungen. Gerade als es mir gelungen war, die Waffe aus Iras rechter Hand zu winden, schnappte sie sie mit der linken. Ich griff wieder nach der Waffe, aber Ira war schneller, sie setzte sich den Lauf an die Schläfe und drückte ab.

Iras Augen starrten mich unverwandt an, während ihr Körper auskühlte.

Als ich aufwachte, war ich in kalten Schweiß gebadet. Der Schuss hallte noch in meinen Ohren nach, als ich am Esstisch saß und versuchte, den Frühstücksbrei herunterzuwürgen. Der Albtraum hatte mir den Appetit verschlagen.

Mich quälte der Verdacht, dass Ira mir nicht genug Vertrauen entgegenbrachte, um mit der eigentlichen Therapiearbeit zu beginnen. Deshalb hatte es mich besonders interessiert, wie ehrlich sie den Beck-Test beantworten würde.

Und vor allem: Falls sie schwindelte – führte sie damit mich hinters Licht oder sich selbst?

Vor dem Test hatte ich mir noch einreden können, dass ich mir zu Unrecht Horrorszenarien von Iras Suizid ausmalte. Nachdem ich die Testergebnisse gesehen hatte, musste ich der Wahrheit ins Auge blicken. Nun wusste ich, dass sie jederzeit Selbstmord begehen konnte.

Jetzt hing alles von mir ab. Ich musste schnell handeln.

Jedes unserer Gespräche konnte das letzte sein.

Als ich mit meinen morgendlichen Verrichtungen fertig war, setzte ich mich in die Praxis, um auf Iras Ankunft zu warten. Sie war die erste Patientin des Tages.

Es klingelte, und ich öffnete die Tür. Im Gänsemarsch gingen wir in die Praxis.

»Wie fühlst du dich?«, fragte ich und bereute die Frage sofort. Wir wussten beide, dass Iras Zustand erbärmlich war.

Ira antwortete nicht, sie runzelte nur die Stirn, als ob sie meine Worte nicht verstanden hätte und sich nicht die Mühe machen wollte zurückzufragen. Ich merkte, dass ihr Blick zum Fenster wanderte.

Ich hielt es für besser, auf leeres Geschwätz zu verzichten und direkt zur Sache zu kommen.

»Du hast beschlossen, Selbstmord zu begehen«, sagte ich ernst und wartete auf Iras Reaktion. Meine Worte brachten sie dazu, den Blick vom Fenster, von dem heftigen Schneefall, der gegen die Scheibe schlug, und von den im Wind schwankenden Birkenwipfeln zu lösen und sich wieder mir zuzuwenden.

»Ja, ich habe immer gewusst, dass ich Hand an mich legen werde. Ich habe nicht die Kraft, so lange zu leben, dass ich eines natürlichen Todes sterben würde.«

Ira erzählte, sie plane ihren Selbstmord schon seit Jahren. Ich war sicher, dass sie in dieser langen Zeit auch einen Versuch gemacht hatte, vielleicht sogar mehrere. Man schätzt, dass Selbstmordversuche zehnmal häufiger sind als tatsächliche Suizide.

Ich fühlte mich müde. Wieder galt es, einen Selbstmord zu verhindern.

Warum war ich nicht Floristin oder Konditorin geworden? Die sehen bei ihrer Arbeit nur Schönes, Blumen und Torten, ich sehe nichts als Schwärze.

Ich merkte, dass ich auf das Fenster starrte. Ich beobachtete einzelne Schneeflocken, die schmolzen, zu Wassertropfen wurden und langsam an der Scheibe hinunterrollten. Mühsam riss ich mich von dem Anblick los, sah wieder Ira an und setzte meine Befragung fort.

»Hast du schon einmal versucht, dich zu töten?«

Ira lachte höhnisch auf, als hätte ich mich nach etwas erkundigt, was auf der Hand lag, sah mich aber nicht an. Ihr Blick suchte nach einem neuen Fixpunkt, während sie mir antwortete.

»Dreimal. Beim nächsten Mal wird es mir bestimmt gelingen.« Aus ihrer Stimme war kein Gefühl herauszuhören, sie klang leer. Als hätte sie eine Einkaufsliste heruntergebetet.

Ein Gedanke drängte sich so heftig in meinen Kopf, dass ich ihn beinahe laut ausgesprochen hätte: Ich kann nicht mehr. Aber ich musste weitermachen.

»Hast du schon einen Plan? Wie willst du es tun?«

Meine Frage klang hart, aber es war mir äußerst wichtig, sie zu stellen. Dass ein Mensch selbstzerstörerische Impulse hat, ist natürlich immer eine ernste Angelegenheit. Aber wenn er schon einen Plan zur Verwirklichung seiner Absicht gemacht hat, bleibt nur noch wenig Zeit, ihn zu retten.

Und wer sonst sollte Ira retten, wenn nicht ich?

Und wenn ich keine Kraft mehr hätte?

Ira antwortete sofort. Ja, sie hatte einen fertigen Plan. Sie sagte, sie habe den Selbstmord jedes Mal auf andere Weise versucht.

Auch diesmal hatte sie eine neue Methode im Sinn. Sie verriet mir ihren Plan in allen Einzelheiten. Es schien sie zu freuen, dass sie darüber sprechen durfte.

Ich erzähle euch nicht, was ihr Plan war. Selbstmord ist eine ansteckende Krankheit. Immer wenn die Medien berichten, dass jemand sich das Leben genommen hat, und enthüllen, wie er es getan hat, setzt eine ganze Schar von Menschen ihrem Leben auf die gleiche Weise ein Ende.

Ich hatte es höllisch eilig.

Ich musste ihr Leben retten.

Ich. Kann. Nicht. Mehr.

Meine einzige Option war der Versuch, Zeit zu gewinnen, bis ich wusste, was ich tun sollte. Ich musste improvisieren. Mir kam eine verwegene Idee. Gott steh mir bei. Wenn meine Kollegen diesen Vorschlag gehört hätten!

»Du bist zu mir gekommen, weil du Hilfe wolltest. Ich kann dir nicht helfen, wenn du dich umbringst. Und deine Probleme lassen sich nicht in ein paar Sitzungen lösen. Einigen wir uns darauf, dass du in den nächsten sechs Monaten nicht Selbstmord begehst? Wenn ich dir bis dahin nicht helfen konnte, verfällt unsere Abmachung. Meinerseits verspreche ich, alles zu tun, damit es dir besser geht.«

Ich glaubte schon, Ira wäre so tief in ihrer eigenen Welt versunken, dass sie mich gar nicht gehört hatte. Aber als ich meine Worte wiederholen wollte, blickte sie zu mir auf und flüsterte kaum hörbar:

»Abgemacht.«

Ich hatte ein halbes Jahr Zeit.

Meine Erleichterung war grenzenlos.

IRA

Ich hatte sie in die Falle gelockt. Für das nächste halbe Jahr war sie mir verpflichtet.

Ich hatte Informationen über die Karte »Du kommst aus dem Gefängnis frei« gegoogelt. Wenn ich es richtig verstanden hatte, war eine halbjährige Behandlungszeit lang genug, dass meine Therapeutin ein rechtsfähiges Sachverständigengutachten über mich verfassen konnte. Ich brauchte mein Lächeln nicht vorzutäuschen, als wir die von ihr vorgeschlagene Vereinbarung mit einem Handschlag besiegelten.

In meine Siegesfreude mischte sich allerdings eine leise Verwunderung. Meine Therapeutin wirkte erschrocken. Als hätte mein Schicksal sie wirklich berührt. Als wäre ihr nicht egal, wie es mir ergehen würde: ob ich starb oder am Leben blieb. Tag für Tag sterben psychisch kranke Menschen. Sie konnte doch nicht jedem von uns nachweinen!

Dennoch rührte mich ihre Sorge. Fühlt es sich so an, wenn jemand sich um dich kümmert? Ich spürte Wärme in meinem Inneren, schob das Gefühl aber schnell beiseite.

Man kann keinem trauen. Keinem.

Ich hatte meinen Eltern nie von dem Scheißkerl und dem Käfig erzählt, weil sie so distanziert waren. Als hätten sie jederzeit entschweben und mich allein zurücklassen können.

Manchmal scheuchten sie mich zum Spielen auf den Hof, aber sie riefen mich nie vom Hof herein, als hätten sie gehofft, mich eines Tages so erfolgreich aus ihrer Nähe zu vertreiben, dass ich nie mehr zurückkäme.

Auch körperlich hielten meine Eltern Abstand, wenn man die flüchtigen Umarmungen nicht mitzählt, die sie mir widerwillig zukommen ließen, nur um ihre Elternpflicht zu erfüllen. Das einzige regelmäßige Zeichen der Zuneigung, an das ich mich aus meiner Kindheit erinnere, war die Angewohnheit meines Vaters, mir über den Kopf zu streichen und sich danach die Hand sorgfältig an seiner Hose abzuwischen, als hätte er einen nassen Hund getätschelt.

Da ich mich nicht an meine Kindheit erinnern wollte, rief ich mir stattdessen die Stimme der Therapeutin ins Gedächtnis. Sie war betont ruhig gewesen, geradezu übertrieben reserviert.

»Könnten wir den Vertrag auch schriftlich schließen?«, fragte sie und streckte hoffnungsvoll die Hand nach Stift und Papier aus.

Wenn der alte Witz zutrifft, wonach ein chaotischer Schreibtisch auf einen wirren Kopf hindeutet, bewegte sich im Kopf meiner Therapeutin praktisch nichts. Auf ihrem Tisch lag nie mehr als ein Notizbuch, ein Kugelschreiber und ein Bleistift. Offenbar wollte sie den Vertrag zu einem offiziellen Dokument machen, denn sie schnappte sich den Kugelschreiber.

Sie konzentrierte sich eine Weile darauf, den Text aufzusetzen, dann reichte sie mir den Vertrag. Erst als ich ihre Formulierungen las, wurde mir klar, wie gut der Vertrag meinen Zwecken dienen würde. Meine Therapeutin würde sich nicht einfach herauswinden können. Falls sie versuchte, meine Behandlung abzubrechen, konnte ich mich auf das Dokument berufen. Auch Therapeuten wurden wohl von einer offiziellen Instanz kontrolliert, mit der ich ihr notfalls drohen konnte. Ich erinnerte mich, irgendwo gelesen zu haben, dass man sich bei der Staatlichen Aufsichtsbehörde für das Sozial- und Gesundheitswesen auch über Therapeuten beschweren kann. Das musste ich nachprüfen.

»Bei unserer nächsten Sitzung kannst du einen Abschiedsbrief schreiben.«

Einen Abschiedsbrief? Was sollte das denn? War sie übergeschnappt?

Ich wollte gerade fragen, was in aller Welt sie meinte, da klingelte schon die nächste Patientin. Die ganze Sitzung war für den Vertrag draufgegangen.

»Ich hoffe, dass du dich an unsere Abmachung hältst«, sagte die Therapeutin zum Abschied. Ich hätte beinahe laut gelacht bei dem Gedanken, dass sie gar nicht ahnte, was für ein Papier sie unterschrieben hatte.

Sie saß in der Falle.

Es lag bei mir, wann ich sie gehen lassen würde.

Dass ich eigentlich keinen Grund zur Freude gehabt hätte, wisst ihr ja schon.

CLARISSA

Ich stand am Fenster meiner Praxis und wartete darauf, dass Ira im Windfang die Pantoffeln abstreifte, Schuhe und Jacke anzog und zur Haustür hinausging.

Draußen schneite es immer noch.

Rekku, der Labrador Retriever unserer Nachbarn Mimmeli und Terho, hatte sich wieder von der Leine losgerissen. Er erleichterte sich an unserem Johannisbeerstrauch. Ich schüttelte missbilligend den Kopf.

Endlich erschien Ira in meinem Blickfeld. Wir waren uns erst einige Male begegnet, aber ich bildete mir ein, sie schon besser zu kennen. Sie ging mit hängenden Schultern niedergeschlagen durch den Vorgarten. Hatte ich zu viel versprochen? Würde ich fähig sein, sie auseinanderzunehmen und so wieder zusammenzusetzen, dass alle Teile am richtigen Platz waren?

Ira hatte keinen Regenmantel und keinen Schirm. Sie zerrte sich die Kapuze hoch und verbarg den Kopf darin wie eine Schildkröte, die sich in ihren Panzer zurückzieht. Dann bog sie zur Bushaltestelle ab. Plötzlich rannte Rekku ihr schwanzwedelnd nach. Ira erschrak vor dem Hund und machte ein paar Laufschritte.

Rekku schob die Schnauze zu ihr hin, verlor das Interesse und kehrte zu meinem Beerenstrauch zurück.

Ich blickte wieder zu Ira, die nun an der Bushaltestelle stand und das Wasser von ihrer Kapuze schüttelte. Sie wirkte bedrückt.

Omnipotenz ist die Berufskrankheit der Therapeuten. Wir bilden uns ein, selbst unmögliche Aufgaben erfolgreich bewältigen zu können. Wir retten und heilen den Patienten, ganz gleich, was sein Problem ist.

Aufgeben ist keine Alternative. Ich hatte mich mit mehreren meiner Patientinnen schwer abgerackert. Am schwierigsten war die Behandlung von Menschen, die bereits einen Selbstmordversuch hinter sich hatten. Ein Teil von ihnen versuchte es erneut – und immer wieder, bis sie es schafften. So war es auch einigen meiner Patientinnen ergangen.

Wie kommt man über so etwas hinweg? Nur indem man sich selbst betrügt. Man muss sich einreden, dass man keinerlei Verantwortung für den Tod trägt.

Schuld einzugestehen hätte zur Folge gehabt, dass ich meinen Beruf nicht mehr ausüben konnte. Wenn es einmal passieren kann, kann es auch ein zweites Mal geschehen.

Mir war es dreimal passiert. Und trotzdem machte ich weiter auf der Basis heuchlerischer Ausreden, die ich mir in Gedanken zurechtlegte. Hier ein paar Beispiele dafür, mit welchen Argumenten ich versuchte, mich irrezuführen:

Bedenkt bitte, dass ich nicht die Einzige bin. Alle Therapeuten haben ihre Selbstmörder. Das ist unvermeidlich. Unsere Patienten sind psychisch krank oder befinden sich mindestens in einer Krise. Was wäre denn die Alternative? Dass sie gar nicht erst Hilfe suchen, sondern sich sofort umbringen, wenn die Schwierigkeiten beginnen?

Wiegen die Dutzende von Menschen, deren Leben ich retten konnte, nicht schwerer als die drei Toten?

Außerdem haben die Angehörigen meiner drei von eigener Hand gestorbenen Patientinnen mir nie irgendwelche Vorwürfe gemacht. Bei zwei von ihnen war ich sogar zur Beerdigung eingeladen.

Der Fehler lag nicht bei mir. Ich konnte unbesorgt weiterhin die Verantwortung für Menschenleben übernehmen.

Natürlich präsentierte ich den Angehörigen meiner dahingeschiedenen Patientinnen meine Argumentation nicht. Ihnen gab ich keine Möglichkeit, mich zu verdächtigen oder mir irgendetwas vorzuwerfen. Ich machte ihnen klar, dass die Verstorbene früher oder später auf jeden Fall zu der Entscheidung gekommen wäre, die sie getroffen hatte. Niemand hätte es verhindern können.

Ein Selbstmord ist für den Therapeuten ein schmachvolles Versagen. Darüber spricht man nicht, obwohl alle in unserem Beruf diese Erfahrung teilen.

Wenn wir bei einem gemütlichen Abend im Kollegenkreis gelegentlich mal ein Gläschen zu viel tranken, setzten sich die Toten an unseren Tisch. All diese Erklärungsversuche! »Ihr Vater war ein Ungeheuer.« »Seine Frau hat ihn praktisch kastriert.« »Ihre Mutter hat sie nicht geliebt.« »Er hat sich geweigert, seine Medikamente zu nehmen.« »Sie hatte keinerlei Motivation zu genesen.«

Wir Therapeuten sind für nichts verantwortlich. Warum fühlen wir uns dann so furchtbar schuldig?

Dann kam Ira. Und ich bekam die Chance, alles wiedergutzumachen, was passiert war. Ich hatte Angst, dass Ira in die Fußstapfen der drei Toten treten würde. Dieser Gedanke quälte mich ständig. Ruhe fand ich nur, wenn Ira mir gegenüber auf der Couch saß und ich sie für die Dauer unserer Sitzung im Auge behalten konnte. Die restliche Zeit lebte ich in Furcht. Wenn sie nicht bei mir war, überlegte ich immer, was sie gerade tat.

Oder war sie schon tot?

Die Nächte waren schlimmer als die Tage. Ein Albtraum folgte auf den anderen.

Ich kam in unsere Wohnung und machte das Licht an. Sie hatte sich an der Decke erhängt.

Ich ging ins Bad, und sie lag mit aufgeschnittenen Pulsadern in der Wanne.

Ich stand an der U-Bahn-Haltestelle, und die Polizisten hoben ihren verstümmelten Körper von den Gleisen in meine Arme. Mir versagten die Beine, ich fiel auf die Knie, und mein Schrei hallte von den Steinwänden des U-Bahn-Tunnels wider.

PEKKA

Als ich das nächste Mal Gelegenheit hatte, die Zeichnungen unter dem Sofa in Clarissas Arbeitszimmer hervorzuholen, erwartete mich eine Überraschung. Es waren neue hinzugekommen.

Verwundert setzte ich mich auf das Sofa und begann, in den Zeichnungen zu blättern. Ich stellte mir zwei Fragen: Worum ging es bei den Bildern, und warum hatte die Patientin sie Clarissa gebracht?

Ich fühlte mich wie manchmal am frühen Morgen, wenn ich versuchte, mich zu erinnern, was ich in der Nacht geträumt hatte. Der Traum war in Reichweite, ich konnte ihn mit den Fingerspitzen berühren, bekam ihn aber nicht zu fassen.

Ein unangenehmes Gefühl überkam mich, das mich bis tief im Bauch kratzte.

Irgendetwas auf den Zeichnungen kam mir bekannt vor, aber mir fiel absolut nicht ein, was es war. Ich war so frustriert, dass ich den ganzen Stapel am liebsten in den Wohnzimmerkamin gestopft und angezündet hätte.

Was zum Teufel hatte ich mit diesen Schmierereien zu schaffen?

Zwei Zeichnungen hatte ich ja schon untersucht, als ich sie beim vorigen Mal unter Clarissas Sofa gefunden hatte. Ich beschloss, sie mir noch einmal vorzunehmen. Die erste war wahrhaftig moderne Kunst. Ich sah nichts anderes als Wirrwarr, Kohlespuren, die keine vernünftige Form oder Gestalt bildeten. Die zweite Zeichnung zeigte den grausamen Mann im Anzug, dessen sadistisches Lächeln mich wieder zusammenzucken ließ. Er sah bekannt aus. Aber wieso?

Wo hatte ich diesen Mann schon einmal gesehen?

Plötzlich hatte ich das schaurige Gefühl, beobachtet zu werden.

Bevor ich die Zeichnungen hervorholte, hatte ich die Vorhänge zugezogen. Nun lief ich mit zwei großen Schritten ans Fenster und öffnete sie.

Draußen dämmerte es schon. Schatten lagen über dem Garten. Etwas huschte über den Rasen.

Ein Eichhörnchen. Es drehte sich um und kletterte am Fichtenstamm hoch.

Ich schnaubte über meinen Verfolgungswahn und kehrte zu den Zeichnungen zurück.

Als Nächstes waren die Bilder an der Reihe, die erst kürzlich unter dem Sofa gelandet waren und die ich deshalb noch nicht gesehen hatte. In den neuen Werken wiederholte sich ein und dasselbe Motiv. Wenn ich es richtig erkannte, zeigten sie einen Keller. Er war leer bis auf einen Metallkäfig, der mitten auf dem Fußboden stand, und eine kleine Badewanne in der Ecke.

Der Käfig war leer. Falls der Maßstab stimmte, war er so klein, dass nur ein kleines Tier, etwa ein Hund, in ihm Platz fand. Er war zum Beispiel nicht für den Transport von Vieh geeignet. Wenn ich mich recht erinnerte, untersagte das Tierschutzgesetz, einen Hund in einer solchen Falle zu halten.

Eine der Zeichnungen zeigte nur die Badewanne. Das rostige Ding konnte man nicht gerade als hygienisch bezeichnen.

Auf dem Rand der Wanne lagen zwei rosa Seidenbänder. Solche, die Mütter verwenden, wenn sie ihren kleinen Töchtern Zöpfe flechten.

IRA

Die Angehörigen von Uolevi Mäkisarja waren kaum über seinen Tod hinweggekommen, als ich bereits mein nächstes Opfer erledigt hatte.

Das Verschwinden von Ripa Raasteenlahti war die Nachricht des Tages. Das Entwicklungsstudio Game Off hatte gerade die Veröffentlichung des ersten für Frauen konzipierten Spiels bekannt gegeben, daher war der Name des Unternehmens in aller Munde.

Raasteenlahti starrte mich von der Wand des Kiosks trotzig an, obwohl er im Moment seines Abgangs geheult hatte wie ein kleines Kind.

»Unternehmensleiter Ripa Raasteenlahti verschwunden« lautete die Schlagzeile der Abendzeitung.

»Verschwunden.« Nicht ermordet. Also wurde niemand wegen Mordes an Raasteenlahti gesucht. Noch nicht.

Meine Finger fuhren instinktiv an meinen Hals. Ich streichelte die dünne Goldkette, die unter meiner Bluse hing. Eine schlichte Kette ohne Anhänger.

Der Verschluss war so klein, dass ich meine ganze Fingerfertigkeit hatte aufbieten müssen, um ihn zu öffnen und die Kette vom schweißnassen Hals des toten Raasteenlahti abzunehmen.

Rasch kaufte ich eine Schachtel Zigaretten und eilte nach Hause zurück. Ich hatte Angst, dass Raasteenlahtis Zeitungsfoto brüllen würde, ich sei schuldig. Um ihn zu vergessen, dachte ich wieder über die anderen Patientinnen meiner Therapeutin nach.

Was war es wohl für ein Gefühl, der Therapeutin ehrlich von den eigenen Problemen zu erzählen, ohne etwas zu verheimlichen? Aus ihrem Mitgefühl Trost zu schöpfen? Und allmählich daran zu glauben, dass sich die eigene Lebenssituation verändern konnte. Dass die Probleme nur vorübergehend bestanden. Dass das Leben kein Brunnen war, an dessen vom Moos glitschigen Wänden man nicht hinaufklettern konnte.

Der Neid krallte sich so fest, dass ich ihn fast als physischen Schmerz empfand.

Ich hatte schon vor langer Zeit eingesehen, dass es sinnlos war, mich mit anderen Menschen zu vergleichen. Als würde man die Scherben einer zu Boden gefallenen Porzellantasse neben ein heiles Exemplar stellen. Trotzdem fand ich das Ganze manchmal verdammt unfair. Die anderen Menschen trabten munter vorwärts, während mein Leben geendet hatte, als ich zehn war. Welche Metapher sollte ich dafür verwenden? War ich nur ein Schatten? Nein, ich fand keine Worte für die Leere in mir.

In gewisser Weise hatte ich es schon akzeptiert. Es war eben so. Aber manchmal empfand ich es als absolut unerträglich, dass ich nichts dagegen tun konnte. Niemand hatte mich gefragt, ob ich in den Käfig gesperrt werden wollte.

Warum war es gerade mir passiert? Konnte der Zufall so sadistisch sein?

Und dann begann ich mit dem Wenn und Aber, obwohl ich nur zu gut wusste, dass es meinen Zustand verschlimmerte.

Wie weit müsste ich mein Leben zurückspulen, damit es nicht

zu spät wäre? Was, wenn ich an jenem Tag nicht in den Vergnügungspark gegangen wäre? Wenn ich Schnupfen gehabt und den ganzen Tag im Bett gelegen hätte? Wenn meine Eltern gewusst hätten, dass ich allein hingehen würde und nicht mit meiner Freundin Ella, wie ich ihnen vorgeschwindelt hatte? Hätten sie mir dann verboten zu gehen? Und wenn der Scheißkerl mir am Eingang zum Vergnügungspark Piratos angeboten hätte statt Türkisch Pfeffer, meine Lieblingsbonbons? Hätte ich der Versuchung dann widerstanden?

Und die schrecklichste aller Fragen: Was, wenn der Scheißkerl sich ein anderes Opfer ausgesucht hätte?

Dann hätte ich ein normales Leben führen dürfen. Der Scheißkerl hätte die Unschuld eines anderen Kindes zerstört.

Und ich hätte womöglich nie davon erfahren.

Helsinkier Nachrichten

Unternehmensleiter in Helsinki vermisst

Ripa Raasteenlahti, der Geschäftsführer des Entwicklungsstudios Game Off, verschwand am Sonntagmorgen aus seiner Wohnung im Helsinkier Stadtteil Hakaniemi. Die Vermisstenmeldung erstattete seine Tochter. Raasteenlahti wurde zuletzt am Samstagabend gesehen.

Der 42-jährige Raasteenlahti ist 179 cm groß und stämmig. Er hat grüne Augen, blonde Naturlocken und einen Bart. Als er zuletzt gesehen wurde, trug er einen braunen Anzug und eine schwarze Krawatte.

Die Helsinkier Polizei bittet um sachdienliche Hinweise per Telefon oder E-Mail.

PEKKA

Wann verwandelte sich die harmlose Neugier in eine aufreibende Zwangsvorstellung? Wann verlor ich die Kontrolle und wurde zum Sklaven meiner Obsession? Spätestens dann, als ich mir angewöhnte, in Clarissas Arbeitszimmer zu stürmen, sooft sie das Haus verließ.

Als hätten die Zeichnungen mir nicht genug Rätsel aufgegeben, musste ich auch über die Therapiebeziehung zwischen Clarissa und der Prinzessin nachdenken. Die Therapie dauerte schon eine Weile an, aber der Zauber der Prinzessin schien nicht zu verfliegen. So weit war es bei keiner der früheren Prinzessinnen gekommen. Clarissa entfernte sich immer mehr von mir.

Tagsüber ging sie mir aus dem Weg, so gut sie konnte. Die Tür zu ihrer Praxis war immer geschlossen, außer wenn sie verreist war oder etwas in der Stadt zu erledigen hatte. Ich hatte das Gefühl, sogar ihre Patientinnen öfter zu Gesicht zu bekommen als sie.

Die Nächte verbrachte Clarissa auf dem Sofa in ihrer Praxis. Auf meine Gesellschaft legte sie keinen Wert.

Natürlich war ich verletzt, aber ich beschloss, es nicht zu zeigen.

Mein Stolz ließ nicht zu, dass ich ihr gestand, wie sehr es mich schmerzte, ins Abseits gestellt zu werden.

Ich entschied mich, so zu tun, als wäre nichts geschehen. Nennen wir es von mir aus Ermüdungstaktik. Ich dachte, wenn ich nichts sagte und nichts unternahm, würde sich alles von selbst wieder einrenken. Clarissa war ein erwachsener Mensch und für ihr Handeln selbst verantwortlich.

Ich konnte sie nicht vor sich selbst schützen.

Später bekam ich zu spüren, dass sie gar nicht mehr die Absicht hatte, unsere Zweierbeziehung zu bewahren. Die Prinzessin war ihr wichtiger als unsere Ehe.

CLARISSA

Auf dem Grab flackerte eine einsame Flamme. Die Kerze stand neben einem kleinen Plastikengel auf dem Grabstein. Der Engel stützte sich auf den linken Ellbogen wie in Raffaels Gemälde. Von der Kerze war die Folie entfernt worden, das Stearin lief auf den Grabstein und befleckte den weißen, bemoosten Marmor. Die Wärme der Flamme hatte das halbe Gesicht des Engels schmelzen lassen. Ein groteskes Grinsen war das Ergebnis.

Am Abend zuvor hatte es geschneit. Die Bänder der Trauerkränze waren so nass geworden, dass die Tinte verlaufen war und man die Verse kaum noch entziffern konnte.

Ich nahm eins der Bänder in die Hand und versuchte, das Gedicht zu lesen, das daraufstand. »Es bleibt nur Schmerz, es bleibt nur Sehnsucht.« Als ich das Band losließ, fiel es auf den Grabhügel, so leblos wie der Tote, der darunterlag.

Der Name des Toten sagte uns beiden nichts.

Ich drehte mich um und trat zurück auf den Friedhofsweg. Dabei versuchte ich, einer matschigen Pfütze auszuweichen, doch der Absatz meines Wildlederstiefels rutschte ab, und ich kam ins Straucheln. Die Stiefel von Gucci sind nicht gerade praktisch. Beinahe wäre ich hingefallen. Harri griff im letzten Moment nach meiner Hand und half mir über die Pfütze wie ein echter Gentleman.

»Es ist das nächste«, sagte er, holte ein Papiertaschentuch hervor und zeigte auf das benachbarte Grab, obwohl ich genau wusste, wo es sich befand. Im Lauf der Jahre hatten wir es zahllose Male besucht.

Kaarina.

Harris erster Selbstmord.

Es war zu Beginn seiner Laufbahn passiert. Eine 36-jährige Frau, deren Stimmung zwischen Manie und Depression schwankte.

Heute wäre Kaarinas Diagnose eindeutig: eine bipolare Störung. Das Krankheitsbild sieht so aus: Zuerst beginnt die Manie. Die Patientin ist überdreht. Manche shoppen so rasend, dass sie ihre Kreditfähigkeit verlieren, andere sprechen dem Alkohol so reichlich zu, dass sie sich fast zu Tode saufen.

Bei Kaarina äußerte sich die Krankheit in haltloser sexueller Aktivität. In ihren manischen Phasen vergaß sie ihren Mann und hatte Sex mit Zufallsbekanntschaften.

Auf die manische Phase folgt tiefe Depression. Kaarina bereute und litt unter Schuldgefühlen. Ihr Mann wäre bereit gewesen, ihr zu vergeben, aber Kaarina war nicht fähig, sich selbst zu verzeihen.

Eine bipolare Störung lässt sich mit den richtigen Medikamenten im Zaum halten. In der Regel wird Lito verschrieben. Es enthält Lithium, das die Stimmungsschwankungen mildert. Die Tempophase steigert sich nicht bis zur Manie, und die Talsohlen der Depression sind nicht so tief. Die meisten Patienten können ein normales Leben führen, wenn sie ihre Medikamente nehmen.

Aber in den Siebzigerjahren war Harri ratlos.

Und hier lag das Ergebnis.

Wir blieben an Kaarinas Grab stehen. Es war leer, keine Kerzen, keine Blumen, keine Bepflanzung. Alle anderen hatten Kaarina vergessen, nur Harri nicht. Er würde sie nie vergessen können.

Harri zog eine feuerrote Rose aus seinem üppigen Blumenstrauß, bückte sich und legte sie auf das Grab.

Wir kannten den Friedhof Malmi wie unsere eigenen Westentaschen. Jedes Jahr zu Allerheiligen und zu Weihnachten besuchten wir die Gräber aller unserer Patienten, die Selbstmord begangen hatten. Weihnachten lag zwar erst einige Wochen zurück, doch ich hatte Harri gebeten, die Runde mit mir zu drehen.

Morbide Gedanken hatten mich in Beschlag genommen, und ich glaubte, auf dem Friedhof würde ich zur Ruhe kommen.

Von Kaarinas Grab gingen wir zu Pirjos.

Pirjo war die zweite meiner Patientinnen, die sich das Leben genommen hatte.

Bei den beiden anderen konnte ich in nachträglicher Weisheit eine posthume Diagnose stellen. Pirjo war mir immer noch ein totales Rätsel.

Ich glaubte nicht, dass ich es jemals würde lösen können.

Ich wählte aus Harris Strauß eine weiße Rose für Pirjos Grab. Ihr Tod lag schon zehn Jahre zurück. Ich blieb eine Weile am Grab stehen, als ob ich darauf wartete, dass Pirjo mir endlich ihr Geheimnis zuflüstern würde.

Doch sie blieb stumm.

Wir gingen weiter. Ich merkte, dass Harri wieder auf dem rechten Bein humpelte. Er litt schon seit längerer Zeit unter quälenden Hüftschmerzen und stand auf der Warteliste für eine Hüftoperation, hatte sich aber trotzdem mannhaft bereit erklärt, mich zu begleiten.

Wir gingen über den moosbewachsenen Weg zum Grab meines letzten.

Ich dachte jeden Tag an Rikus Selbstmord. Als er starb, war er erst 15.

Jemand hatte einen hässlichen roten Plastiktopf mit Heidekraut auf Rikus Grab gestellt. Blaue Heidekrautblüten hatte ich immer schon unnatürlich gefunden. Man sah ihnen an, dass sie eigentlich weiß waren und dass man sie gefärbt hatte. Auf dem Grab sahen sie noch geschmackloser aus.

Am liebsten hätte ich den Blumentopf in den Müll geworfen, aber vor Harris Augen traute ich mich nicht.

Ich zog eine langstielige Calla aus Harris Blumenstrauß und legte sie neben dem Heidekraut auf das Grab.

Nach einer Schweigeminute setzten wir unseren Weg fort.

Ann-Marie war Harris letzte.

»Über Ann-Maries Tod werde ich nie hinwegkommen«, sagte Harri und legte eine weiße Rose auf das Grab.

Harri hatte sich in den letzten fünf Jahren gegeißelt, weil er in Pension gegangen war und Ann-Maries Therapie nicht zu Ende geführt hatte. Meiner Meinung nach hatte er sich gut um Ann-Marie gekümmert. Er hatte sie an seinen kompetenten Kollegen Leo Maastola überwiesen.

Ann-Marie war nur ein Mal zur Therapie bei Maastola erschienen, dann hatte sie aufgegeben. Von ihrem Tod erfuhr er während seiner Abschiedsfeier. Ich werde den Moment nie vergessen, als ein Arzt aus dem Krankenhaus anrief und Harri die Trauerbotschaft übermittelte. Harri wurde kreidebleich und musste sich an der Wand abstützen, um sich auf den Beinen zu halten. In Ann-Maries Manteltasche hatte man einen an Harri gerichteten Abschiedsbrief gefunden. Ann-Marie hatte keine nahen Angehörigen gehabt.

Nach Ann-Maries Tod hatte Harri die Hilfe eines Traumatherapeuten in Anspruch nehmen müssen. Bei ihrer Beerdigung war der Sarg offen gelassen worden, damit die Trauergäste ihr Gesicht noch ein letztes Mal sehen konnten. Für Harri war das unerträglich gewesen. Der Anblick ließ ihn nicht mehr los. Er begann,

Ann-Maries totes Gesicht überall zu sehen. Jede Frau, die ihm auf der Straße begegnete, sah aus wie Ann-Marie.

Ich versuchte, Harri davon zu überzeugen, dass er Hilfe brauchte, doch er wehrte ab. Er meinte, wegen seines Berufs müsse er allein zurechtkommen, und es sei lächerlich, um Hilfe zu bitten.

Harri nahm erst dann professionelle Hilfe in Anspruch, als er eines Tages seine Gefriertruhe öffnete und dort Ann-Maries nackte, von einer Eisschicht bedeckte Leiche sah.

Wir standen immer noch an Ann-Maries Grab. Es bedrückte mich jedes Mal, Harri so hilflos zu sehen. Ich hatte mir angewöhnt, mich in meinen Krisen an ihn zu wenden, und wollte nicht, dass wir unsere Rollen tauschten. Nach außen hin musste ich immer stark sein, die andere Seite meines Ichs konnte ich nur Pekka und Harri zeigen.

Meine Gedanken kreisten immer noch um das blaue Heidekraut. Wie konnte einer von Rikus Angehörigen einen so schlechten Geschmack haben, dass er diese hässlichen Blumen auf sein Grab stellte?

Ich war wütend. Allerdings kannte ich auch den Grund für meine Rage. Wenn ich als Therapeutin etwas gelernt habe, dann war es, neben den Gefühlen anderer Menschen auch meine eigenen zu analysieren. Bis zum Überdruss.

Ich war lieber wütend auf Rikus Angehörigen und dessen schlechten Geschmack als auf mich selbst.

Warum war es mir nicht gelungen, Riku zu retten?

Harri verzog wieder das Gesicht vor Schmerz und griff sich an die rechte Hüfte. Ich kannte ihn gut genug, um zu wissen, dass er die Friedhofsrunde um jeden Preis durchziehen würde, daher beschloss ich, ihm aus der Klemme zu helfen und so zu tun, als läge das Problem bei mir.

»Harri, würde es dir etwas ausmachen, wenn wir aufhören? Ich habe eine schreckliche Migräne.«

Harri wirkte erleichtert.

»Natürlich nicht, machen wir ruhig Schluss.«

Wir gingen gemeinsam zu dem Parkplatz neben der Kapelle, auf dem wir immer parkten. Nachdem wir uns zum Abschied umarmt hatten, setzten wir uns in unsere Autos. Harri ließ den Motor an und fuhr los.

Ich wartete, bis sein Wagen hinter der Ecke verschwunden war, und stieg wieder aus.

Mit raschen Schritten ging ich zum Friedhofstor. Harri ahnte sicher nicht, dass ich nach unserer gemeinsamen Runde immer sofort auf den Friedhof zurückkehrte.

Ich musste allein mit den Toten sprechen.

PEKKA

Traumdeutung hat mir nie etwas bedeutet. Nach dem Aufwachen zerbrach ich mir nicht den Kopf darüber, was ich geträumt hatte. Meistens erinnerte ich mich auch gar nicht daran.

Das war eines der vielen Paradoxe unserer Ehe. Clarissa widmete sich nämlich ganz entzückt der Aufgabe, die Träume ihrer Patientinnen zu analysieren. Herrgott, wie absurd! Träume sollten angeblich etwas über den aussagen, der sie hat! Und dann noch Freuds Traumsymbolik! Eine Kerze symbolisiert den Penis. Jesus Christus! Die Halluzinationen eines Kokainisten, nichts weiter. Man sollte meinen, dass meine Frau an den Ereignissen in der wachen Welt genug zu analysieren hätte.

Ich hatte immer befürchtet, dass Clarissa mich nach meinen Träumen ausfragen würde. Was hatte ich geträumt, und was bedeutete der Traum meiner Meinung nach?

Der bloße Gedanke ärgerte mich, denn ich war der Ansicht, dass Ehepartner nicht alles voneinander zu wissen brauchen.

Ich hatte Seiten, die ich Clarissa nie enthüllen wollte.

Das war das Geheimnis unserer langen Ehe.

Träume waren meiner Meinung nach zu persönlich, um sie zu

teilen. Es wäre mir peinlich gewesen, meiner Frau von meinen Albträumen zu erzählen. Zu Beginn unserer Beziehung hatte ich mich darauf eingestellt, Clarissa vorzulügen, dass ich nie Träume hatte. Dann erinnerte ich mich, gehört zu haben, dass nur Psychopathen nicht träumen. Deshalb bereitete ich mich auf Clarissas eventuelle Ausfragerei vor, indem ich mir für alle Fälle einen Traum ausdachte, der mich möglichst normal erscheinen lassen sollte. Ich weiß nicht mehr, was für ein Traum es war, aber er hatte wohl irgendwie mit Sex zu tun. Allerdings erinnerte ich mich nicht, jemals von Sex geträumt zu haben, nicht einmal als Teenager.

Nach unserer Heirat verspürte ich keine Lust mehr, mir Träume auszudenken, die Clarissa gefallen würden, allerdings wollte ich ihr auch weiterhin meine tatsächlichen Träume nicht verraten.

Zum Glück hat sie nie gefragt.

Vielleicht wagte sie es nicht. Ich hätte ihr ja, ohne Böses zu ahnen, einen Traum erzählen können, der einer erfahrenen Analytikerin wie ihr gezeigt hätte, dass ihr lieber Ehemann komplett verrückt war.

Ich pflegte meinen Träumen also keine besondere Aufmerksamkeit zu schenken. Selbst die schlimmsten Albträume verzogen sich gleich morgens aus meinem Gedächtnis, während ich mir die Zähne putzte und mich rasierte. Umso seltsamer war es, dass sich die Zeichnungen jetzt in meine Träume schlichen.

Das heißt, eigentlich kamen meine Träume mir allmählich wie Halluzinationen vor, so realistisch wirkten sie auf mich.

Derselbe Traum wiederholte sich Nacht für Nacht, nur die Einzelheiten variierten. Ich stand in einem nach Schimmel riechenden Keller in Gesellschaft des Mannes im Anzug, den ich von den Zeichnungen kannte. Sein Gesicht war voller Ruß, als hätte man es mit Kohle gezeichnet. Der Mann sagte nie etwas, sondern verhielt sich, als ob ich gar nicht existierte.

Wenn ich morgens aufwachte, spukten mir die Albträume immer noch im Kopf herum. Und gerade wenn ich glaubte, sie abgeschüttelt zu haben, flammten sie erneut in meinem Bewusstsein auf.

Mitunter war ich bei irgendeiner Alltagsbeschäftigung, beim Staubsaugen oder Spülen, und plötzlich verbreitete sich der stickige Kellergeruch im Zimmer. Manchmal kam es mir vor, als wäre die Zimmerdecke so niedrig geworden wie die Decke des Kellers, und ich krümmte mich instinktiv, um meinen Kopf zu schützen.

Ich litt unter Wahnvorstellungen.

Ja, meine Symptome waren psychotisch.

Ich nahm Dinge wahr, die es nicht gab.

Und trotzdem hatte ich das Gefühl, dass meine Wahnvorstellungen etwas preisgaben, von dessen Existenz ich wusste, auch wenn ich es nicht wissen wollte.

Ich überlegte sogar, ob ich Clarissa um Hilfe bitten sollte. Aber wie ihr euch sicher denken könnt, war es mir unmöglich, Clarissa von meinen Träumen zu erzählen. Dann wäre ja herausgekommen, dass ich in ihrem Zimmer herumgeschnüffelt und die Zeichnungen gefunden hatte.

Bald quälten mich die Albträume jede Nacht. Schließlich schreckte ich mitten in den schlimmsten Horrorbildern aus dem Schlaf. Ich hatte geträumt, dass ich im Keller stand, neben mir der Mann im Anzug. Allerdings war ich kein Erwachsener mehr, sondern ein kleines Kind. Mein zehnjähriges Ich. Da bemerkte der Mann im Anzug mich zum ersten Mal. Er kam aus der Kellerecke auf mich zu und sah mir direkt in die Augen. Dann bückte er sich, hob eine messerförmige Spiegelscherbe auf und stieß sie mir in die Brust, direkt ins Herz.

Ich setzte mich im Bett auf und drückte die linke Hand flach auf mein Herz. Es schlug wie wild, als ob es versuchte, mir ein

Notsignal zu morsen. Mich überkam die unerklärliche Ahnung, dass bald etwas Schlimmes passieren würde.

Ich schnaubte über diese lächerliche Vorstellung und versuchte, sie abzuschütteln, aber die Unruhe blieb. Das widerwärtige Grinsen des Mannes ging mir nicht aus dem Sinn. Am liebsten hätte ich unter mein Bett gespäht, um mich zu vergewissern, dass er mir nicht aus der Traumwelt in die Wirklichkeit gefolgt war und mir im Verborgenen auflauerte.

Ich schob den albernen Impuls beiseite, wagte aber nicht, mich ins Bett zu legen und zu versuchen, wieder einzuschlafen.

Also beschloss ich, zuerst ein Bier zu trinken und mich danach hinzulegen. Benommen schlurfte ich in die Küche und machte das Licht an. Dann öffnete ich den Kühlschrank und nahm eine Flasche heraus. Ich kippte mir den Gerstensaft so schnell hinter die Binde, dass ich Schluckauf bekam.

Ich fühlte mich immer noch unruhig. Das Bier hatte mich nicht entspannt. Deshalb wollte ich ein bisschen frische Luft schnappen und ging hinaus in die milde Winternacht. Ich war nicht allein auf der Terrasse. Königin saß in der Ecke. Sie warf einen langen Schatten auf die Terrasse, als wäre sie keine Katze, sondern eine Löwin.

Ich sah, dass Königin mit etwas spielte. Die Katze bemerkte mich und brachte ihre Beute stolz zu mir. Sie legte mir eine Spitzmaus vor die Füße, der das Gedärm aus dem aufgerissenen Leib quoll. Ich beförderte den Kadaver mit einem Tritt von der Terrasse auf den Rasen.

Auf dem weiß gestrichenen Terrassenboden blieb eine dünne Blutspur zurück.

Königin ergriff die Flucht, bevor ich nach *ihr* treten konnte.

Ich setzte mich auf die Treppe und wartete darauf, dass der Schluckauf nachließ. In der Ruhe und Stille der Nacht gewann ich endlich die Fassung zurück.

Als ich mich umdrehte, ließ ich vor Schreck den Hausschlüssel fallen. Er prallte vom Boden ab und rutschte durch einen Spalt zwischen den Brettern unter die Terrasse, wo ich den Rasenmäher und andere Gartenutensilien aufbewahrte. Ich musste am Türrahmen Halt suchen, denn vor Angst zitterten mir die Beine.

An unserer Haustür war ein kunstvoll gemaltes Graffiti erschienen. Es zeigte den Mann im Anzug.

Erschüttert starrte ich auf das Bild. Wer hatte es gemalt? Wann? Und warum?

Ich war wie gelähmt.

Ich weiß nicht, wie lange ich dort stand und vergeblich versuchte, eine vernünftige Erklärung für das Bild zu finden. Es kam mir vor, als wäre mein ganzes Leben im Begriff zusammenzubrechen und ich könnte nur hilflos zuschauen.

Plötzlich verwandelte sich meine Angst in Wut. Ich würde dieses Graffito aus der Welt schaffen! Meine Wut schäumte hoch, und ich wollte instinktiv die Fäuste ballen. Das gelang mir aber nicht, denn ich hatte eine Dose Sprühfarbe in der Hand.

Ich selbst hatte das Bild an unsere Tür gemalt.

Daran hatte ich nicht die geringste Erinnerung.

CLARISSA

Ich war schon wieder auf dem Friedhof Malmi angelangt, als ich plötzlich beschloss, anderswo Verbindung zu Riku zu suchen. Riku hatte sich vor zwei Monaten an der U-Bahn-Station beim Hauptbahnhof vor den Zug geworfen. Seitdem hatte ich es nicht mehr über mich gebracht, dorthin zu gehen.

Ich weiß nicht, woher der Impuls kam, an den Ort des tragischen Ereignisses zurückzukehren. Vielleicht war es höchste Zeit, mich den Gespenstern der Vergangenheit zu stellen.

Wie durch ein Wunder fand ich einen leeren Stellplatz auf dem Parkplatz am Bahnhof. Ich stellte meinen Wagen ab und ging auf den Haupteingang des Bahnhofs zu.

War das doch keine gute Idee?

Ich ermahnte mich, hart zu bleiben und mein Vorhaben zu verwirklichen. Es konnte ja sein, dass ich mich von meinen beklemmenden Gefühlen befreite, indem ich ihnen mutig entgegentrat.

Ich ging bis zur Tür und blieb stehen. Mir blieb jedoch keine Gelegenheit zum Rückzug, denn ein Jugendlicher, der auf einem Skateboard balancierte, hielt mir höflich die Tür auf, verlor die Kontrolle über sein Board, schwankte, versuchte, sich an meinem

Hintern abzustützen, um nicht zu fallen, fiel trotzdem und stieß mich dabei unabsichtlich in die Eingangshalle. Ich beschloss, unsere drollige Begegnung als ermutigendes Vorzeichen zu deuten.

Nun konnte ich nicht mehr zurück, also machte ich mich auf den Weg zu den Rolltreppen, die zur U-Bahn-Station führten.

Im Bahnhofsgebäude waren viele Leute, doch ich sah nur die Kinder.

Ein niedliches, blondes kleines Mädchen – ein Sonnenschein, vielleicht fünf oder sechs Jahre alt –, das ein Handy fixierte. Sein durchdringendes Lachen zauberte ein Lächeln auf meine Lippen.

Ein kahlköpfiges Baby, das lauthals schrie, während seine Mutter verzweifelt versuchte, es ruhigzustellen, indem sie ihm einen Schnuller in den Mund steckte.

Eine Jugendliche in zu knappem Top und enger Jeans, die lächelnd einen roten Lolli lutschte und eine rote, herzförmige Sonnenbrille trug.

Sie fing meinen Blick auf und zwinkerte mir zu. Verlegen wandte ich mich ab.

Die Kinderlosigkeit ist die größte Tragödie meines Lebens. Ich hätte gern Kinder bekommen, doch das war unmöglich. Die Trauer darüber lässt mich nie los. Wie kann ein Mensch sich nach etwas sehnen, das er nie gehabt hat? Dennoch denke ich manchmal, dass ich erheblich leichter davonkomme als Menschen, die Kinder haben.

Ich muss mich nicht um meine Kinder ängstigen.

Ich verstehe sehr gut, warum meine Kolleginnen ihre Kinder überbehüten. Wenn man jeden Tag Opfer von Pädophilen behandelt, wagt man bald nicht mehr, sein Kind zum Spielen ins Nachbarhaus zu schicken. Das Unnormale wird normal, wenn man häufiger mit ihm zu tun hat als mit dem Normalen. Meine Kinder hätten kein freies Leben führen können, denn ich hätte sie vor allen Gefahren beschützt – vor den wirklichen und den eingebildeten.

Und doch spürte ich, wie mir die Verbitterung den Hals zuschnürte, sodass ich kaum Luft bekam. Warum waren mir keine Kinder vergönnt? Ich wäre die perfekte Mutter gewesen.

Und da drängte sich ein Gedanke in mein Bewusstsein, gegen den ich seit Rikus Tod angekämpft hatte.

Seine Eltern hatten ihn umgebracht.

Sie waren untaugliche Eltern.

Es wäre mir gelungen, Riku zu retten, wenn ich seine Mutter hätte sein dürfen.

Ich betrat die Rolltreppe, und sofort begann sich alles um mich zu drehen. Ich erinnerte mich, wie mir, als ich das vorige Mal auf der Treppe stand, so schwindlig geworden war, dass ich mich hatte hinsetzen müssen, obwohl der allgegenwärtige Dreck am Boden mir den Escada-Trenchcoat verschmutzte. Damals war ich in die andere Richtung gefahren, nach oben, vom U-Bahnsteig zurück in das Bahnhofsgebäude.

Ich versuchte, mich auf die Werbung an der Wand neben der Rolltreppe zu konzentrieren. Von den Plakaten lächelten mich fröhliche, schöne Menschen an, die nie irgendwelche Probleme hatten. Ihnen reichte es, dass sie Chaga-Tee trinken, Proteinschokolade essen oder einen Expresskredit aufnehmen durften, durch den sie für den Rest ihres Lebens verschuldet sein würden.

Sie waren nicht auf dem Weg zum Sterbeort ihres geliebten Sohnes, wie ich.

Nein, musste ich mir ins Gedächtnis rufen: Ich war nicht auf dem Weg zum Sterbeort meines Sohnes, sondern zu dem meines Patienten.

Irgendwo hatte ich einmal gelesen, dass die U-Bahn-Station am Hauptbahnhof die meistfrequentierte in ganz Helsinki ist. Hier sind täglich rund 53 000 Passagiere unterwegs. Ich hätte Lust gehabt, beim Statistikamt anzurufen und zu fragen, wie viele dieser 53 000 täglichen Reisenden in der Station Selbstmord begangen hatten.

Auf der Rolltreppe drängten sich die Leute ungeduldig an mir vorbei. Manche rannten rücksichtslos die Stufen hinunter, ohne zu bedenken, dass sie mich im Laufen umstoßen könnten. Ich schaffte es, die ganze Fahrt über stehen zu bleiben, obwohl meine Beine zitterten.

Dann war ich endlich unten. Ich hatte gar nicht gemerkt, dass ich mich am rechten Handlauf festgeklammert hatte. Meine Fingerknöchel waren weiß, und ich stellte verärgert fest, dass sich der pinkfarbene künstliche Nagel am Daumen fast vollständig gelöst hatte. Ich versuchte, ihn vorsichtig in Verwahrung zu nehmen, aber er flog in die Spalte zwischen Rolltreppe und Geländer.

Vielleicht war dieses Missgeschick das Vorzeichen, nicht der Vorfall, bei dem ich in die Bahnhofshalle geschubst worden war. Vielleicht hätte ich doch nicht kommen sollen. Warum schlafende Hunde wecken? Aber Rikus Tod hatte mir ja sowieso keine Ruhe gelassen.

Mit schlotternden Beinen betrat ich den Bahnsteig. Auf der Treppe hatte ich den Menschen, die dort standen, keine Aufmerksamkeit geschenkt. Jetzt fiel mein Blick auf einen hoch aufgeschossenen Teenager.

Ich schnappte hektisch nach Luft.

Er war Rikus leibhaftiges Ebenbild.

Der Junge hatte einen blau gefärbten Irokesenschnitt, den er auf der rechten Seite hinter das Ohr gekämmt hatte, an dem ein Anhänger in Form eines Totenschädels baumelte. Sein Gesicht war wüst geschminkt: Lippenstift in grellem Pink und schwarze Ränder um die Augen wie bei einem kleinen Mädchen, das sich heimlich am Kosmetikbeutel seiner Mutter bedient hat. Ich schätzte, dass er im gleichen Alter war wie Riku bei seinem Tod.

Der Junge merkte, dass ich ihn anstarrte, drehte sich um und versetzte einem kleinen Saftkarton, den ein Kind auf den Bahnsteig geworfen hatte, einen Fußtritt. Der Saft spritzte auf die pinken Springerstiefel des Jungen. Er ließ die Packung in Ruhe und ging ans andere Ende des Bahnsteigs, möglichst weit weg von mir.

Ich zwang mich, den Blick auf die Gleise zu richten und den Jungen in Ruhe zu lassen. Er war nicht Riku.

Riku war tot.

Die U-Bahn schob sich aus dem Tunnel und hielt vor mir. Eine Menschenmasse entlud sich auf den Bahnsteig. Der Junge, der aussah wie Riku, bekam Gesellschaft, ein gleichaltriges Mädchen, das mich im Vorbeilaufen anrempelte. Ich strauchelte und wäre beinahe gegen die U-Bahn gefallen. Wenn sie nicht dort gestanden hätte, wäre ich womöglich auf die Gleise gestürzt.

Riku.

Mein Sohn.

Nein, er war nicht mein Sohn.

Als Riku gestorben war, hatte die Polizei Schwierigkeiten, seine Eltern zu erreichen und ihnen die traurige Nachricht zu überbringen. Sie waren offenbar zu Hause damit beschäftigt, sich Heroin in die Adern zu spritzen, und gingen nicht ans Telefon.

Ich wäre damals auch nicht fähig gewesen, Rikus Eltern gegenüberzutreten.

Ich war mir sicher, dass ich meine Wut nicht hätte zügeln können, sondern ihnen die Schuld an Rikus Tod gegeben hätte.

ARTO

Ich hatte die neue Version von Clarissas Interview nach Mitternacht in aller Eile fertig getippt und gleich am Morgen an Irmeli geschickt. Bald darauf klingelte das Telefon.

»Arto, du bist ein Genie! Was für ein Wahrheitsserum hast du Clarissa eingeflößt?«

Ich lächelte zufrieden. Ich wusste selbst, dass die Story verdammt gut war.

»Ich habe eine Idee. Wie wäre es, wenn du Clarissa bitten würdest, unseren Leserinnen den Inhalt ihres Kleiderschranks zu präsentieren? Wir könnten im Anschluss an das Interview eine kleine Modestory bringen, unter der Überschrift ›Die Farbanalyse einer Psychoanalytikerin‹.«

»Ich rufe Clarissa gleich an und frage sie, ob es ihr recht ist.«

Clarissa schien sich ihrer Anziehungskraft bewusst zu sein, daher hätte es mich nicht gewundert, wenn sie bereit gewesen wäre, in der Story auch als Fotomodell aufzutreten. Der alte Spruch »Schönheit und Verstand sind selten verwandt« traf auf Clarissa nicht zu. Als ich Marja heiratete, glaubte ich, Schönheit zu heiraten. Wie bitter hatte ich erfahren müssen, dass das ein Irrtum war!

Ich wartete nur darauf, dass wir die Story beisammenhatten und ich Clarissa loswurde.

Je besser ich Clarissa kennengelernt hatte, desto unsympathischer war sie mir geworden. Es war schwer vorstellbar, dass sie fähig war, die Probleme ihrer Patientinnen zu lösen, denn sie hatte ja nicht einmal ihren eigenen Alkoholismus unter Kontrolle bringen können.

Aber wenn ich mir selbst gegenüber ehrlich war, musste ich zugeben, dass Clarissas Gesellschaft mich aus anderen Gründen aus der Bahn warf. Als sie mir einen Vortrag über den Zusammenhang zwischen sexueller Gewalt und Essstörungen gehalten hatte, war ich so beklommen gewesen, dass mir der Schweiß auf die Stirn trat.

Ich hatte mich auf meinem Stuhl gewunden und verzweifelt überlegt, wie ich unauffällig das Thema wechseln könnte. Ich hatte versucht, ihr nicht zuzuhören, sondern mich auf das Geplauder der Kaffee trinkenden Frauen am Nebentisch zu konzentrieren.

Dabei hatte ich die ganze Zeit befürchtet, dass Clarissa mein Mienenspiel und meine Gesten deuten und meine Gedanken lesen könnte. Sie wäre angewidert aufgesprungen, wenn sie die Wahrheit über mich erfahren hätte.

Das Schuldgefühl hatte jeden einzelnen meiner Muskeln so verspannt, dass sich schon bald eine Migräne ankündigte.

CLARISSA

Ihr habt euch sicher gefragt, weshalb ich Ira bat, einen Abschiedsbrief zu schreiben. Dafür gibt es eine ganz rationale Erklärung. Ich hatte eine Methode entwickelt, mit deren Hilfe ich meiner Überzeugung nach mehreren selbstmordgefährdeten Patientinnen das Leben gerettet habe.

Ich gebe zu, dass meine Methode unorthodox ist, aber sie funktioniert. Ich hatte sie schon seit Jahren angewandt, und die Ergebnisse waren glänzend.

Die Methode sieht wie folgt aus: Die Patientin schreibt während der Sitzung einen Abschiedsbrief und liest ihn der Therapeutin vor. Danach verbrennt die Patientin den Brief in einem Blecheimer, den die Therapeutin zu diesem Zweck in der Praxis bereithält. Zum Schluss sprechen die Patientin und die Therapeutin darüber, welche Gefühle es bei der Patientin auslöste, den Brief zu schreiben, vorzulesen und zu verbrennen.

Ich konnte keine Laborverhältnisse schaffen, in denen meine Patientinnen einen Selbstmordversuch unternehmen könnten, den sie mit Sicherheit überleben würden. Dank meiner Methode hatten sie jedoch die Gelegenheit, in geschützter Umgebung eine der zentralen Phasen des Selbstmords, eben die Abfassung des Abschiedsbriefes, zu erleben.

Meine Überlegung war, dass die Patientin, indem sie einen möglichst authentischen Abschiedsbrief schreibt, dieselben Gefühle erleben kann wie in der Situation, in der sie den Brief tatsächlich schreiben würde, vor ihrem Selbstmord. Das Schreiben ist kathartisch. Und wenn die Patientin dann noch mit der Therapeutin über die Gefühle spricht, die das Schreiben und Vorlesen in ihr geweckt haben, wirkt das noch befreiender.

Der letzte Schliff, das Verbrennen des Briefes, mag theatralisch erscheinen. Mit dem Verbrennen verbindet sich jedoch eine starke Symbolik: Zusammen mit dem Brief werden auch die selbstzerstörerischen Gefühle der Patientin verbrannt.

Als Ira das nächste Mal in meine Praxis kam, erwartete ich sie mit einem Stift und einem Schreibblock.

»Erinnerst du dich, was heute auf dem Programm steht?«

Ira nickte ungeduldig.

Sie legte ihre Jacke zusammengefaltet auf die Couch, setzte sich und griff nach dem Stift und dem Block.

»Du sollst einen Abschiedsbrief schreiben. Fangen wir damit an, dass du dir überlegst, an wen du deinen Brief richten würdest. Denk in aller Ruhe darüber nach, wer das sein könnte. Deine Eltern?«

»Dir würde ich ihn ja wohl auch nicht schicken, oder?«

Ira traf ihre Entscheidung. Als Nächstes trug ich ihr auf, einen möglichst authentischen Brief zu schreiben.

»Der Brief muss echt sein, so echt wie nur möglich. Schreib alles auf, was du tatsächlich in einem Abschiedsbrief sagen würdest. Keine Selbstzensur, kein Versuch, etwas zu beschönigen. Sei möglichst ehrlich. Echte Gefühle, echte Gedanken. Je ehrlicher du bist, desto mehr Nutzen hast du von dieser Aufgabe.«

Ira schien die Sache ernst zu nehmen. Ihr Blick wanderte zum

Fenster. Aus ihren glasigen Augen konnte ich schließen, dass sie nicht unseren Garten sah, sondern ihre eigene Seelenlandschaft. Von dort würde sie die ganze Qual und Beklemmung hervorlocken, die ihren Geist so sehr erschüttern konnten, dass sie keinen Ausweg mehr sah.

Nachdem sie eine Weile in ihre Seele geblickt hatte, beugte Ira sich mit hängenden Schultern vor und schrieb einen Satz auf das Papier, dann kehrte ihr Blick zum Fenster zurück, bis ihr wieder etwas einfiel, was sie sagen wollte, und sie erneut zum Stift griff.

Es war die wichtigste Phase der Aufgabe. Ich ließ Ira in Ruhe arbeiten und holte einen Artikel aus meiner Handtasche, den Harri verfasst hatte und in der nächsten Ausgabe der Zeitschrift *Psychologie* veröffentlichen wollte. Es handelte sich um ein wissenschaftliches Magazin, zu dem Harri immer noch Artikel beisteuerte, obwohl er bereits pensioniert war. Auch ich hatte für die Zeitschrift einige Beiträge über meine Spezialgebiete geschrieben. Harri und ich pflegten unsere Texte gegenseitig zu lesen und zu kommentieren, bevor sie veröffentlicht wurden.

Ich holte den Rotstift aus der Handtasche und vertiefte mich in die Lektüre.

Der Artikel befasste sich mit Lügen in der Therapiebeziehung zwischen Therapeut und Patient. Es war ein faszinierendes Thema, und ich ärgerte mich, dass ich nicht selbst auf die Idee gekommen war, darüber zu schreiben.

Erfahrung hatte ich ja.

Manchmal kam es mir vor, als wäre meine Praxis mit Lügen vollgestopft.

In seinem Artikel verwendete Harri als Beispiel den Patienten X, den er in den Siebzigerjahren behandelt hatte – und in dem ich schon nach wenigen Zeilen die Patientin Aila erkannte. Der Artikel war so persönlich, dass ich mich über Harris Kühnheit nur wundern konnte.

Aila log so geschickt, dass Harri immer noch nicht wusste, was zutraf und was gelogen war. War Aila verheiratet? Hatte sie Kinder? Welchen Beruf übte sie aus? Und warum musste sie über all das lügen?

Ich war so vertieft in die gestörte Beziehung zwischen Harri und Aila, dass mir das Hüsteln zunächst entging. Erst beim zweiten Räuspern blickte ich auf.

»Bist du fertig?«

Ira nickte.

»Ganz sicher?«

Sie nickte wieder.

»Schön. Ich möchte, dass du mir deinen Brief vorliest.«

Ira wirkte überrascht.

»Es wäre mir lieb, wenn wir über deinen Brief sprechen könnten und über die Gefühle, die beim Schreiben in dir geweckt wurden.«

Ira seufzte schwer, wie zum Zeichen ihrer Niederlage, und begann, mit tonloser Stimme ihren Brief vorzulesen, als handelte es sich um die Tageszeitung.

»Ich bin tot. Mir blieb keine andere Wahl. Ich hatte keine Kraft mehr zu leben. Verzeih! Ich habe verziehen. Gruß, Ira.«

Ira hatte die Aufgabe hervorragend gemeistert. Der Brief war glaubhaft. Echt. Genau so, wie er sein sollte.

»Dein Brief rührt mich sehr. So starke Worte, starke Gefühle. Wie hast du dich gefühlt, als du ihn geschrieben hast?«

»Erleichtert. In Gedanken habe ich ihn schon oft geschrieben. Es war befreiend, die Worte schwarz auf weiß zu sehen.«

»Dann schauen wir uns jetzt die Einzelheiten an. Gibst du mir bitte den Brief, sodass ich ihn Zeile für Zeile durchgehen kann?«

Ira reichte mir den Bogen so widerstrebend, als ob die Worte, die sie geschrieben hatte, ihr allein gehörten und sie nicht wollte, dass ich sie aussprach.

»Du schreibst: ›Mir blieb keine andere Wahl.‹ Ich möchte betonen, dass du immer eine Wahl hast. Immer!«

»Aber man begeht keinen Selbstmord, wenn man auch nur eine einzige andere Möglichkeit hat«, widersprach Ira.

»Wir sprechen jetzt nicht davon, was ›man‹ tut. Wir sprechen von dir und davon, was du tust.«

Ira antwortete nicht. Ich drang nicht weiter in sie. Meine Worte würden bestimmt in ihrem Unterbewusstsein gären.

»Dann hast du geschrieben: ›Ich hatte keine Kraft mehr zu leben.‹ Du bist deines Lebens müde. Das ist etwas, wo ich dir ganz konkret helfen kann. Wir werden demnächst über verschiedene Strategien nachdenken, die es dir leichter machen, die Traumata der Vergangenheit und die Drohbilder der Zukunft zu ertragen.«

Ira nickte unsicher, als wollte ein verborgener Teil ihres Ichs meine Worte glauben.

»Du brauchst diesen Brief nicht. Ich verspreche dir, du wirst ihn nie abschicken wollen. Deshalb verbrennen wir ihn jetzt.«

Ira wirkte entsetzt. Sie versuchte, mir den Brief zu entreißen, kratzte mich dabei aber nur mit dem Fingernagel am Ellbogen. Ich zuckte vor Schmerz zusammen.

»Beruhige dich. Ich weiß, was ich tue.«

Ich öffnete den linken Schreibtischunterschrank und holte einen dicken schwarzen Briefumschlag heraus. Dann faltete ich den Brief zusammen, steckte ihn in den Umschlag, leckte die Klebfläche an und klebte den Umschlag zu.

Ira überwachte den Vorgang mit ernster Miene.

Als Nächstes nahm ich nacheinander fünf Grabkerzen und ein Feuerzeug aus dem Schrank.

»Es ist deine Aufgabe, diese Grabkerzen anzuzünden. Verteil sie im Raum. Die Idee ist, dass hier im Zimmer eine ähnlich andächtige Stimmung entsteht wie auf einem Friedhof. Ruhig und friedvoll.«

Ich glaubte schon, Ira würde sich weigern, doch sie griff nach der ersten Kerze, stellte sie auf die Fensterbank und zündete sie an.

Ich stand auf und löschte das Licht im Zimmer.

Als Ira alle Kerzen aufgestellt und angezündet hatte, holte ich aus dem Schreibtischschrank einen kleinen Blecheimer, einen von der Art, wie Kinder ihn im Sandkasten zum Kuchenbacken benutzen. Ich rollte den Teppich auf und schaffte ihn beiseite. Dann stellte ich den Eimer auf den Fußboden und ging ans Fenster, um die Vorhänge zu schließen.

»Ich werfe diesen Briefumschlag jetzt in den Eimer. Dann darfst du ihn anzünden.«

Ira sah den Briefumschlag eine Weile ungläubig an. Ich fürchtete schon, sie würde ihn aus dem Eimer holen und in die Tasche stecken.

Doch dann beugte sie sich über den Eimer und zündete den Brief an. Die Schatten, die die Flammen warfen, tanzten auf ihrem blassen Gesicht.

Plötzlich sah ich Riku an dem Eimer.

Ich hatte versucht, Riku mit derselben Methode zu retten.

Riku hatte seinen Abschiedsbrief verbrannt, doch das hatte ihm keine Kraft gegeben, sondern seine Selbstzerstörung nur noch weiter vorangetrieben.

Ich hatte versucht, Riku zu retten, aber stattdessen hatte ich ihn in den Abgrund gestoßen.

Und wenn es Ira genauso erging?

Der Gedanke an ein weiteres Grab, für das ich eine Blume aus Harris Strauß würde wählen müssen, war mir unerträglich.

IRA

Ich musste hilflos mit ansehen, wie das wertvolle Beweismaterial in dem rostigen Blecheimer in der Praxis meiner Therapeutin verbrannte. Mit meinem Abschiedsbrief hätte man vor Gericht beweisen können, dass ich vermindert zurechnungsfähig oder vielleicht sogar unschuldig war. Der Brief zeigte ja, dass ich stark depressiv war und beschlossen hatte, Selbstmord zu begehen – folglich war ich nicht fähig, irgendeinen anderen umzubringen als mich selbst.

Und wenn sich der Richter darauf berufen würde, dass ich den Brief nur auf den Wunsch meiner Therapeutin geschrieben hatte und dass das Briefschreiben nur eine Methode war, die sie sich ausgedacht hatte, um Selbstmorde zu verhindern? Na und? Meine Therapeutin hätte mich ja nicht gebeten, den Brief zu schreiben, wenn sie nicht geglaubt hätte, dass ich in Gefahr war, mich zu töten.

Am liebsten hätte ich den brennenden Brief aus dem Eimer gefischt und versucht zu retten, was noch zu retten war. Hass loderte in mir auf. Ich malte mir aus, wie ich meine Therapeutin am Handgelenk packte und ihre Hand in die Flammen stieß. Sie würde vor Schmerz schreien, aber ich würde sie erst dann loslassen, wenn ihre Haut sich abschälte und Blut aus ihrer Handfläche quoll.

ARTO

Clarissa erfreute unsere Leserinnen, indem sie zustimmte, ihnen die Schätze ihres Kleiderschranks zu zeigen. Ich bat die Moderedakteurin, mir den Artikel zu schicken, damit ich ihn zusammen mit dem Interview zur Überprüfung an Clarissa weiterleiten konnte.

Je länger Clarissa auf die Story warten musste, desto wahrscheinlicher würde sie ihre Meinung ändern und die Veröffentlichung des Interviews ablehnen, dessen war ich mir sicher. Schließlich war ihr Alkoholismus ein heikles Thema.

Zu meiner Verblüffung verlangte sie keine Korrekturen. Sie schien sich mit dem Gedanken angefreundet zu haben, dass bald ganz Finnland von ihrer Alkoholabhängigkeit erfahren würde – die sie ihren eigenen Worten nach allerdings überwunden hatte.

Komischerweise betrafen ihre einzigen Korrekturvorschläge die Modestory. »Der Hut auf dem Foto ist nicht hellrot, sondern rosenrot.« »Dieses Kleid habe ich nicht in Paris gekauft, sondern in Mailand.« »Ich besitze vier Handtaschen von Hermès, nicht drei.«

Die Abbildungen passten ihr dagegen gar nicht in den Kram. Dem Vernehmen nach hatte sie Eero Räystäs, den Fotografen der

Helsinkier Nachrichten, am Telefon wütend angebrüllt. Ihrer Meinung nach wurden die Fotos ihr nicht gerecht. Sie behauptete, sie sehe darauf fahl und müde aus. Eero wusste allerdings zu erzählen, Clarissa sei derart verkatert zu dem Fotoshooting erschienen, dass sie einer an Land gespülten Brasse geglichen habe.

Zum Glück war Eero nicht so leicht aus der Ruhe zu bringen. Als erfahrener Fotograf war er an das Gehabe von Prominenten gewöhnt und nahm es mit Humor. Er kannte sich mit Bildbearbeitungsprogrammen aus und hatte verschiedene Tricks auf Lager. Nach heftigem Retuschieren hatte Clarissa Eero ihre Zufriedenheit signalisiert und sich für ihren Wutanfall entschuldigt.

Clarissa hatte offenbar denselben Modus Operandi wie ich: Mach einen Fehler, entschuldige dich, mach einen Fehler, entschuldige dich, mach einen Fehler, entschuldige dich und so weiter, bis der andere die Nase voll hat und den Kontakt zu dir abbricht.

CLARISSA

Ira gab sich verschlossen, und ich fand den Schlüssel nicht. Wir waren so schleppend vorangekommen, dass ich allmählich verzweifelte. In der Regel musste ich ja nicht gegen akute selbstzerstörerische Impulse kämpfen. Die harte Wahrheit ist, dass ein Mensch, der bereits beschlossen hat, Selbstmord zu begehen, im Allgemeinen keine Hilfe mehr sucht. Ich konnte beinahe hören, wie die Uhr immer schneller tickte und die Zeit davonlief.

Bei meiner Arbeit setze ich oft die Traumanalyse ein. Versteht mich bitte nicht falsch. Es interessiert mich nicht, die Träume meiner Patientinnen zu deuten. Stattdessen möchte ich ihre eigenen Deutungen hören. Sie verraten viel mehr über ihr Unbewusstes, als ich erfahren würde, wenn ich selbst versuchte, sie anhand von Freuds *Die Traumdeutung* zu interpretieren.

Zum Glück gelang es mir, Ira für die Idee zu begeistern – wobei ich zugeben muss, dass es mich viel Überredungskunst kostete. Die Ergebnisse waren großartig!

Ich hatte nicht erwartet, dass wir schon bei der ersten Analyse so wichtige Themen ansprechen würden. Meistens braucht es mehrere Sitzungen, bevor die Patientin es wagt, einen Traum zu enthüllen, dessen Themen ihre psychischen Probleme abbilden.

Wir befassten uns mit dem Traum, den Ira in der Nacht zuvor gehabt hatte.

Anfangs war sie unsicher. Ich musste sie anspornen.

»Nur Mut! Erzähl mir alles, woran du dich erinnerst! Das hier ist kein Test. Es macht nichts, wenn du etwas vergisst. Ich bin hier, um dich zu unterstützen.«

»Ich saß allein in einem weißen Zimmer. Alles war weiß: die Möbel, die Wände, die Decke, die Vorhänge. Die Sonne schien so hell durch das Fenster, dass ich die Augen mit der Hand abschirmen musste. Ich trug ein weißes Samtkleid. So ein Kleid hatte ich als Kind.«

Ira hatte die Augen geschlossen. Unter den Lidern bewegten sich ihre Augen so schnell, als wäre sie in den REM-Schlaf gesunken und spräche im Traum.

»Das Kleid war dasselbe wie das, was du als Kind hattest?«

»Ja, ein weißes Samtkleid mit Spitze und Puffärmeln.«

Ira schwieg einen Moment.

»Mir ist gerade etwas Seltsames klar geworden.«

»Was denn?« Gespannt hielt ich den Atem an. Waren wir sofort auf ein zentrales Thema gestoßen?

»Ich hatte ganz vergessen, dass ich als Kind so ein Kleid hatte. Aber als ich heute früh aufgewacht bin, wusste ich, dass es genau das Kleid war, das ich anhatte, als …«

Sie brach mitten im Satz ab.

Ich wartete ungeduldig, doch Ira sprach nicht weiter, sondern öffnete die Augen, wandte das Gesicht ab und sah zum Fenster hinaus. Am Himmel zogen graue Wolken auf. Bald würde es regnen.

Ich hatte richtig vermutet. Es gab einen Grund für Iras Verstummen. Der Traum hatte ihr etwas enthüllt, das so tief verborgen war, dass sie nicht die Kraft hatte, es zu verarbeiten. Ich musste sie sanft weiterlenken.

»Kehren wir in das Zimmer zurück. Es war ganz und gar weiß. Und du hast allein dort gesessen. Was ist dann passiert?«

Ich hoffte, dass Ira den Mut hatte, etwas aufzugreifen, das man nur in der Traumwelt zu fassen bekam.

»Ich war müde. Es war keine normale Müdigkeit. Ich fühlte mich wie betäubt. Die Augen wollten mir zufallen, aber ich versuchte krampfhaft, sie offen zu halten. Es kam mir vor, als wäre ich schon ewig in dem weißen Zimmer gewesen und würde die Außenwelt nie wiedersehen«, flüsterte Ira so leise, dass ich Mühe hatte, sie zu verstehen.

Ira schien tief in der Welt ihres Traums versunken zu sein. Nur ihre Finger verrieten, dass sie auch in der Gegenwart verhaftet war. Sie zupften wieder an der Nagelhaut ihres linken kleinen Fingers, der sich ohnehin schon grotesk schuppte wie eine Kiefer, deren Rinde ein Bär nach Larven zerkratzt hat.

»Die Zeit schien also stillzustehen. Du warst allein in dem Raum. Was passierte dann?«, fragte ich.

»Plötzlich tropfte etwas Schwarzes von der Decke. Vielleicht Tinte, vielleicht Öl. Es tropfte auf meine Haare, mein Gesicht, meinen Schoß. Es lief mir über die Wangen. Ich versuchte, es aus dem Gesicht zu wischen, aber dabei beschmierte ich mir nur die Hände. Ich fühlte mich schmutzig.«

Endlich bekam ich ihren Traum zu fassen. Weiß, unschuldig. Schwarz, befleckt. Scharfe Gegensätze, eine starke Symbolik.

»Dann merkte ich, dass an der Wand ein Spiegel aufgetaucht war.«

»Ein Spiegel?«

»Ja. Ich stand auf und betrachtete mich in dem Spiegel. Mein Gesicht und meine Hände waren ganz schwarz. Ich versuchte, die

Hände am Kleid abzuwischen, aber die Tinte blieb nicht daran haften. Das Kleid war immer noch strahlend weiß.«

»Und dann?«

»Dann bin ich aufgewacht.«

Wir saßen eine Weile schweigend da. Ich ließ Ira Zeit zu verschnaufen. Es erforderte Konzentration, einen so schweren Traum zu deuten. Und Raum.

Ich durfte ihre Deutung nicht lenken, sondern musste ihr erlauben, ihre eigenen Schlüsse zu ziehen. Daher beschloss ich, ihr eine möglichst neutrale Frage zu stellen.

»Wovon erzählt der Traum deiner Meinung nach?«

»Er erzählt von dem Tag, an dem ... das alles passiert ist ... und alles anders wurde ... und ich nicht mehr ich war ... ich blieb dort gefangen, und heraus kam jemand anders ... und ...«

Ich verstand überhaupt nichts.

Der Wecker schrillte. Die nächste Sitzung würde in fünf Minuten beginnen.

Die Tür der Praxis fiel hinter Ira zu und stieß stellvertretend für mich einen erschöpften Seufzer aus. Ich legte die Hände auf mein schweißüberströmtes Gesicht und fluchte lautlos.

Wir waren dem Durchbruch wirklich nahe gewesen.

IRA

Traumdeutung! Mein Gott! Als wäre meine Therapeutin der neurotische Doktor Schrünkel, nach dessen Ansicht alle Einwohner des Mumintals nicht mehr alle Mumins im Tal hatten.

Was würde als Nächstes kommen? Bald würde sie bestimmt unsere Sitzungen mit dem Handy aufnehmen und in jedem meiner Sätze nach freudschen Versprechern suchen. Na toll!

Es hätte mich nicht gewundert, wenn meine Therapeutin schon nach so kurzer Bekanntschaft bereit gewesen wäre, das Handtuch zu werfen. An ihrer Stelle hätte ich garantiert längst aufgegeben, ich war ja ein hoffnungsloser Fall. Aber ich hatte sie unterschätzt. Sie überraschte mich mit diesem neuen Einfall: Traumanalyse.

Soll sie haben, dachte ich. Lassen wir der Fantasie freien Lauf!

Die Miene meiner Therapeutin war selbstgefällig, als hätte sie selbst die Traumanalyse erfunden und als säße im Zimmer nicht ich, sondern ein ehrfurchtsvolles Publikum, dem sie ihre Leistungen präsentieren sollte und das sie mit tosendem Applaus belohnen würde.

Ich schloss die Augen und tat so, als würde ich mich darauf

konzentrieren, mich an meinen Traum zu erinnern. Mein Kopf war leer. Mir fiel nichts ein. Zum ersten Mal seit Beginn der Therapie durfte ich lügen, aber meine Fantasie war wie eingefroren.

Die Therapeutin wurde allmählich nervös. Sie trommelte mit ihren hohen Absätzen auf den Boden und drehte wie verrückt ein grelloranges Gummiband zwischen den Fingern.

»Letzte Nacht. Das ist doch nicht lange her. Wie kann es sein, dass dir nichts einfällt?«, fuhr sie mich verärgert an.

Glaubte die Idiotin etwa, ich würde ihr meine nächtlichen blutigen Hirngespinste enthüllen? Die rasende Gewalt, die ich immer sah, wenn ich die Augen schloss? Unnatürlich verdrehte Glieder, verweste Leichen, gebrochene Knochen.

Blut, Blut, Blut.

Die Therapeutin dehnte und dehnte das Gummiband. Obwohl ich sah, dass es aufs Äußerste gespannt war, fuhr ich zusammen, als es mit lautem Knall zerriss.

Ich versuchte, mir etwas auszudenken. Etwas, das eine tiefe Symbolik enthielt.

Ein Labyrinth?

Ein Tunnel?

Ein Pferd?

Nichts.

Unsicher tastete ich mich vor.

»Ich ging allein auf der Straße. Alles war leer. Kennst du das Gefühl, wenn im Traum eigentlich alles normal ist, aber dann ist plötzlich eine Einzelheit anders als in der Wirklichkeit?«

Die Therapeutin nickte eifrig, als hätte ich gerade eine umwälzende Ergänzung zur psychoanalytischen Traumtheorie entdeckt.

»Genau so war mein Traum. Alles war wie in der Wirklichkeit, aber der Name der Straße, auf der ich ging, hatte gewechselt. Ich ging also … Wie heißt die Straße noch gleich? Die nach diesem Mann benannt ist? Das heißt, natürlich sind viele Straßen und

Plätze nach irgendeinem Mann benannt, aber ich meine diesen einen, der Volksüberlieferungen gesammelt hat.«

»Lönnrot?«

»Genau! Ich ging also die Lönnrotstraße entlang, aber sie hieß Snellmanstraße.«

Die unzufriedene Miene meiner Therapeutin brachte mich zwangsläufig zu dem Schluss, dass mein erfundener Traum ihr nicht gefiel.

Ich muss zugeben, dass er auch in meinen Ohren verdammt langweilig klang. Allerdings war ich, was Träume angeht, überhaupt der Meinung, dass man ebenso gut seine Darmtätigkeit beschreiben könnte: Beide interessieren keinen.

Was in aller Welt sollte ich mir ausdenken?

Plötzlich kam mir eine grandiose Idee. Warum mit aller Gewalt etwas Eigenes entwickeln, wenn die Filme voll von Traumszenen sind, die an ihrer klobigen Symbolik zu ersticken drohen? Wie war noch gleich die Szene in dem billigen Horrorfilm, der gestern Abend im Fernsehen lief?

»Ich saß allein in einem weißen Zimmer ...«, begann ich und versuchte, mich an den Anfang des Films zu erinnern.

Die Therapeutin hielt es kaum auf ihrem Stuhl. Ihr Stift flog über das Papier, als sie die Handlung des in den 1950ern gedrehten B-Movies aufschrieb. Sie nickte im Takt meiner Erzählung, als wäre es ihr eigener Traum und sie würde mit ihrem Nicken bestätigen, dass ich ihn richtig wiedergab.

Wie ist es möglich, dass meine Therapeutin diesen Quatsch schluckte wie Honig? Hatte sie in ihrem Leben noch keinen Horrorfilm gesehen? Waren die Klischees, die ich beschrieb, nicht übertrieben? Nein. Die Therapeutin nickte mir eifrig zu und schrieb alles auf.

Ich hätte Lust gehabt, meinem Traum noch ein ebenso lahmes Symbol aus einem anderen Film hinzuzufügen, beschloss aber, mir das für unsere nächste Sitzung aufzusparen. Dann würde ich erzählen, dass in meinem Traum Jack Torrance meine Tür mit der Axt zertrümmerte, dass Freddy Krueger mein Nachbar war oder dass Michael Myers mir auflauerte.

Es fehlte nicht viel, und ich hätte laut gelacht.

Zum Glück klingelte der Wecker, sodass ich aus dem Haus rennen und kichern konnte.

Ich hatte nicht geahnt, dass es so lustig sein kann, eine Therapie zu machen.

Jetzt ist mir nicht mehr zum Lachen. Wahrhaftig nicht.

3. TEIL

ROBERT HARES PCL-R-TEST

CLARISSA

Zu Rikus Beerdigung hatte ich keine Einladung erhalten, aber ich las seine Todesanzeige in den *Helsinkier Nachrichten*.
Als Abbildung hatten seine Eltern statt eines Kreuzes oder einer Taube ein Foto von Riku gewählt. Ich hatte bis dahin – und auch später – nie ein Foto in einer Todesanzeige gesehen.
Und auf was für ein Bild waren die Eltern verfallen? Es war sicher das schlechteste Porträt, das je von Riku gemacht worden war.
Auf dem Bild war Riku zwei, drei Jahre jünger als bei seinem Tod, vielleicht erst 12. Er stand verloren wirkend neben einem merkwürdig geschmückten Weihnachtsbaum. An den Zweigen hingen Streifen aus Klopapier, auf die man zur Dekoration eine pfefferminzgrüne Schmiere gekleckst hatte, die wie Zahnpasta aussah. Die vordersten Zweige schoben sich vor Riku und verdeckten die Hälfte seines Gesichts. Riku hatte noch keinen Irokesenschnitt, sondern war völlig kahl geschoren. Er grinste dermaßen unnatürlich, dass sein Lächeln wie eine Grimasse wirkte.
Das Foto war so groß gedruckt, dass in der Anzeige nur noch Rikus Geburts- und Todestag, die Trauernden – Vater und Mutter ohne Namensnennung – und die Angaben über die Beerdigung

Platz fanden, aber kein Vers. Die Beerdigung sollte am kommenden Sonntag in der östlichen Kapelle des Friedhofs Malmi stattfinden. Auch ich würde teilnehmen können.

Für den Tag der Beerdigung war ein Schneesturm vorhergesagt. Ich richtete mich darauf ein, indem ich ein durchsichtiges Regencape über meinen Escada-Trenchcoat zog und einen stabilen Schirm mit Holzgriff mitnahm, der auch starkem Wind standhalten würde.

Als ich zum Friedhof Malmi fuhr, überlegte ich, dass nun auch Rikus Grab eines der Ziele der Friedhofsrunde wurde, die Harri und ich regelmäßig absolvierten. Lag das Grab an unserer Strecke, oder würden wir die Runde neu planen müssen?

Ich stellte meinen Wagen in der hintersten Ecke des Parkplatzes ab. Schon während der Fahrt hatte es zu schneien begonnen. Wieder einmal verfluchte ich meine Vorliebe für elegante Kleidung. Warum hatte ich mich nicht wetterfest angezogen? Das Regencape und der Schirm waren nicht hilfreich, als ich auf den zehn Zentimeter hohen Stilettoabsätzen von Louboutin über die vereisten Friedhofswege balancierte.

Ich kam zur östlichen Einsegnungskapelle. Die Tür war verschlossen. Der Trauergottesdienst hatte bereits begonnen. Ich legte ein Ohr an die Tür und konzentrierte mich darauf zu lauschen. Von innen kam gedämpfter, unharmonischer Gesang, den die bombastische Orgelmusik fast ganz übertönte.

Bei dem Lied handelte es sich um *In Gottes Hand*. Als wäre Riku ein kleines Kind gewesen! Vielleicht hatten seine Eltern schon jahrelang unter Drogeneinfluss gestanden und gar nicht mitbekommen, dass Riku kein unschuldiges Kindlein mehr war.

Der Gesang endete schlagartig, nun hörte ich Gepolter. Die Einsegnung war zu Ende, es wurde Zeit, an Rikus Grab zu gehen.

In aller Eile versteckte ich mich hinter der Ecke, bevor die erbärmlich kleine Trauergemeinde die Kapelle verließ.

Als Erste traten Rikus Eltern heraus. Ich erkannte sie auf Anhieb. Das Gesicht der Mutter war von blauen Flecken übersät. Das rechte Auge war schwarz, und über die Unterlippe lief eine blutige Wunde, die noch nicht vernarbt war. Rikus Mutter war kaum über vierzig, schien ihres Lebens aber schon überdrüssig zu sein. Ihre Augen starrten ins Leere, ihr Gesicht war ausdruckslos.

Rikus Vater hatte bereits die meisten seiner Zähne verloren. In seinen hohlen Wangen hätte eine Amsel oder mindestens ein Spatz nisten können. Sein rechter Arm steckte in einem selbst gebastelten Verband. Offenbar hatte er sich bei der Misshandlung seiner Frau verletzt. Als Armschlinge diente ein schmutziger Fetzen Stoff. Die Schlinge kam mir bekannt vor. Sie war aus einem T-Shirt der Band Dead Kennedys gemacht. Wie konnte Rikus Vater es wagen! Das war Rikus Lieblingsshirt gewesen. Riku hatte es mir stolz gezeigt, als er zum ersten Mal in meine Praxis kam.

Was war das für ein Vater! Sein Sohn lag noch nicht einmal unter der Erde, und schon zerriss er dessen Kleider!

Plötzlich hörte ich Rikus letzte Worte.

»Entschuldigung«, hatte er gerufen, als er auf die Gleise der U-Bahn stürzte.

Ich war auf dem Bahnsteig auf die Knie gesunken und hatte gesehen, wie die U-Bahn ihn überfuhr.

Hinter Rikus Eltern trat eine junge Pastorin aus der Kapelle. Sie fingerte nervös an ihrer Bibel herum.

Ich blickte dem Geleit nach und folgte ihm erst, als es so weit weg war, dass niemand auf mich achtete.

Das Grüppchen stellte sich an Rikus Grab.

»Von Erde bist du genommen, zu Erde sollst du werden.«

Die Pastorin warf Sand auf den Sarg. Nachdem sie die dritte Schaufel geworfen hatte, machte Rikus Vater auf dem Absatz kehrt, als hätte er Riku, Rikus Grab, seine Frau und die Geistliche vergessen. Er ging im Laufschritt zum Parkplatz. Rikus Mutter stürmte hinter ihrem Mann her, ohne sich von der Pastorin zu verabschieden. Die Seelsorgerin machte sich kopfschüttelnd auf den Weg zur Kapelle. Sie würde ihren Kollegen eine ganz besondere Anekdote erzählen können.

Ich trat weinend ans Grab und warf die rote Rose auf den Sarg. Dabei stach ich mich an einem Dorn. Aus der Wunde fiel ein Blutstropfen auf den Sarg.

IRA

Ihr habt inzwischen bestimmt schon eine Diagnose für mich erstellt. Ich möchte meinen Kopf darauf wetten, dass ich weiß, zu welchem Ergebnis ihr gekommen seid.

Ich bin eine Psychopathin.

Ihr wisst ja, wie wir sind. Kaltblütige Blutsauger, die sich um nichts anderes scheren als um sich selbst. Hoppla, diese Beschreibung passt ja auf alle möglichen Verflossenen, Chefs und Kollegen! Wenn man den Internetforen glauben darf, findet man uns massenweise in jeder Schule, an jedem Arbeitsplatz und bei Tinder.

Aber es gibt Psychopathen und Psychopathen. Es gibt solche, deren vermeintliche Erkrankung von einem Kollegen, Freund oder Ex-Mann diagnostiziert wird, von einem Psychiater dagegen auf keinen Fall. Und dann gibt es uns, die vom Psychiater auf Anhieb eine eindeutige Diagnose bekommen.

Ich habe wieder etwas verschwiegen. Gebt euch nur selbst die Schuld, ich hatte euch ja geraten, auf der Hut zu sein.

Ich bekam meine Diagnose mit 14. Damals verbrachte ich nämlich zwei Monate in der jugendpsychiatrischen Abteilung einer psychiatrischen Klinik. Nach meinem ersten Selbstmordversuch wurde ich aufgrund einer Depressionsdiagnose zur Zwangsbehandlung eingeliefert. Die behandelnde Ärztin begann jedoch sofort, eine passendere Diagnose für mich zu drechseln.

Nur zu, ihr dürft mich gern als Psychopathin bezeichnen.

Ich bin nicht beleidigt.

Kürzlich habe ich von einer Untersuchung gelesen, in der die bequemste Methode präsentiert wurde, eine Psychopathie zu diagnostizieren: Man frage den Betreffenden, ob er ein Psychopath ist. Wir sagen stolz Ja.

Ich wurde allerdings ausgiebig getestet, mit dem PLC-R-Test, den Robert Hare, ein Guru der Branche, entwickelt hat. Ich erreichte zwar nicht die höchste Punktzahl, lag aber nicht weit darunter.

Hatte ich als Kind Tiere gequält?

Ich hatte Lust, spitzfindig zu antworten. Was bedeutete das Wort »quälen« in diesem Zusammenhang? Ich selbst hielt es nicht für Quälerei, dass ich mein Katzenjunges mit Schnürsenkeln an unserer Haustür erhängt hatte. Das ist doch eine angenehmere Todesart als zum Beispiel Ertrinken.

Die Psychiaterin war anderer Meinung.

Die psychische Entwicklung eines Menschen zieht sich bis zum 25. Lebensjahr, nach Ansicht mancher Sachverständiger dauert sie sogar noch länger. Teenagern will man in der Regel keine Diagnose stellen, weil ihre Pathologie noch wandelbar ist. Vor allem Psychopathie pflegt man bei Jugendlichen nicht zu diagnostizieren.

Meiner Ärztin zufolge war es in meinem Fall angebracht, eine Ausnahme zu machen. Ihrer Ansicht nach war ich eine Gefahr für andere Menschen. Ich hatte allerdings noch niemandem Schaden zugefügt, abgesehen von meinem lieben Kätzchen und den Katzen der Nachbarn. Leider kann man niemanden für Verbrechen, die er noch nicht begangen hat, ins Gefängnis bringen.

Nicht einmal in eine psychiatrische Klinik. Meine Psychiaterin musste mich in die Freiheit entlassen. Zum Abschied sagte sie mir, sie sei der Meinung, dass ich früher oder später einen Mord begehen würde. Sie wäre Millionärin, wenn sie die Lottozahlen ebenso korrekt vorhersagen könnte.

Meiner Therapeutin sagte ich nichts davon. Sie war ja keine Psychiaterin, daher konnte sie mir keine Diagnose stellen. Das hätte sie allerdings nicht daran hindern sollen, einen Psychopathen zu erkennen, wenn ein solcher auf ihrer Couch saß.

Wie ist es wohl tatsächlich gelaufen? Hat sie mich als Psychopathin identifiziert?

Ich glaube nicht.

Meine Behandlung hätte damit geendet. Psychopathie ist eine chronische Fehlentwicklung der Psyche, die weder durch Therapie noch durch Medikamente geheilt werden kann. Vielleicht wäre es nicht die schlechteste Idee, uns sofort nach der Diagnose entweder ins Gefängnis oder in eine psychiatrische Klinik zu sperren und den Schlüssel in einen tiefen Brunnen zu werfen.

Ich war ein hoffnungsloser Fall. Warum hätte meine Therapeutin ihre Zeit mit mir vergeuden sollen, wenn sie das gewusst hätte?

Ich bin mir sicher, dass sie meine Psychopathie aus demselben Grund nicht erkannte, aus dem die Polizei meine Verbrechen nicht mit mir in Verbindung brachte: weil ich eine Frau bin.

Die chauvinistische Einstellung war mir unendlich nützlich. Wir Serienmörderinnen sind dermaßen selten, dass es der Polizei gar nicht in den Sinn kam, eine Frau der Morde zu verdächtigen, die ich begangen hatte. Die Geschlechterstereotype rumorten in den Köpfen der Bullen: Während die Männer allein wegen ihrer Maskulinität die ganze Welt in Stücke reißen wollen, möchten wir Frauen nur liebkosen und schützen.

Kein Wunder, dass ich das Gefühl hatte, unsichtbar zu sein.

Bei den vielen Morden, die ich schon begangen hatte, war es unbegreiflich, dass man mich noch nicht gefasst hatte.

Ich muss jedoch allen, die vom Serienmörderberuf träumen, einen entscheidenden Hinweis geben: Verlasst euch nicht auf eure Fähigkeiten.

Früher oder später werdet ihr erwischt, so großartig ihr auch sein mögt.

CLARISSA

Ich saß wieder mitten in der Nacht in der halbdunklen Küche, trank und dachte über Iras Probleme nach. Ich war überzeugt, dass Iras Schwierigkeiten auf ein Trauma aus ihrer Kindheit zurückgingen. Aber auf was für eins? Das hätte ich leicht herausfinden können, wenn ich sie mit den Methoden der Hypnotherapie behandelt, sie also, allgemeinverständlich ausgedrückt, hypnotisiert hätte. Die Hypnose ist eine erheblich schnellere Methode als zum Beispiel die Traumanalyse. Ich hatte diese Arbeitsweise jedoch schon vor langer Zeit aufgegeben.

Bald nach meinem Studienabschluss hatte ich mich zur Hypnotherapeutin ausbilden lassen. Ich habe immer daran geglaubt, dass das Unbewusste mehr über einen Menschen aussagt, als er selbst jemals erzählen könnte. Zum Unbewussten eines Menschen führen nur zwei Wege: seine Träume und die Hypnose. Ein hypnotisierter Mensch legt seinen Panzer ab und enthüllt dem Hypnotherapeuten die Geheimnisse seiner Psyche.

Anfangs war ich von der Hypnose begeistert. Sie sparte unglaublich viel Zeit. Statt mit der Patientin immer wieder ihre Träume zu besprechen und deren Bedeutungen auszugraben, kamen wir dank der Hypnose direkt zur Sache. Schon nach einigen Sitzungen fanden wir heraus, was der Grund für die Probleme der Patientin war. Aber es dauerte nicht lange, bis ich grausam zu spüren bekam, dass die Hypnose ihre Schattenseiten hat.

Ich bekam eine neue Patientin, eine junge Frau, die unter einer schweren Depression litt. Nichts in ihrem Leben bot eine Erklärung dafür. Sie hatte vor, den Mann ihres Lebens zu heiraten, sie hatte einen gut bezahlten und interessanten Job, und sie erwartete ihr lange ersehntes erstes Kind. Alles hätte gut sein sollen, war es aber nicht.

Ich beschloss, es mit einer Hypnose zu probieren. Falls die Symptome meiner Patientin auf ein Trauma zurückgingen, würde die Hypnose es an die Oberfläche holen. So kam es auch. Die Hypnose zeigte, dass die Patientin als Kind sexuell missbraucht worden war.

Sie hatte jedoch eine Nebenwirkung, auf die ich nie zuvor gestoßen war.

Bei dem traumatischen Erlebnis war die Patientin erst acht Jahre alt gewesen. Die Psyche des Kindes hatte das Ereignis nicht verkraftet, sondern es in die Tiefen des Unbewussten verdrängt. Als ich es in der Hypnose mit Gewalt an die Oberfläche holte, brach die Patientin zusammen. In den folgenden Wochen glitt sie allmählich in eine Psychose, und ich musste sie gegen ihren Willen in die geschlossene Abteilung einer psychiatrischen Klinik einweisen.

Die Lehre aus dieser Geschichte: Die Psyche der Patientin hatte das Trauma nicht grundlos verdrängt. Die Psyche hat ihren Grund, so zu reagieren, wie sie reagiert. Ihre Entscheidungen sollten respektiert werden.

Als ich die traumatische Erinnerung der Patientin mit den Mitteln der Hypnose gewaltsam hervorzerrte, hatte die Psyche keine

Abwehr mehr, keinen Schutz gegen die Schäden, die das Trauma verursacht hatte.

Es sei jedoch angefügt, dass diese Erfahrung die Psyche der Patientin nicht bleibend geschädigt hat. Sie erholte sich in der Klinik, und wir konnten die Therapie fortsetzen.

Ich wusste, dass Ira auch früher schon professionelle Hilfe in Anspruch genommen hatte, aber sie war nicht fähig gewesen, ihr Trauma zu verarbeiten. Es hatte sich tief in ihrer Psyche eingekapselt. Die Frage war: War es sinnvoll, ein so lange verdrängtes Trauma hervorzuholen? Würde ihre Psyche das aushalten?

IRA

In der Sitzung ritten wir wieder auf dieser verdammten Traumanalyse herum. Es wundert mich, dass ich imstande war, mich zu beherrschen, und meine sarkastischen Gedanken nicht laut aussprach, obwohl in meinem Kopf nichts anderes Platz zu finden schien.

Zum Glück hatte meine Therapeutin mich beim letzten Mal wenigstens vorgewarnt, dass wir mit meinen Träumen weitermachen würden. Ich brauchte also nicht zu grübeln, welche Märchen ich ihr auftischen sollte.

Sie hatte mir geraten, meine Träume aufzuschreiben. Am besten gleich nach dem Aufwachen, wenn die Erinnerung noch frisch ist. Ich hatte genickt, mich aber nicht an ihren Rat gehalten. Stattdessen hatte ich mich darauf vorbereitet, einen neuen Traum zu erfinden, indem ich mir am Morgen *Eraserhead* angesehen hatte, in dem es wahrlich genug Symbolik gab. Danke, David Lynch, du Schutzpatron aller, die in einer Therapie schmoren!

»Ich bin in einem weißen Raum. Ich sitze allein auf einem weißen Sofa. Die Zeit vergeht. Alles ist wie in meinem vorigen Traum, aber an der Wand hängt kein Spiegel«, sagte ich und warf einen Blick auf meine Therapeutin.

»Kein Spiegel?«

Die Therapeutin wirkte besorgt. Das Fehlen des Spiegels war offenbar eine gefährliche Sache. Beim ersten Versuch mit der Traumanalyse hatte ich bisweilen Schwierigkeiten gehabt, das Lachen zu unterdrücken. Jetzt war ich nur noch gelangweilt. Spiegel oder nicht, who cares? Na, meine Therapeutin ganz offensichtlich. Ihr Stift kratzte auf dem Papier.

Es fiel mir schwer, mich zu konzentrieren.

Ich begann das Äußere meiner Therapeutin in Augenschein zu nehmen.

Die Halskette mit ihrem Namen hatte sich in ihren Haaren verfangen. Nur der letzte Buchstabe war noch zu sehen. Auch der Diamant, der den Punkt auf dem i markierte, war unter ihrer bauschigen Dauerwelle verborgen.

Ich hatte mir unzählige Male vorgestellt, den Schmuck meiner Therapeutin am Hals zu tragen.

An der Brusttasche ihres Kostüms hing ein dickes weißes Katzenhaar. Wenn man mich fragt, ich hätte meine Therapeutin als Hundemenschen eingestuft. Katzen gehen ihre eigenen Wege. Ich hätte geglaubt, dass sie ihr Schoßtier mit Zärtlichkeiten überschütten wollte, und das lassen sich nur Hunde gefallen.

Das Äußere meiner Therapeutin war immer perfekt gepflegt, wie aus einem Modejournal. Wieso hatte sie das Katzenhaar nicht bemerkt? Ich versuchte, meinen Blick davon zu lösen, doch er wanderte immer wieder zurück.

Auch mein letztes Opfer – der Student Lassi Laajasrauha – hatte eine Katze gehabt. Ich hatte die Katze ebenfalls getötet, damit sie nach dem Tod ihres Besitzers nicht ausgesetzt wurde. Ihr Lederhalsband trug ich am rechten Arm. Meine Therapeutin sah es allerdings nicht, denn ich hatte einen langärmligen Collegepullover und darüber eine Strickjacke an.

»Was passierte dann?«

Die Frage der Therapeutin schreckte mich auf. Meine Aufmerksamkeit hing immer noch an dem Katzenhaar. Am liebsten wäre ich aufgestanden und hätte es von der Jacke gezupft. Ein Katzenmensch also? Das hätte ich nicht gedacht!

Die Therapeutin wartete auf meine Antwort.

»Die Zimmertür ging auf. Die Angel quietschte entsetzlich. Ich erschrak so sehr, dass ich aufsprang.«

Die Therapeutin machte mit Feuereifer Notizen. Es wurde Zeit, zu *Eraserhead* überzugehen.

»Ich hörte Schritte. Vor mir erschien ein Mann mit einem riesigen Lockenschopf. Seine Lippen waren grellrot geschminkt«, fuhr ich fort.

Eraserhead ist ein Schwarz-Weiß-Film, daher weiß ich nicht, ob Jack Nance, der Hauptdarsteller, in dem Film Lippenstift trägt. Wahrscheinlich nicht. Aber eine irrsinnige Frisur hat er auf jeden Fall.

»Kannst du den Mann noch genauer beschreiben?«

Die Therapeutin war unverkennbar begeistert. Handelte es sich um meinen Vater? Kamen wir endlich zu meinem Elektrakomplex?

»Seine Frisur war so gewaltig, dass mir nichts anderes auffiel.«

Die Therapeutin seufzte enttäuscht. Hätte der Mann doch das Gesicht meines Vaters gehabt! Ich hatte Mitleid mit der armen Frau und beschloss, ihr ein kleines Gnadenbrot zu geben.

»Ja, jetzt erinnere ich mich! Er hat etwas zu mir gesagt! ›Ich habe den Spiegel weggenommen.‹«

Die Therapeutin war sichtlich zufrieden. Erst da begriff ich, worauf sie aus war. Nicht auf den Elektrakomplex, sondern auf den Narziss-Mythos. Freud benannte den Narzissmus nach Narziss, der in eine Quelle blickte und sich in sein eigenes Spiegelbild verliebte.

»Jetzt können wir mit der Analyse beginnen. Was sagt der Traum deiner Meinung nach aus?«

Meine Therapeutin hielt es kaum auf ihrem Platz. Sie reckte ihren Hals zu mir hin wie ein Schwan, der nach Brotkrümeln sucht. »Ich weiß nicht. Aber ich würde gern von dir träumen. Von uns.« Meine Therapeutin errötete.

Helsinkier Nachrichten

Student ermordet aufgefunden

Der 25-jährige Student Lassi Laajasrauha wurde gestern in seiner Wohnung tot aufgefunden. Er wohnte in einem Studentenwohnheim in Kivikko. Die Polizei vermutet, dass er ermordet wurde.

»Die näheren Umstände zeigen, dass es sich nicht um einen natürlichen Tod handelt«, bestätigt Kommissarin Paula-Liisa Talas vom Gewaltdezernat der Helsinkier Polizei.

»Wir glauben, dass Laajasrauhas Mörder sein Opfer kannte«, erklärt Talas.

CLARISSA

Zum ersten Mal seit dem Beginn der Therapie empfand ich Hoffnung. Bisher hatte ich keinen Kontakt zu Ira bekommen, aber nun hatte ich das Gefühl, dass endlich eine Verbindung entstanden war.

Ira bat darum, über den Traum zu sprechen, den sie in der vorigen Nacht gehabt hatte. Ich entschied mich, auf ihre Bitte einzugehen. Zum Glück, denn der Traum enthüllte mir etwas, das ich mir nicht einmal hätte vorstellen können.

Ich war so hingerissen von Iras Traum, dass ich anfangs gar nicht darauf achtete, wie sie ihn mir erzählte. Beinahe hätte ich laut gejubelt, als sie mir das Zimmer beschrieb, in dem es keinen Spiegel gab, und den Mann, der den Spiegel weggenommen hatte. Wie aus einem Lehrbuch für Psychologie! Brotkrümel, die mich direkt in das Labyrinth ihres Unbewussten führten.

Ira betete ihren Traum jedoch mechanisch herunter, als wäre es nicht ihr eigener, sondern als hätte sie ihn in irgendeinem Buch gelesen und auswendig gelernt. Ich hatte den Eindruck, dass sie sich emotional nicht mit dem Traum identifizieren konnte.

Bestimmt hätte ich nie herausgefunden, worum es sich handelte, wenn Pekka nicht, wie es seine Art war, vergessen hätte, den Fernseher im Wohnzimmer auszuschalten.

Nach der Sitzung saß ich in meiner Praxis am Schreibtisch und machte Aufzeichnungen über das Treffen. Mir stiegen Tränen in die Augen, so sehr bewegte es mich, dass ich endlich fähig war, Ira zu helfen.

Ira zu retten!

Trotz meiner Begeisterung konnte ich mich nicht auf meine Arbeit konzentrieren, weil der Lärm aus dem Fernseher mich immer wieder ablenkte. Fluchend ging ich ins Wohnzimmer.

Bevor ich den Knopf der Fernbedienung drückte, schaute ich kurz zum Fernseher hin, wo ein Schwarz-Weiß-Film lief. Mein Blick heftete sich auf den Bildschirm. Es war eine völlig unbewusste Reaktion. Mein bewusstes Ich hatte keine Ahnung, wieso ich den Fernseher nicht aus den Augen lassen konnte. Dort stand ein seltsam aussehender Mann. Ein Mann mit einer riesigen Frisur. Der Mann, den Ira in der Sitzung beschrieben hatte, als sie mir angeblich von ihrem Traum erzählte.

Kein Wunder, dass Iras Traum klang wie auswendig gelernt. Sie hatte mir die Handlung des Films erzählt!

Vor Scham und Wut wurde ich rot.

Ich rannte zurück in meine Praxis und las meine Aufzeichnungen durch, die ich gerade erst geschrieben hatte. Ihr Ton war selbstgefällig, geradezu arrogant. Ich war erfolgreich! Ich war eine so gute Therapeutin, dass ich einen Orden verdient hätte!

Mein erster Impuls war, die Aufzeichnungen zu zerreißen. Dann betrachtete ich das Ganze von einer anderen Seite. Ira hatte es geschafft, mich irrezuleiten – bis jetzt. Ich stopfte die Aufzeichnungen in die Mappe, in der ich die Unterlagen über Ira aufbewahrte. Ich hatte allen Grund, die heutigen Notizen aufzuheben, denn sie erinnerten mich daran, wie mühelos Ira mich hinters Licht geführt hatte.

Ich schob die Mappe in meinen Archivschrank und knallte die Schublade zu.

Dann ging ich auf die Terrasse, um eine zu rauchen. Ich steckte die Zigarette an und sog den Rauch in die Lunge. Das Nikotin beruhigte mich wie eine liebevolle mütterliche Umarmung.

Handelte es sich vielleicht doch um ein Missverständnis?

Wieso hätte Ira nicht einen Albtraum von einem Mann mit einer großen Frisur haben sollen? Vielleicht war das alles nur Zufall?

Aber war es nicht merkwürdig, dass der Mann in ihrem Traum so aussah wie der im Film? Schon, andererseits sind Zufälle ja gerade deshalb Zufälle, weil sie so unwahrscheinlich sind.

Ich fühlte mich beschämt. Ich war völlig paranoisch!

Jetzt begriff ich, dass Ira mir immer die Wahrheit gesagt hatte. Ich hatte keinen Grund, an ihrer Ehrlichkeit zu zweifeln.

ARTO

Ich hatte nicht vorgehabt, noch einmal irgendwem davon zu erzählen. Es war schwierig genug gewesen, mit Marja darüber zu sprechen, dabei hatte ich auch ihr nur einen Bruchteil der Wahrheit enthüllt. Als Marja selbst das wenige nicht hören wollte, wurde mir klar, dass dazu auch niemand sonst bereit sein würde.

Marja konnte mir kaum in die Augen sehen. Selbst im Sterbebett war ihre Miene vorwurfsvoll. Sie lag im Krankenhaus, und ihre Augen brannten vor Wut wie glühende Kohlen, als wäre alles meine Schuld gewesen.

Damit hatte sie natürlich völlig recht.

Bei der Betriebsfeier der *Helsinkier Nachrichten* platzte ich Irmeli gegenüber versehentlich damit heraus. Ich weinte mich an der Schulter meiner Chefin aus. Buchstäblich.

Wir saßen zu zweit am hintersten Ecktisch der *Schreibfeder*, und ich schüttete mein Unwohlsein über Irmeli aus. Zwischendurch kam immer mal einer meiner Kollegen zu uns und versuchte, sich uns anzuschließen oder uns auf die Tanzfläche zu locken, aber Irmeli wies sie freundlich ab, als würde sie den

Abend lieber damit verbringen, sich meine Sorgen anzuhören, als zu feiern und sich zu vergnügen.

Die Disco-Hits der 1970er bildeten den Soundtrack zu meinem Geständnis. Während meine Kollegen zu Stayin' Alive von den Bee Gees herumturnten wie John Travolta, kippte ich die Schlacke meiner Seele über Irmeli aus. Sie hörte sich mein Gestammel an und nickte verständnisvoll. Ab und zu sank mein Kopf auf ihre Schulter, und dann schob sie mich fort, als hätte sie Angst, dass ich eine Rotzspur auf ihrer schwarzen Jacke hinterließ.

Ihr würdet euch eurer Chefin nicht anvertrauen? Versucht doch mal, ganz allein eine so schwere Schuld zu tragen, wie ich sie jahrelang mit mir herumgeschleppt hatte!

Vielleicht war es geradezu unausweichlich, dass ich schließlich keine Kraft mehr hatte. Ich musste meine Schuld mit irgendwem teilen. Natürlich fiel meine Wahl auf Irmeli, denn sie war ja Marjas beste Freundin gewesen.

Ich war betrunken – was denn sonst –, aber zum Glück schlau genug, selbst Irmeli nicht die ganze Wahrheit zu sagen. Dennoch musste ich meine Geschwätzigkeit bereuen. Irmeli hatte seitdem immer wieder anzudeuten versucht, dass ich professionelle Hilfe brauchte. Es war ein Glück, dass kein Arbeitgeber seine Mitarbeiter zu einer Psychoanalyse zwingen kann, sonst hätte ich schon seit einer Ewigkeit auf der Couch eines Analytikers liegen und assoziieren müssen.

Seitdem hatte ich wie unter einem Vergrößerungsglas gelebt. Ich wusste, dass Irmeli meine Mimik und Gestik genau beobachtet und in Relation zu meiner Enthüllung gedeutet hatte.

Irmeli hatte die Sache nie direkt zur Sprache gebracht, aber zwischen den Zeilen hatte ich ihre Besorgnis deutlich genug erkannt.

Ich hatte Irmeli schwören lassen, dass sie mit niemandem über meine Angelegenheiten sprechen würde. Dennoch fürchtete ich, dass sie mein Geheimnis früher oder später meinen Kollegen verraten würde. Aber ich hatte nicht geahnt, dass meine schlimmste Befürchtung so bald wahr werden würde.

Als Irmeli mein Interview mit Clarissa lobte, war ich so begeistert, dass ich beschloss, mich bei Eero, dem Fotografen der *Helsinkier Nachrichten*, für die tollen Aufnahmen zu bedanken, die die Story verschönerten. Er empfing mich mit arktischer Kälte. Eero hatte kaum einen Blick für mich übrig und gab mir zu verstehen, dass er Besseres zu tun hatte, als sich mein überschwängliches Lob anzuhören.

Mir war klar, dass Irmeli nach unserer letzten Begegnung Eero mein Geheimnis verraten hatte. Das war die einzige denkbare Erklärung für sein barsches Verhalten.

Und wenn Eero es wusste, würden es bald auch alle anderen wissen.

Wie kam Irmeli auf die Idee, dass ich meine Arbeit als Freelancer bei den *Helsinkier Nachrichten* fortsetzen konnte, wenn meine Kollegen die Wahrheit kannten?

Ich würde zum Paria der Redaktion werden. Niemand wäre mehr bereit, mit mir zu reden, geschweige denn mit mir gemeinsam eine Reportage zu machen. Meine Kollegen würden mich nicht direkt auf die Sache ansprechen, sondern mich nur ebenso misstrauisch und verächtlich ansehen wie Eero.

Was blieb mir, wenn ich meine Arbeit nicht mehr tun konnte? Würde ich jeden Tag unter ihrem Fenster sitzen, bis sie mich bemerkte und Anzeige erstattete? Dann bekäme ich ein Annäherungsverbot und dürfte mich nicht mehr in ihre Nähe wagen.

Mein Leben war ein Kartenhaus, und in Gedanken sah ich, wie auch seine unterste Etage einstürzte. Ich hatte keinen Einfluss auf mein Schicksal. Mein Untergang war unausweichlich. Ich konnte nur warten, bis auch die letzte Karte auf den Tisch segelte und mein Leben ruiniert war.

Mir blieb nur ein Ausweg: Selbstmord.

Warum war ich nicht früher auf die Idee gekommen, mir das Leben zu nehmen?

PEKKA

Herz. Ich habe nur noch ein Wort. Herz.
Ich hatte wieder stundenlang in meinem Arbeitszimmer am Computer gesessen und die Excel-Tabelle der Zeichnungen angestarrt. Auf dem Computer war auch die Terminalemulation x3270 geöffnet, als ob dadurch bewiesen wäre, dass ich arbeitete.

Irgendwann beschloss ich, mein fruchtloses Tun für eine Weile zu unterbrechen und mir die Nachrichten anzusehen. Ich schleppte mich ins Wohnzimmer. Es glich einer Bude im Wohnheim für Studenten der Technischen Hochschule. Der Orientteppich warf Falten und war mit Zigarettenasche bestäubt. Das Sofa war unter halb leeren Chipstüten begraben. Auf dem Sofatisch bildeten leere Pizzaschachteln ein wackliges Gebäude, das an den Schiefen Turm von Pisa erinnerte. Daneben lag ein ebenso kippliger Stapel, dessen Baumaterial aus diversen Ausgaben der *Helsinkier Nachrichten* und Werbeprospekten bestand. Entgeistert betrachtete ich das Stillleben.

Dann begann ich aufzuräumen.

Ich verschlang die Chipsreste und stopfte die leeren Tüten ineinander. Der ranzige Fettgeschmack widerte mich an, aber ich konnte nicht aufhören zu mampfen. Meine Hand tastete fast unabhängig von meinem Willen nach der Öffnung der Chipstüte. Wenn Clarissa gesehen hätte, was ich tat, hätte sie mich sicher darauf hingewiesen, dass man seine innere Leere nicht mit Essen füllen kann. Der Ekel, den die Chips auslösten, verschaffte mir jedoch eine krankhafte Befriedigung. Ich empfand es als tröstlich, dass ich mich körperlich ebenso unwohl fühlte wie geistig.

Wie betäubt räumte ich weiter auf. Ich zupfte übrig gebliebene Champignons und Ananasstücke aus den Pizzaschachteln und schob sie mir mit demselben gleichgültigen Ekel in den Mund wie die Chips.

Ich nahm den Zeitungs- und Prospektestapel auf den Schoß. Darunter kam Clarissas rosa Notizheft zum Vorschein.

Clarissa hatte ihr Werk auf das Deckblatt gekritzelt, sodass ich es nicht übersehen konnte.

Zwei Buchstaben und zwischen ihnen – als Zeichen der Liebe – ein Herz.

Der eine Buchstabe war ein C wie Clarissa.

Aber der andere war kein P wie Pekka.

ARTO

Ich hatte gehört, dass Menschen, die sich zum Selbstmord entschlossen haben, Frieden finden, nachdem sie ihren Beschluss gefasst haben. In den Tagen und Wochen vor ihrem Tod trösten sie sich mit dem Gedanken, dass Qual und Leid bald hinter ihnen liegen.

Ihre Angehörigen glauben irrtümlicherweise, ihre Geschäftigkeit zeige, dass sie das Schlimmste überwunden haben und nun den Weg aus ihrer Depression finden. Deshalb ist der Selbstmord ein umso größerer Schock.

Ich stellte fest, dass die Theorie zutraf. Der Friede, den ich verspürte, war kaum zu beschreiben. Jahrelang war ich durch den Sumpf gewatet. Statt aufs Trockene zu gelangen, war ich immer tiefer versunken. Aber nachdem ich meine Entscheidung getroffen hatte, war ich geradezu übernatürlich ruhig.

Ich würde meine irdischen Angelegenheiten so schnell wie möglich ordnen und mich dann zu Marja gesellen – ganz gleich, ob sie ihre Ewigkeit in der himmlischen Herrlichkeit verbrachte oder im glühenden Feuer der Hölle schmorte.

Ich tippte darauf, dass die Hölle für uns beide die richtige Adresse war.

Als zielstrebiger Mensch beschloss ich, eine To-do-Liste anzulegen. Ich wollte nicht, dass andere gezwungen waren, meine Angelegenheiten zu erledigen. Schon dass irgendwer meine Beerdigung organisieren musste, war mir unangenehm. Von mir aus hätte man meine Leiche auf die nächste Müllkippe werfen und den Möwen zum Fraß überlassen können.

Sobald ich aus der Redaktion nach Hause kam, schnappte ich mir einen Block und begann zu notieren, was noch zu tun war. Dabei stellte ich fest, dass ich die nicht erneuerbaren Ressourcen der Erde ganz grundlos so lange vergeudet hatte. Es gab nur weniges zu erledigen, dann konnte ich mich in den Sarg legen.

Was für ein befreiender Gedanke!

Auf der Rückseite des Bogens notierte ich die Zeitungsartikel, an denen ich gerade arbeitete. Zwei Interviews und eine Reportage. Die Interviews hatte ich schon fertig geschrieben, und die Reportage konnte ich dem Kriminalreporter der *Helsinkier Nachrichten* zuschieben. Ich war von Anfang an nicht scharf darauf gewesen, eine Story über die Pädophilenkreise im Internet zu schreiben.

Als Nächstes skizzierte ich eine Anzeige für die Facebook-Gruppe *Die Stadt recycelt*, in der ich versprach, meinen gesamten beweglichen Besitz dem ersten Interessierten zu schenken. Vor einigen Jahren hatte ich für die *Helsinkier Nachrichten* einen Bericht über einen jungen Mann geschrieben, der sich auf diesem Weg seines Eigentums entledigt hatte, bevor er in einen indischen Aschram zog. Er hatte immerhin ein teures Heimkino und anderen kostspieligen technischen Kram zu vergeben gehabt.

Ich dagegen besaß nur einige angeschlagene Möbelstücke, zwei Bananenschachteln mit Büchern, die jahrzehntelang im Keller Staub gesammelt hatten, und ein paar Müllsäcke voll abgetragener Kleidungsstücke, die höchstens bei Pennern auf Interesse stoßen würden.

Ich schickte eine Bitte um Beitritt zu der Gruppe ab und nahm mir vor, die Anzeige zu veröffentlichen, sobald ich aufgenommen worden war. Ich nahm an, dass es mindestens vierundzwanzig Stunden dauern würde, je nachdem, wie aktiv der Administrator der Gruppe war. Aber auf einen Tag mehr oder weniger kam es nicht an.

Es war überraschend leicht, den eigenen Tod zu organisieren. Aber es gab eine Angelegenheit, auf die ich mich sorgfältig vorbereiten musste.

Ich musste mich von ihr verabschieden dürfen. Und das wollte ich nicht durch das Fenster tun.

Ich konnte mich nicht töten, bevor sie wusste, wie sehr ich ihretwegen gelitten hatte.

Sie musste meine Qual teilen.

Nur so würde ich im Jenseits Frieden finden.

CLARISSA

Die allgemeine Einstellung zur Verletzbarkeit der Menschen ist gnadenlos. Das schafft eine Atmosphäre, in der die Schwachen sich noch schwächer fühlen.

Angeblich kann nichts, was einem Menschen passiert, so schlimm sein, dass man nicht auch etwas daraus lernt. Diejenigen, die es geschafft haben, können unsere Gläser mit dem Nektar ihrer Weisheit füllen.

Reißt mich in Stücke, dann wachse ich als Mensch.

Wir leben in einer Fast-Food-Kultur, in der Traumata nur notdürftig verpflastert werden. Mund, Augen und Ohren werden mit rosa Zuckerwatte vollgestopft: Kristalle, Engel und heilendes Licht. Es gibt jedoch Probleme, die sich nicht lösen lassen, indem man ein Einhorn umarmt.

Es ist ein absolut unerträglicher Gedanke, dass es Dinge gibt, mit denen man nicht fertigwerden kann. Vor allem, da sie jedem von uns zustoßen können.

Auch dir.

Aber man kann nicht mit allem klarkommen. Es überrascht euch sicher, dass ich als Therapeutin diese Ansicht vertrete. Gerade ich müsste ja fest auf die Therapie vertrauen und glauben, sie könne jedes Trauma heilen.

Aber das glaube ich nicht.

Wir verlangen von den Opfern, dass sie sich so schnell wie möglich aufraffen. Wenn sie das Geschehene zur Sprache bringen, bekommen sie zu hören, sie sollten »in ihrem Leben vorwärtsgehen«, »in die Zukunft schauen« oder »die Vergangenheit ruhen lassen«. Aber Dinge, die für die meisten Menschen ganz normal und alltäglich sind, werden für die Opfer immer unmöglich sein.

Das Leben eines Opfers sexuellen Missbrauchs ist in Stücke zerschlagen, etwas anderes zu behaupten ist bloße Abwertung. Dennoch soll das Opfer nicht verbittert sein, denn man muss ja eine positive Einstellung haben. Als hätte das Opfer allein durch seine Negativität sein ganzes Leid selbst herbeigeführt.

Guten Menschen passiert ja nur Gutes.

Manchmal denke ich, dass man selbst den Toten barmherziger begegnet als den Opfern sexueller Gewalt: Von Leichen fordert man nichts mehr. Meine Patientinnen erkennen erst nach mehrjähriger Therapie, dass sie mit dem, was sie erlebt haben, nicht fertigwerden müssen.

Es genügt, dass sie atmen.

Die gnadenlose Denkweise befreit auch die Sexualstraftäter. Ihre Taten sind nicht so grausam, wie man glauben könnte, denn angeblich kommen die Opfer ja über sie hinweg. Pädophile neigen ohnehin dazu, ihre Verbrechen schönzureden.

Je schuldiger du selbst dich fühlst, desto eher bist du bereit, anderen zu vergeben. Es kann wohl niemand so leben, dass er nichts bereuen würde. Also vergeben wir anderen Menschen ihre Untaten, in der Hoffnung, dass auch uns vergeben wird.

Menschen, die Böses getan haben, finden bei anderen stets mehr Verständnis als diejenigen, die über das Böse sprechen, das ihnen angetan wurde.

IRA

In meiner Zeitrechnung gibt es zwei Zeitalter: vSch und nSch, vor dem Scheißkerl und nach dem Scheißkerl – vSch war ich ein normales kleines Mädchen; nSch war ich nichts mehr. Jedenfalls kein Mensch.

Am schlimmsten ist es morgens. Da ist dieser Moment, in dem ich aufwache und mich nicht daran erinnere, was der Scheißkerl mir angetan hat. Ein paar Sekunden lang glaube ich, alles wäre wie früher. Dann schlägt mir die Wirklichkeit so fest in den Nacken, dass ich unter ihr zerbreche. Seit ich dem Käfig entkommen bin, hat mir mein Bewusstsein an jedem verdammten Morgen vorgegaukelt, dass ich nie dort eingesperrt war.

Warum kann dieses Gefühl nicht Stunden vorhalten? Oder wenigstens Minuten? Wohl deshalb, weil meine Psyche dann den entsetzlichen Zusammenbruch, den die Rückkehr in die Realität jedes Mal auslöst, nicht verkraften würde.

Jeden Morgen muss ich von Neuem lernen zu akzeptieren, dass das eine damals war, aber jetzt das andere ist. Jeden Morgen, wenn die Fakten in meinen Kopf zurückkehren, muss ich gegen denselben Gedanken ankämpfen: »Ich halte das kein einziges Mal mehr aus.«

Gerade dieser Gedanke hat mich nach den Tabletten, der Rasierklinge und dem Galgenstrick greifen lassen.

Meine Schlaflosigkeit rührt daher, dass ich den Gedanken an das, was mich am Morgen erwartet, nicht ertrage. Ich habe Angst vor dem Schlaf und vor dem Einschlafen. Wenn ich einschlafe, wache ich auch auf, und dann ergeht es mir wieder so wie jeden Morgen: Die Wirklichkeit schlägt mir ihre Fäuste direkt ins Gesicht.

Ich erinnere mich wieder an den Käfig und an den Scheißkerl und daran, dass nichts jemals wieder gut sein kann.

Nicht, solange ich lebe.

CLARISSA

Ich hatte ungeduldig darauf gewartet, aber als es endlich geschah, hätte ich am liebsten kein Wort gehört.
Unzählige Male hatte ich Ira versichert, dass sie offen mit mir reden konnte. Dass ich in meinem Beruf schon alles gehört hatte und mir nichts fremd war. Nun war sie endlich bereit, sich mir anzuvertrauen.
Natürlich hatte ich schon bei unserer ersten Begegnung zwischen den Zeilen alles gelesen. Ira litt höchstwahrscheinlich unter einer posttraumatischen Stressreaktion, und auch der Grund lag auf der Hand.
Wir Therapeuten deuten die Menschen in umgekehrter Reihenfolge. Ein Laie wundert sich über das unverschämte Benehmen seines Bekannten. Erst wenn er von dessen schwieriger Kindheit erfährt, versteht er, was dahintersteckt. Wir dagegen lesen aus dem Verhalten des Patienten unmittelbar seine Traumata heraus, auch wenn wir vielleicht nicht sofort herausfinden, welcher Art sie sind. Aber es ist etwas ganz anderes, den direkten Bericht des Betroffenen zu hören, als nur zu spekulieren und zu vermuten.

Ich musste weinen, ich konnte nicht anders. Man sollte meinen, dass ich es in meiner langjährigen Laufbahn geschafft hätte, mich abzuhärten. Das wäre mir sicher auch gelungen, wenn ich es versucht hätte. Aber ich wollte nicht so hart werden, dass ich mir ungerührt alles Mögliche anhören konnte. Empfindsamkeit war von meiner Seite aus eine bewusste Wahl.

Ira sah mich an, als befürchtete sie, dass ihr Kummer mich zerbrechen würde.

»Hab keine Angst. Auch wenn ich weine, schaffe ich es, deine Last zu tragen. Ich vergieße die Tränen, die du hättest weinen sollen. Die deine Mutter und dein Vater hätten weinen müssen.«

Eine kühle analytische Haltung ist eine der Voraussetzungen für die therapeutische Arbeit. Ich hatte gelernt, mich von den Problemen meiner Patientinnen abzugrenzen, indem ich mir vorstellte, es handle sich lediglich um Übungsaufgaben aus dem Lehrbuch. Aber jetzt war ich dazu nicht fähig.

Ira bekam immer nur ein oder zwei Sätze am Stück heraus.

»Ich bin für dich da. Je mehr du mir zu erzählen wagst, desto leichter wird deine Bürde.«

Im Allgemeinen schaffte ich es, mir einzureden, dass ich mich mit theoretischen Problemen befasste und nicht mit echten Schwierigkeiten, die das Leben der Menschen zerstörten. So vermied ich Gefühle.

Meine Praxis war für die Gefühle meiner Patientinnen reserviert. Für meine eigenen Gefühle war dort kein Platz. Und meine Patientinnen bezahlten mich nicht dafür, *mich* stützen zu müssen. Dafür hatte ich meinen Mentor Harri, an den ich mich in schwierigen Situationen oft wandte. Doch diesmal kam ich gegen meine Gefühle nicht an.

Ira setzte ihre Erzählung fort.

»Ich weiß, dass du dich fürchtest. Gemeinsam sind wir stark.«

Im weiteren Verlauf der Sitzung sank Ira auf meiner Couch in sich zusammen wie ein Luftballon, aus dem man gerade die ganze Luft abgelassen hat. Als hätte ihr Geheimnis sie bisher aufrecht gehalten und nun, als sie es enthüllte, bliebe ihr keine Kraft mehr.

»Du schaffst es. Sag es laut: ›Ich schaffe es.‹«

Ich war dafür verantwortlich, ihr den Glauben an das Leben, an die Zukunft wiederzugeben.

»Du kannst geheilt werden. Du brauchst nicht an der Vergangenheit hängen zu bleiben. Es hätte jedem passieren können.«

Ich machte eine kleine Pause, um mein Anliegen zu unterstreichen, bevor ich fortfuhr.

»Du trägst keine Schuld.«

Es war offensichtlich, dass Iras Trauma sehr ernst war. Alles an ihr sprach dafür, dass ihre ganze Psyche sich auf der Basis dieses Traumas entwickelt hatte. Ich hatte von Anfang an geahnt, dass es um sexuellen Missbrauch ging. Darauf deutete vieles hin, vor allem aber die Art, wie sie über sich selbst sprach.

Ira bezeichnete sich wiederholt als böse. Sie hatte das Böse, das ihr widerfahren war, verinnerlicht und glaubte, es sei ihre eigene Schuld. Als hätte sie selbst es verursacht und sei daher schuldig.

Schuldgefühl nagt gnadenlos an der Seele, ganz gleich, ob es begründet ist oder nicht.

»Lass dein Schuldgefühl los. Du bist frei.«

Auch auf andere Traumata reagieren viele auf die gleiche Art, aber ich habe festgestellt, dass vor allem die Opfer von Pädophilen sich selbst die Schuld an dem zu geben pflegen, was ihnen passiert ist. Zum Teil deshalb, weil die Pädophilen oft die Schuld auf ihre Opfer abwälzen. Sie behaupten zum Beispiel, das Kind habe sie verführt.

Ira saß blass vor mir.

Alles war gesagt.

»Es ist vorbei. Es ist vorbei. Es ist vorbei. Sprich mir nach: ›Es ist vorbei.‹«

Der Wecker klingelte.

Ira stand sofort auf. Wir gaben uns die Hand. Ihre dunkelblauen Augen wirkten im schwachen Schein der Salzlampe wie mit Kohle gezeichnet.

»Ira, du schaffst es. Das verspreche ich dir.«

Sie nahm ihren Mantel von der Couch, zog ihn an, ging in die Diele, öffnete die Haustür und war weg.

Ich setzte mich wieder auf meinen Stuhl. Die Beklemmung drängte sich mit solcher Kraft in mein Bewusstsein, dass ich sie nicht abwehren konnte.

IRA

Da saß sie vor mir und heulte. Wenn ein Außenstehender in die Praxis gekommen wäre, hätte er mich für die Therapeutin und meine Therapeutin für die Patientin gehalten.
Ich wurde wütend.
Wen von uns beiden hatte der Scheißkerl in seinen Käfig gesperrt?
Eben.
Weinte ich, wenn ich daran dachte?
Nein.
Weinte ich, als ich ihr davon erzählte?
Nein.
Erzählte ich es ihr, damit ich sie trösten durfte?
Nein.
Ich hatte meine Erlebnisse mein ganzes Leben lang mit mir tragen müssen, von Kind an.
Und sie war nicht einmal fähig, sie sich anzuhören!
Die Tränen flossen über das sorgfältig geschminkte Gesicht meiner Therapeutin.
Ich versuchte, mir zu sagen, dass ihre heftige Reaktion mir zum

Vorteil gereichte. Ihr Mitleid mit mir war so groß, dass sie mit Sicherheit alles tun würde, um mich vor dem Gefängnis zu bewahren.

Mein Fall berührte meine Therapeutin zutiefst. Sicher würde sie sich künftig nur darauf konzentrieren und ihre anderen Patientinnen vernachlässigen. Ich würde ihre volle Aufmerksamkeit bekommen.

Was, wenn sie sich so intensiv in meinen Fall verbiss, dass ich Sonderrechte bekam? Vielleicht würde sie mir ihre Privatnummer geben, unter der ich sie erreichen konnte, wenn ich keinen Schlaf fand. Sie würde das Handy mit ins Bett nehmen, damit sie meinen Notruf sofort annehmen konnte. Oder wenn unsere Sitzungen länger als die festgelegte Dreiviertelstunde dauern würden? Die Therapeutin würde den Wecker für die Zeit meiner Sitzung in ein anderes Zimmer bringen, und seine fordernd klingelnde Sirene würde unsere Begegnungen nicht mehr unterbrechen.

Ich konnte mein Glück kaum fassen.

Auf die hysterische Reaktion meiner Therapeutin, auf die Tränenflut war ich nicht gefasst gewesen. Die Situation war knifflig. Sollte ich sofort beginnen, ihre Gefühle auszunutzen, oder erst dann, wenn sie sich beruhigt hatte? War es besser zu warten, bis sie mir von sich aus ein Extra anbot, oder sollte ich jetzt gleich um ihre Privatnummer betteln?

Sie holte aus der Tasche ihres Minikleids ein rosa Taschentuch, auf das eine verschnörkelte Verzierung gestickt war, irgendein Buchstabe. In meinen Augen sah er aus wie ein P, aber es war wohl ein C. Oder gehörte das Taschentuch ihrem Mann? Ich nahm an, dass meine Therapeutin verheiratet war, denn am Ringfinger trug sie einen protzigen – geradezu geschmacklosen – Diamantring im Bling-Bling-Stil. In der Praxis war ich ihrem Mann jedoch nie begegnet.

Ich wusste nicht, wie ich meine Therapeutin beruhigen sollte.

Sie schien völlig außer sich zu sein. Das trostlose Schluchzen wollte kein Ende nehmen.

Ich hätte wissen müssen, dass ich am besten keinem von meiner Kindheit erzählte. Es gibt Dinge auf der Welt, die so schlimm sind, dass es niemand erträgt, von ihnen zu hören. Allerdings müssen manche mit ihnen leben.

ARTO

Ich beschloss, in die *Schreibfeder* zu gehen, um unsere letzte Begegnung zu planen. Sie musste perfekt ausfallen.

Ich setzte mich an die Theke, um einen Whisky zu kippen und über meinen Plan zu grübeln. Da ging die Tür auf, und Irmeli platzte herein.

»Arto, du siehst aber munter aus! Schön, dass sich die dunklen Wolken allem Anschein nach endlich verziehen.«

Was habe ich gesagt. Irmeli schien jedenfalls zu glauben, dass ich wieder Boden unter den Füßen bekam. Bevor ich ihr antworten konnte, klingelte mein Handy.

»Hallo, Arto! Ich wollte mich nur für das Interview bedanken. Ich habe so viel positives Feedback bekommen.«

Clarissa.

»Nichts zu danken! Ich habe nur meine Arbeit getan.«

Meine Stimme klang verdrossen.

Ich hatte mir eingebildet, ich wäre Clarissa los.

»Bescheidenheit steht dir nicht. Also nimm den Dank ruhig an.«

Ich brummte eine Art Zustimmung. An Clarissas Dank lag mir nichts.

»Man hat mich dafür gelobt, dass ich der Abstinenz ein Gesicht gegeben habe. Alkoholismus von Frauen ist ja immer noch ein Tabu.«

»So ist es wohl.«

Trotz meiner zustimmenden Antwort war ich eigentlich anderer Meinung. Die Medien berichteten andauernd über Menschen, die ihre Alkoholabhängigkeit besiegt hatten, heutzutage über Frauen und Männer gleichermaßen.

»Das Interview war ein schweres Opfer für mich. Natürlich hatte ich Angst, dass es sich negativ auf meinen Ruf auswirken könnte. Aber das Risiko hat sich definitiv gelohnt!«

Clarissa seufzte frömmelnd, als hätte sie ihren gesamten Besitz für den Kampf gegen den Klimawandel gespendet und nicht bloß ein Zeitungsinterview gegeben.

»Schön zu hören.«

Ich hatte nicht erwartet, dass das Interview Clarissa zum Vorteil gereichen würde. Meiner Vorstellung nach war Alkoholismus kein Verdienst für eine Therapeutin, selbst wenn sie inzwischen abstinent geworden wäre. Offenbar gelang es Clarissa, alles in ihrem Leben zum Besten zu wenden.

»Ich möchte dir zum Dank ein Glas Rotwein ausgeben. Wollen wir uns heute Abend im *Kaffeesalon* treffen?«

Rotwein? Eine geheilte Alkoholikerin?

»Danke für das Angebot, aber ich habe im Moment so viel zu tun, dass ich leider ablehnen muss.«

»Ach, wie schade! Ich hätte so gern mit dir angestoßen.«

Ich überlegte, ob ich mir eine geheime Telefonnummer zulegen sollte.

»Ich melde mich wieder.«

Irmeli hatte während des ganzen Gesprächs neben mir an der Theke gehockt und so getan, als wäre sie mit ihrem Handy beschäftigt.

»Was wollte Clarissa denn?«

Wie hatte Irmeli erraten, mit wem ich sprach? War sie Hellseherin?

»Clarissa war ganz begeistert von dem Interview, angeblich hat sie viel positives Feedback bekommen.«

»Toll! Ich bin stolz auf dich!«

Falls diese Begegnung unsere letzte war, würde sie bei Irmeli wenigstens keinen beschissenen Nachgeschmack hinterlassen.

IRA

Erinnert ihr euch an die alte Geschichte von dem Jungen, der »Wolf« rief? Mir ist es genau so ergangen.

Als Kind hatte ich eine rege Fantasie. Ich lernte viel später als meine Altersgenossen, zwischen Wahrheit und Lüge zu unterscheiden.

Ich genoss es, in eine Fantasiewelt einzutauchen, die nicht von den Gesetzmäßigkeiten der Realität eingeschränkt wurde. Die Dinosaurier mochten ausgestorben sein, doch das hinderte mich und meine Freundin Ella nicht daran, als Brontosaurier verkleidet um Ellas Elternhaus herumzulaufen und aus voller Kehle zu brüllen.

Wenn meine Eltern oder meine Lehrer mir etwas verboten, tat ich es in Gedanken. In meiner Fantasie durfte ich meinen Lehrern mit Wasser gefüllte Luftballons ins Gesicht werfen, sodass sie Wasser spuckten und nach Luft schnappten. Oder die Wände meines Zimmers mit Drachenbildern bemalen.

Wie hätte ich als kleines Mädchen ahnen können, welche Folgen meine Träumereien haben würden?

Meine Eltern waren daran gewöhnt, dass ich in meiner eigenen

Welt lebte. Es ist kein Wunder, dass ich ihnen nichts von dem Käfig und dem Scheißkerl erzählte. Ich hatte schon viel wüstere Geschichten erfunden: von Erdgeistern, Kobolden, Seeungeheuern und Riesen. Aber in einem Käfig im Keller eingesperrt zu werden! Wieso hätten sie mir glauben sollen?

Wenn ich meinen Eltern von dem Scheißkerl erzählt hätte, wären sie bestimmt der Meinung gewesen, alles käme nur daher, dass ich mir heimlich Horrorfilme ansah, obwohl sie es mir verboten hatten. Kein Wunder, dass meine Fantasie in die falsche Richtung galoppierte. Sie hätten meine Worte als Beweis dafür gewertet, dass die Bilderwelt der Horrorfilme schädlich für Kinder ist.

Aber wie haben sie sich die blauen Flecken und Quetschwunden erklärt, die ich im Käfig bekommen hatte?

Ich war ein wildes Kind, und meine Eltern konnten mich nicht in Schach halten. Es kam öfter vor, dass ich mit dem Fahrrad stürzte oder im Wald über eine Baumwurzel stolperte und mir blaue Flecken holte. Meine Eltern hatten mich schon in schlimmerer Verfassung gesehen. Einmal fiel ich vom Baum, und dabei brach mein rechter Schneidezahn ab. Das tat so weh, dass ich in Tränen ausbrach, aber gleichzeitig war ich stolz, weil ich mich getraut hatte, so hoch in den Baum zu klettern wie die Affen.

Vielleicht war es verständlich, dass meine Eltern keinen Verdacht schöpften.

Ein Umstand hätte sie allerdings stutzig machen müssen: Mein Verhalten änderte sich über Nacht radikal. Andererseits ist es kein Wunder, dass sie über meine Verwandlung nicht besorgt waren. Ich wurde nämlich zur Traumtochter. Vorher war ich dickköpfig und eigensinnig. Jetzt versuchte ich mit allen Mitteln, ihnen zu gefallen.

Ich hatte nie verstanden, warum ich nicht selbst über mein Leben entscheiden durfte, warum man mich dazu bringen wollte,

Dinge zu tun, die ich hasste oder die mich nicht interessierten. Warum musste ich mein Zimmer aufräumen? Schließlich wohnten nicht meine Eltern darin, sondern ich selbst.

Meine Spiele nahmen mich oft so in Beschlag, dass ich vergaß, mittags zum Essen zu erscheinen oder abends rechtzeitig nach Hause zu kommen. Ich vergaß auch, meine Hausaufgaben zu machen, und meine Lehrer sprachen meine Eltern immer wieder darauf an. Meine Eltern hatten meine Zügellosigkeit längst satt.

Wie sehr freute meine Mutter sich darüber, dass mein Wesen sich ins Gegenteil verwandelte. Was immer sie mir befahl, ich gehorchte.

Ich versuchte, mir zu beweisen, dass ich gut und brav war, dass der Scheißkerl mich also nicht deshalb zum Opfer auserkoren hatte, weil ich böse war.

Dass ich die Gefangene des Scheißkerls wurde, war meine eigene Schuld. Natürlich hatten meine Eltern mir beigebracht, dass es böse Onkel gab, die Kindern zuerst Süßigkeiten anbieten und ihnen dann etwas Schlimmes antun. Man durfte nicht mit ihnen gehen. Ich verstieß gegen die Regel: Ich aß die Süßigkeiten, die der Scheißkerl mir gab, und ging mit ihm. Wie hätte ich meinen Eltern erzählen können, was passiert war? Sie wären wütend geworden, weil ich ihre Vorschriften wieder einmal in den Wind geschlagen hatte.

PEKKA

Woher weißt du, dass deine Frau dich betrügt? Na, googeln wir mal! Deine Partnerin legt plötzlich größeren Wert auf ihr Äußeres. Check. Sie wirkt oft abwesend. Check. Sie hat weniger Interesse an Sex als früher. Check. Sie hat plötzlich neue, seltsame Interessengebiete. Check. Und vor allem: Deine Intuition sagt dir, dass deine Partnerin fremdgeht. Check.

Ich hatte keine Beweise, war einzig und allein auf meinen Instinkt angewiesen. Dennoch war ich mir ganz sicher. Ich spürte es in den Knochen. Clarissa hatte eine Affäre.

Wenn ich zu Beginn unserer Ehe erfahren hätte, dass Clarissa mich betrog, wäre meine Reaktion anders ausgefallen. Dann wäre es nicht um sie gegangen, sondern um ihren Eroberer. Damals dachte ich noch, meine Frau wäre mein Privatbesitz. Niemand durfte sie anrühren.

In meinen Fantasievorstellungen hätte ich den Charmeur gedemütigt, indem ich Clarissa zurückeroberte. Mir wäre es am wichtigsten gewesen, dem Casanova zu zeigen, dass ich kein Gehörnter war, sondern ein ganzer Mann, der seine Frau im Griff hat.

Inzwischen, nach unserem langen Zusammenleben, sah ich die Sache anders. Nun stand Clarissa im Mittelpunkt. Das Wichtigste war, dass alles beim Alten blieb. Wenn die Untreue zur Scheidung führte, würde mein Leben sein Fundament verlieren. Was war ich ohne Clarissa?

Nichts.

Als junger Bursche hätte ich Clarissas Bedeutung herunterspielen und behaupten können, ich käme bestens allein zurecht. In mittleren Jahren tat es meiner Männlichkeit keinen Abbruch mehr, dass ich ehrlich zugab, von Clarissa abhängig zu sein.

Wir waren schon so lange zusammen, dass ich länger mit Clarissa als allein gelebt hatte. Wenn es sie nicht gäbe, wäre mein Leben nur die Hälfte wert.

Wir waren eins. Auch in der Bibel heißt es ja, dass Mann und Frau ein Fleisch werden.

Ich musste den Status quo wiederherstellen.

Um jeden Preis.

ARTO

Ich saß zum letzten Mal auf der vertrauten Parkbank und beobachtete, wie sie am Fenster erschien, sich umdrehte, wegging und wieder zurückkehrte. Sie schlurfte in ihrer Einzimmerwohnung stundenlang fünf Meter hin und zurück, wie um sich dafür zu bestrafen, dass sie immer noch lebte. Gnadenlos, um auch noch ihre letzten Kilos abzuschütteln. Als wäre ihre Wohnung ein Gefängnis und sie wüsste, dass sie dort sterben würde. Sie war zu lebenslänglichem Gefängnis verurteilt und maß ihre Zelle Schritt für Schritt ab. Zwischendurch blieb sie stehen und streichelte, in Gedanken versunken, ihren Nasenschmuck, eine kleine schwarze Perle.

Uns trennte nicht nur das Fenster ihrer Wohnung, sondern all das, was im Lauf der Jahre ungesagt geblieben war.

Dinge, die ich nicht auszusprechen wagte, obwohl es uns gerettet hätte. Ich hätte mich gern unter ihr Fenster gestellt und zu ihr hinaufgerufen, mit ihr geredet, um all die Schlacken des Lebens abzubauen, die sich zu einer unüberwindlichen Mauer zwischen uns aufgehäuft hatten.

Da waren wir nun, Vater und Tochter.

Ich und meine geliebte Tochter Ira, deren Leben vor meinen Augen allmählich zerbröckelt war. Und ich hatte nichts unternommen, um ihr zu helfen.

Um unsere Vater-Tochter-Beziehung verstehen zu können, müsst ihr zuerst die Wahrheit über meine Ehe mit Marja erfahren.

Ich lernte Marja bei der Arbeit kennen. Sie war gerade zur Miss Finnland gewählt worden, und ich interviewte sie für die Hauptstadt-Zeitung. Wir begannen, uns zu treffen, und waren schon bald verheiratet.

Es ist mir unbegreiflich, dass wir uns zusammentaten. Wir hätten uns sofort trennen müssen, als wir merkten, dass wir nichts gemeinsam hatten. Ihr erratet bestimmt, was wir stattdessen machten. Ein Kind. Und weil wir ein Kind hatten, kamen wir nicht mehr voneinander los.

Ira wurde das Opfer unseres Krieges.

Ich verhöhnte Marja bei jeder Gelegenheit. Meiner Meinung nach war sie eine oberflächliche Narzisstin, in deren Kopf sich nichts bewegte. Marja ließ sich widerspruchslos herunterputzen, bis ihr Maß voll war. Aber dann schlug sie zurück, und zwar heftig.

An unserem Hochzeitstag vor zehn Jahren schenkte sie mir einen Roman. Einen Roman, den sie selbst verfasst hatte. Sie hatte ihn heimlich geschrieben, neben ihrer anstrengenden Arbeit als Fotomodell. Ich packte das Geschenk aus und erwartete eine Abhandlung über die Kriege Finnlands oder neue Erkenntnisse über die geheimen Machenschaften der Nazis. Stattdessen kam unter dem Geschenkpapier der Roman einer Frau zum Vorschein. Auch der Name der Autorin war mir unbekannt: Marja Simpukka. Warum gab Marja mir einen Roman von irgendeiner Simpukka?

Untersuchungen haben gezeigt, dass Männer keine von Frauen verfassten Bücher lesen. Ich war keine Ausnahme. Monatsblutungen und Kinderpflege interessierten mich nicht.

Ja, so engherzig war ich damals.

Die Wahrheit ging mir auf, als ich das Buch aufschlug und mir den Inneneinband ansah. Dort war ein Foto abgedruckt, auf dem Marja posierte, meine Marja. Marja Simpukka war ihr Pseudonym. Sie brauchte gar nichts zu sagen, die Botschaft war eindeutig. Ebenso gut hätte sie mir den Stinkefinger zeigen können. Du eingebildetes Arschloch, das hast du nun davon, dass du mir nichts zugetraut hast!

Mein Selbstbewusstsein brach auf einen Schlag zusammen. Ich wollte ja den großen Roman schreiben, der die gesamte finnische Literatur revolutionieren würde! Ich hatte Marja und Ira gequält, indem ich mich nach der Arbeit und an den Wochenenden zum Schreiben in meinem Arbeitszimmer verschanzte und sie anfuhr, wenn sie es wagten, an die Tür zu klopfen. Mit dem Schreiben ging es jedoch nicht voran, stattdessen spielte ich am Computer Patience. Meine Verbitterung wuchs, als die Jahre verflogen und ich nicht mehr die große Hoffnung unserer Literatur war, sondern ein Onkel mittleren Alters, der die jungen Talente beneidete.

Aber das war nicht alles, natürlich nicht!

Marjas Roman wurde nicht nur ein Bestseller, sondern auch ein Kritikererfolg. Meine Reporterkollegen und die Literaturkritiker, die ich schätzte, priesen das Buch mit genau den Adjektiven, die ich mir für meinen eigenen Roman erhofft hatte.

Das hatte an sich ja noch nichts zu sagen. Kritiker können sich irren und Zehntausende Leser ebenfalls. Aber das Schlimmste war, dass Marjas Roman auch meiner Meinung nach gut war. Verdammt gut.

Ich war natürlich selbst schuld.

Warum musste ich ihn lesen!

Dann begann ein unfassbarer Zirkus. Die Übersetzungsrechte für das Buch wurden in alle Welt verkauft. Marja wurde andauernd zu Kulturveranstaltungen, Lesungen und Interviews eingeladen. Sie bekam alles, was mir zugestanden hätte.

Ich war schließlich derjenige, der jahrelang im Arbeitszimmer gesessen und ein oder zwei Sätze geschrieben hatte, um sie gleich wieder zu löschen.

CLARISSA

Seit meiner letzten Begegnung mit Ira war schon eine Woche vergangen, aber ihre Worte ließen mir immer noch keine Ruhe. Ich hätte lieber nicht gehört, was alles sie in ihrem Leben hatte erleiden müssen.

Zum Glück rief Harri mich an diesem Freitag an und lud mich für Montag zum Kaffee ein. Er sagte, er habe eine erfreuliche Nachricht. Ich fragte neugierig, worum es ging, doch Harri vertröstete mich. Mir blieb nichts anderes übrig, als das Wochenende über gespannt zu warten.

Als Treffpunkt hatte ich das Café im Kunstmuseum Ateneum vorgeschlagen. Sowohl Harri als auch mir lag der Schutz unserer Privatsphäre so am Herzen, dass wir uns nie zu Hause besucht hatten. Das mag seltsam klingen, aber tatsächlich betrachten alle mir bekannten Therapeuten, deren Praxis sich in ihrem eigenen Haus befindet, ihr Zuhause als eine Festung, deren Wallgraben nur die Patienten überschreiten dürfen. Im Lauf eines Tages kamen mindestens acht Patientinnen zu mir, daher legte ich Wert darauf, dass in meiner Freizeit niemand an der Haustür klingelte.

Als ich in das Café kam, war von Harri nichts zu sehen. Ich setzte mich an einen Ecktisch, für den Fall, dass unser Gespräch auf berufliche Dinge kam. Mein Handy signalisierte den Eingang einer Textnachricht. Harri teilte mit, er sei gleich da, und bat mich, Tee und Kuchen für ihn zu bestellen.

Ich stellte gerade das Tablett auf den Tisch, als Harri mich begrüßte und dabei über das ganze Gesicht strahlte. Da fiel es leicht zu glauben, dass er gute Nachrichten brachte.

Kaum hatte ich mich an den Tisch gesetzt, platzte ich schon mit meiner Frage heraus.

»Was ist passiert?«

Harri war noch ungeduldiger. Er unterbrach mich.

»Ich heirate!«

Offenbar riss ich den Mund weit auf, denn Harri lachte.

»Ist das so schwer zu glauben?«

Ja, das war es.

Harri, der in einer gläubigen Familie aufgewachsen war, hatte als Kind und Jugendlicher die engstirnige Einstellung der evangelisch-lutherischen Kirche zur Homosexualität verinnerlicht. Als die Haltung der Kirche sich in den letzten Jahren quälend langsam gelockert hatte, war es bereits zu spät. Harri hatte die gegen ihn gerichtete Verachtung in sich eingesogen. Der Ekel der anderen war zum Selbstekel geworden.

Mein Freund hatte sein ganzes Leben »im Schrank« verbracht. Es erschien mir unglaublich, dass er jetzt – mit 74 Jahren – bereit war, sich zu outen, und noch dazu mit Getöse. Harri war zwar schon seit einer Ewigkeit mit Topi liiert, hatte aber nur seinen engsten Freunden von seiner Beziehung erzählt.

Plötzlich schoss mir ein unangenehmer Gedanke durch den Kopf. Hatte Harri etwa vor, eine Frau zu heiraten? Wollte er eine noch stärkere Fassade aufbauen?

»Wer ist ...«

Ich wusste nicht, wie ich fortfahren sollte. Der Bräutigam oder die Braut?

»Topi«, antwortete Harri.

Ich seufzte erleichtert auf.

Harri hatte mir Topi nie vorgestellt. Gelegentlich hatte ich ihn sogar scherzhaft damit aufgezogen, dass Topi wohl nur in seiner Fantasie existiere.

»Die Hochzeit ist im Sommer. Hier ist deine Einladung, bitte sehr.«

Harri reichte mir einen dicken rosa Briefumschlag, den ich in meine Handtasche steckte.

»Ich bin so glücklich«, seufzte Harri.

Drei Dinge passierten gleichzeitig. Ich spürte stechenden Neid, begriff, dass ich Harri beneidete, und schämte mich dafür. Wie konnte ich es wagen, meinen Freund um sein Glück zu beneiden?

Harri bemerkte meine Reaktion nicht. Er begann, die Hochzeitsdekoration zu beschreiben. Alles in Rosa, Spitze, Tüll, Luftballons, Rosen …

Kaum hatte er seinen Tee ausgetrunken, als er auch schon aufstand.

»Entschuldige, aber ich habe es eilig. Ich muss zur Anprobe für den Frack.«

Er beugte sich vor und küsste mich auf beide Wangen.

»Bis bald!«, rief er mir über die Schulter zu.

»Herzlichen Glückwunsch!«

Ich fühlte mich seltsam. Zu meinem Entsetzen begriff ich, dass ich eifersüchtig war. Niemand sollte mir meinen Harri wegnehmen.

Der Gedanke war absurd. Harri und Topi waren ein Paar gewesen, seit ich Harri kannte, sogar noch länger.

Dennoch überkam mich eine lähmende Niedergeschlagenheit. Dann erinnerte ich mich, dass ich ein Rätsel zu lösen hatte, und dachte mir, dass ich es geradeso gut jetzt lösen konnte statt erst zu Hause. Ich fischte die Einladung aus der Tasche und legte sie vor mir auf den Tisch. Der Umschlag schien sich großtuerisch aufzuplustern. Ich versuchte, Neid und Eifersucht zu verjagen, indem ich mir sagte, dass Harri nach dem jahrelangen Versteckspiel jedes erdenkliche Glück verdiente.

Ich öffnete den Umschlag, zog die Karte heraus und schlug sie auf.

Auf die rosa Pappe war ein Foto der beiden Verlobten gedruckt. Harri und Topi auf der Gartenschaukel, Hand in Hand, Wange an Wange.

Das Rätsel war gelöst.

Ich musste glauben, dass Topi existierte.

IRA

Hatte ich meiner Therapeutin wirklich alles erzählt? Über den Scheißkerl, den Keller und alles, was darauf folgte? War ich ihr gegenüber ehrlich gewesen?

Ich hatte ein unwirkliches Gefühl. Die Sitzung hatte gerade begonnen, und unsere vorige Begegnung schwebte mir durch den Kopf wie ein Traum. Ich war mir nicht sicher, ob ich mir alles nur einbildete oder ob es wirklich passiert war.

Mir kam der Vergleich in den Sinn, den die Therapeutin zu Beginn unserer Sitzung verwendet hatte. Ein Geheimnis ist wie ein Rucksack voller Steine. Deine Last wird leichter, wenn du die Steine mit einem anderen Menschen teilst. So kam es mir nicht vor, im Gegenteil. Ich hatte das unangenehme Gefühl, dass sie ein Stück von mir abgerissen und mir einen Defekt hinterlassen hatte.

Ich hatte etwas verloren, das ich nie zurückbekommen würde.

Ich fühlte mich beklommen. Lieber wäre ich irgendwo anders gewesen, egal wo, nur nicht in der Praxis meiner Therapeutin. Mein Blick fiel auf das Fenster. Nicht schon wieder! Doch, am Fenster waren dicke Gitterstäbe aufgetaucht. Ich roch den Rost, der vom

Gitter auf die Blätter der Schwiegermutterzungen fiel, die auf der Fensterbank in alle Richtungen hingen.

Der Anblick war besonders grotesk, weil gegen die Gitterstäbe rosa Spitzengardinen schlugen. Der Kontrast machte mir klar, dass ich halluzinierte. Eins von beidem war nicht real: die rostigen Gitterstäbe oder die rosa Spitzengardinen.

Allerdings kam mir beides gleichermaßen wirklich vor.

Meine Therapeutin saß mir gegenüber und wartete begierig auf weitere Enthüllungen. Sie hatte sich mit einem Päckchen Taschentücher gerüstet, das sie zwischen den Fingern drehte. Als würde sie im Kino sitzen und auf den Beginn einer Schnulze warten.

War ich für sie nur Unterhaltung?

»Du erinnerst dich sicher, wo wir beim letzten Mal stehen geblieben sind? Bitte, mach da weiter!«

Wann war ich zur dressierten Robbe mutiert, die sie getreulich ergötzte?

»Könnten wir nicht über etwas anderes sprechen?«

Die Miene meiner Therapeutin verfinsterte sich. Nur mit Mühe gelang es ihr, ihr Lächeln festzuhalten. In ihrem Blick flackerte etwas Undefinierbares auf. Eine Drohung? Das fehlte noch, dass ich eine paranoide Einstellung zu meiner Therapeutin bekam!

»Ich weiß zu schätzen, wie tapfer du beim letzten Mal von deinen Erlebnissen erzählt hast. Wir haben keine Eile. Aber es macht auch keinen Sinn, dass wir uns nur mit gleichgültigen Dingen befassen, obwohl die Schlüssel zu deinem Unbewussten greifbar nahe sind.«

Auf der Leinwand in meinem Kopf erschien ein brutales Bild.

Eine Gestalt in einem blutbespritzten Kittel sägte meinen Schädel auf.

Würde meine Therapeutin eine Eisensäge aus ihrem Schrank holen und den Weg zu meinem Unbewussten gewaltsam freilegen, wenn ich nicht bereit war, sie höflich dorthin zu führen?

Oder hielt ich die Säge selbst in der Hand?

Es war mir offenbar anzusehen, wie sehr diese Vision mich erschütterte, denn auch meine Therapeutin erschrak.

»Entschuldige! Ich hätte dich auf keinen Fall unter Druck setzen dürfen! Wir machen in deinem Takt weiter. Worüber möchtest du reden?«

ARTO

Ich wurde der Ehemann der Schriftstellerin. Mir wird immer noch speiübel, wenn ich an diesen Titel denke. Aber noch mehr widerte es mich an, die »Muse« meiner Frau, der Autorin, zu sein. Ich existierte nur noch in Relation zu meiner Frau. Was ich sagte oder tat, interessierte keinen.

Im Allgemeinen ist die Konstellation ja umgekehrt. Wie die alte Redewendung sagt: Hinter allem steht eine Frau. Ich habe nie verstanden, wie die Frauen sich mit ihrem Schicksal abfinden oder ihre Position im Schatten ihres Mannes sogar genießen können.

Ich habe mich nie an die Situation gewöhnt. Es war gerade so, als gäbe es mich gar nicht. Meine Selbstachtung wurde in Fetzen gerissen und ließ sich nicht mehr zusammenflicken.

Marjas Debütroman *Bin ich noch ich?* handelt von einer unsichtbaren Frau namens Marja, die ihren Mann Artsi liebt, obwohl Artsi sie nie gesehen hat. Kein Wunder, dass jedes Interview, das Marja gab, mit derselben Frage begann: Erzählte der Roman von unserer Ehe? Und jedes Mal bestritt Marja das so vehement, dass ich keinerlei Zweifel hegte: Das Buch erzählte von uns.

Die Nebenhandlung des Romans war so unglaubhaft, dass sie denn doch von jedem für Fiktion und für nichts anderes gehalten wurde: Das Ehepaar hat eine Tochter, die sich als Serienmörderin entpuppt.

Wie war Marja nur auf einen dermaßen unglaubwürdigen Plot gekommen?

Marja hatte keine Zeit mehr für mich und nicht einmal für Ira. Sie zog von einer Kulturveranstaltung zur anderen. Überall folgte ihr eine Herde von Zombies, die sie abgöttisch verehrten. Die Herde bestand aus jungen Mädchen, die sich mit ihrer Anorexie fast zu Tode gequält hatten und sich krankhaft intensiv mit der Hauptfigur in Marjas Roman identifizierten.

Um diese Zeit wurde Ira zehn und begann, sich auf dieselbe Weise zu quälen wie Marjas Verehrerinnen.

Marja widmete sich ihren Fans und merkte nicht, dass Ira zu verkümmern begann. Nur ich war Zeuge, als Iras Lebensfaden immer dünner wurde.

Nach Marjas Tod wuchs die Herde der Zombies weiter an. Heutzutage habe ich Mitleid mit ihnen. Wenn Ira nicht Marjas Tochter wäre, würde sie bestimmt auch dazugehören.

CLARISSA

Man könnte glauben, in einer Therapie wäre es das Schwierigste für einen Menschen, seine Geheimnisse zu enthüllen. Aber nein, in Wahrheit ist es noch schwieriger, bei der nächsten Sitzung auf sie zurückzukommen. Die schwere Last des Geheimnisses zu teilen, bringt Erleichterung, aber es erfordert viel Kraft, sich mit dem Geheimnis auseinanderzusetzen.

Ira und ich hatten die schwierigste Phase der Therapie erreicht. Nun hatte ich endlich Gewissheit, was ihr Problem war, und musste darangehen, es zu lösen.

Ich wusste aus Erfahrung, dass unsere Therapiebeziehung auf die Probe gestellt werden würde. Möglicherweise bricht die Patientin die Therapie ab, wenn die Lösungen, die die Therapeutin anbietet, ihr nicht zusagen.

Das kann passieren, selbst wenn die Therapeutin recht hat.

Ich hatte einmal eine Patientin, die mit einem gewalttätigen Mann verheiratet war. Die Therapie begann – wie es überraschend oft der Fall ist – damit, dass die Patientin erklärte, es sei »alles in Ordnung«. Ich versuchte möglichst vorsichtig zu fragen, warum sie zur Therapie gekommen war, wenn alles in Ordnung war. Zunächst erhielt ich keine Antwort, aber ich bedrängte sie nicht. Schließlich erzählte mir die Patientin, worum es ging. Ihr Mann misshandelte sie.

Ich konnte natürlich nichts anderes tun, als ihr die Scheidung zu empfehlen. Doch dazu war meine Patientin aus irgendeinem Grund noch nicht bereit – obwohl ihr mindestens unbewusst klar war, dass ich recht hatte. Sie löste den Konflikt, indem sie unsere Therapiebeziehung beendete.

Ich wusste, dass ich mit Ira möglichst behutsam weitermachen musste. Sie sollte die Überzeugung gewinnen, dass sie die Kontrolle über die Situation hatte.

Ira kam mit fünfzehn Minuten Verspätung in die Praxis, während sie bisher die Pünktlichkeit in Person gewesen war. Ich hatte mich bereits in eine regelrechte Panik gesteigert, indem ich mir immer schrecklichere Erklärungen für ihr Fernbleiben zurechtlegte.

Ich überlegte gerade, ob ich alle Krankenhäuser anrufen sollte, als es klingelte. Ich rannte zur Tür. Da stand sie, blasser als je zuvor. So abgezehrt, wie sie aussah, war es ein Wunder, dass sie sich überhaupt aufrecht halten konnte.

Ungeduldig führte ich sie zur Couch.

»Denk daran, dass wir in deinem Takt vorangehen.«

Ira sah mich an. Sie schien zu zweifeln. Ihre Miene verletzte mich. Ich hatte ihre Wünsche doch immer respektiert!

»Wir finden eine Lösung für dieses Problem.«

Ira schnaubte nur. Was war los? Was hatte ich falsch gemacht?

Ich brauchte nicht zu fragen, denn sie schleuderte mir die Antwort entgegen.

»Ich will nicht mehr darüber reden. Es war ein Fehler, dass ich dir von der Sache erzählt habe. Ich wollte es nicht erzählen! Du hast das alles aus mir herausgezerrt und dich nicht darum geschert, wie ich mich fühle.«

Iras Stimme klang verbittert. Ich verstand nicht, was sie meinte.

»Aber du hast das Ganze doch selbst zur Sprache gebracht! Ich habe in keiner Weise versucht, dir etwas zu entlocken oder Druck auszuüben.«

»Doch! Doch! Doch!«

Ira brüllte mich hysterisch an. Ich fühlte mich hilflos. Mir war nicht klar, worauf sie hinauswollte.

»Du hast mich in Stücke gerissen!«, schrie sie.

Ich kam nicht dazu, etwas zu sagen.

»Ich dachte, dass du dir etwas aus mir machst. Dass es zwischen uns etwas Besonderes gibt ...«

Sie stürmte zur Tür, rannte hinaus und knallte die Tür hinter sich zu.

Dann dämmerte die Erkenntnis herauf.

Ira hatte mich verlassen.

PEKKA

Es ist nicht ungewöhnlich, dass ein Patient sich in seinen Psychotherapeuten verliebt. Dieses Phänomen nennt man Übertragung. Der Patient richtet zum Beispiel die Liebe, die er für seinen Vater oder seine Mutter empfindet, auf den Therapeuten, unabhängig von dessen Geschlecht.

Es ist die Aufgabe des Therapeuten, all das zu sagen, was die Eltern hätten sagen müssen. Kein Wunder, dass man sich in ihn verliebt.

Clarissa hatte schon so lange als Therapeutin gearbeitet, dass sie unzählige Male in diese Situation geraten war. Was muss der Therapeut dann tun? Er trägt die Verantwortung dafür, dass der professionelle Charakter der Therapiebeziehung erhalten bleibt. Er muss also die Therapie fortsetzen, als wäre nichts geschehen. Der Patient kann sogar versuchen, den Therapeuten zu verführen. Es ist die Aufgabe des Therapeuten, die Grenzen zu ziehen. Dann dauert es nicht lange, bis auch der Patient die Situation begreift.

Aber auch ein Therapeut ist nur ein Mensch.

Ich erinnere mich an den ersten Patienten, der sich in Clarissa verliebte. Er war breitschultrig und charmant. Man hätte eher erwartet, ihn auf dem Titelblatt einer Frauenillustrierten zu sehen als an der Tür zur Praxis eines Therapeuten.

Besagter Herr erschien eines schönen Morgens mit einem Strauß Rosen in der Praxis und schwor Clarissa ewige Liebe. Der Charmeur hatte sich für seine Brautwerbung in Frack und Zylinder geworfen, ganz wie in alten Stummfilmen.

Die Situation stürzte Clarissa in Verwirrung, zumal ich, als ich sie umwarb, derartige Seifenoperngesten verschmäht hatte.

Im Lauf der Jahre wurde Clarissa von mehreren Romeos umschwärmt. Ihre Versuche, Clarissa zu erobern, waren so ungewollt komisch, dass ich nicht einmal eifersüchtig war. Eher bemitleidete ich sie und hoffte, dass sie bald über ihre irrigen Gefühle hinwegkamen.

Dank ihrer Ausbildung verstand Clarissa schon zu Beginn ihrer Laufbahn, dass die Patienten sie nicht liebten. Die Gefühle der Patienten galten nicht ihr persönlich. In Wahrheit richteten sie sich auf ganz andere Menschen: ihre Eltern, ihren Partner, ihren Ex-Partner, ihre Verwandten.

Wenn Clarissa sich auf eine Beziehung mit einem verliebten Patienten eingelassen hätte, hätte sie das Recht verloren, als Therapeutin zu arbeiten.

Ich betone noch einmal: In diesem Fall würde der Therapeut seine Machtstellung missbrauchen.

Eine Therapiebeziehung ist nicht gleichberechtigt, vielmehr ist der Therapeut für den Patienten eine Autorität. Diese Konstellation muss immer aufrechterhalten werden. Die Entscheidung dazu fällt mit der Berufswahl. Jeder Beruf hat seine guten und schlechten Seiten.

Ich konnte Clarissas Tun und Lassen nicht eifersüchtig belauern. Ich musste einfach darauf vertrauen, dass sie moralisch richtig handelte.

Und hoffen, dass sie, falls das Eheversprechen kein Gewicht für sie hatte, wenigstens klug genug war, sich an ihre Berufsethik zu halten.

CLARISSA

Ich versuchte zu verstehen, was zwischen Ira und mir gerade passiert war. Es bereitete mir Sorgen, wie Ira den Vorfall verarbeiten würde. Ein grausiges Bild schoss mir durch den Kopf.

Eine blutige Rasierklinge.

Ira hatte mir oft das unglaubliche Gefühl der Erleichterung und Kräftigung beschrieben, das sie sich verschaffte, indem sie sich ritzte. Ihren Worten nach erstickte der Schmerz, der vom Gehirn in den ganzen Körper ausstrahlte, die beklemmenden Gedanken und führte sie für eine Weile aus ihrem Unwohlsein heraus. Ich hatte versucht, sie davon zu überzeugen, dass Ritzen eine ebenso schädliche Lösung war wie Alkohol oder Drogen. Nach der momentanen Erleichterung würden die Probleme nur umso stärker in das Bewusstsein dringen.

Allerdings hatte ich überlegt, ob Ira womöglich doch recht hatte. Vielleicht gelang es ihr, die Dämonen, die ihr zusetzten, wenigstens für eine Weile unter Kontrolle zu bringen, indem sie sich eine Wunde in die Haut schnitt?

Von da an begann ich, die gewundenen Narben an Iras Armen

und Beinen zu betrachten, sooft sich die Gelegenheit bot. Sie trug immer lange Hosen und langärmlige Blusen, ihren eigenen Worten nach gerade deshalb, weil sie nicht wollte, dass irgendwer ihre Narben sah. Diese Schutzmaßnahme half jedoch nicht immer. Manchmal saß Ira im Schneidersitz auf meiner Couch, sodass die Hosenbeine hochrutschten und ich einen Blick auf ihre Knöchel erhaschte.

In ihren rechten Knöchel hatte Ira eine lange Wunde geritzt, deren Narbe bis zur Wade zu reichen schien. Am linken Knöchel hatte sie drei Narben, eine neben der anderen, als hätte sie eine Strichliste geführt.

Die Verletzung am rechten Knöchel war frisch. Als ich sie zum ersten Mal sah, war die Wunde noch nicht ganz verheilt. Dagegen waren die Narben am linken Knöchel älter, vielleicht sogar mehrere Jahre alt.

An den Handgelenken hatte Ira mehrere Wundmale, manche dünner, manche dicker. Über die Schlagader an der rechten Hand schlängelte sich eine breite Gebirgskette. Ira hatte mir erzählt, sie habe drei Selbstmordversuche gemacht, jeden auf eine andere Art. Auch ohne zu fragen, wusste ich, wie sie bei einem der Versuche vorgegangen war.

Iras Narben faszinierten mich. Sie waren wie Tiere, die sich in ihrem Bau verbargen und nur selten zum Vorschein kamen. Wenn Ira merkte, dass mein Blick sich auf ihre Wundmale heftete, zog sie den Ärmel oder das Hosenbein hastig herunter.

Ich lernte, Iras Füße und Hände zu inspizieren und die kurzen Momente zu genießen, in denen sie vergaß, sich zu schützen, und mich unabsichtlich ihre geheimen Aufzeichnungen sehen ließ. Sie hatte ihre ganze Geschichte auf ihrer Haut verewigt.

Es war wie eine Autobiografie, die sie mich nicht lesen lassen wollte.

Unsere letzte Sitzung hatte damit geendet, dass Ira mir vorgeworfen hatte, ich würde mir nichts aus ihr machen. Sie war weggelaufen, als trüge ich die Schuld an ihren Problemen.

Ich war mir sicher, dass sie meine Praxis nie mehr betreten würde.

IRA

Ich begreife nicht, was mit mir geschah. Ich war zur Haustür meiner Therapeutin hinausgerannt, als hinge mein Leben davon ab. Als ich die Tür zugeschlagen hatte, lehnte ich mich kraftlos dagegen. Die Worte, die ich gerufen hatte, hallten in meinem Kopf nach: »Ich dachte, dass du dir etwas aus mir machst.« Ich hatte Angst.

Was wollte meine Therapeutin von mir? Woher war der Impuls gekommen, vor ihr zu fliehen? Oder floh ich doch nicht vor ihr?

Nein, sie wollte mir nichts Böses.

Es lag alles nur an den Gitterstäben.

Meistens ließ die Vision mich schnell in Ruhe. Diesmal war etwas ganz Außergewöhnliches passiert. Meine Vision war immer stärker geworden.

Je länger ich zum Fenster blickte, desto genauer sah ich die Gitterstäbe. Ich musste meine ganze Kraft aufwenden, um nicht vom Sofa aufzuspringen, ans Fenster zu gehen und die Stäbe zu umklammern. Ich spürte den Rost an meinen Fingern und konnte nicht anders, als an ihnen zu riechen. Ein widerwärtiger Eisengeruch ging von ihnen aus.

Und so war ich wieder im Käfig. Allein im dunklen Keller. Meine einzige Gesellschaft waren die rostigen Gitterstäbe, die nicht nachgaben, so heftig ich auch an ihnen rüttelte.

Ich konnte nicht raus. Ich war gefangen. Befreien konnte ich mich nur, indem ich verängstigt aus der Praxis und dem Haus meiner Therapeutin rannte.

Keuchend lehnte ich an der Tür. Ich versuchte, mich zu beruhigen, indem ich rational argumentierte. Das alles war vor vielen Jahren passiert. Es war vorbei. Ich war hier. Nicht im Käfig hinter Gittern, sondern frei.

Es fiel mir immer noch schwer zu glauben, dass ich meiner Therapeutin alles über den Käfig und den Scheißkerl erzählt hatte, noch dazu in allen Einzelheiten. Ein nagender Verdacht beschlich mich. Ich fürchtete, meine Therapeutin würde nicht versuchen, mein Trauma zu heilen, sondern das, was ich ihr erzählt hatte, gegen mich verwenden.

Ich riss mich so weit zusammen, dass ich fähig war, zur Bushaltestelle zu gehen. Meine Gefühle machten endlich dem Verstand Platz. Was hatte meine Therapeutin getan, um meinen Verdacht zu verdienen? Sie hatte sich doch ganz und gar meiner Rettung gewidmet.

Zum ersten Mal in meinem Leben gab es eine Person, die mir helfen wollte, aber ich vertraute ihr nicht. Wie konnte meine Therapeutin ihre Aufgabe meistern, wenn ich selbst alles sabotierte?

Das Geheimnis hatte meine Verbindung zu anderen Menschen zernagt. Selbst wenn ich noch so sehr darauf gebrannt hätte, mein Geheimnis mit jemandem zu teilen, ich konnte es nicht. Und da ich nicht fähig war, darüber zu sprechen, konnte ich auch über nichts anderes reden. Im Vergleich zu dem Geheimnis schienen alle anderen Erlebnisse nebensächlich, also war es sinnlos, über sie zu sprechen.

Mir war etwas so Gewaltiges passiert, dass alles andere in meinem Leben daneben maßlos klein und wertlos schien.

Aber jetzt gab es außer mir noch einen Menschen, der mein Geheimnis kannte.

Ich war nicht allein. Es kam mir vor, als wären meine Erlebnisse dadurch wahrer geworden, glaubwürdig. Meine Therapeutin hatte nämlich nicht versucht, das Geschehene zu bestreiten. Sie hatte nicht behauptet, ich würde lügen.

Alles, was ich erzählt hatte, war wirklich passiert.

Meine Therapeutin würde es bezeugen können.

Als ich ihr von meinen Erlebnissen erzählte, hatte sie mir die ganze Zeit in die Augen geschaut und mich angespornt weiterzumachen. Und wenn ich eine Pause einlegte, hatte sie mich vorwärtsgeschubst. Als hätte sie gewusst, dass meine Geschichte keineswegs an diesem Punkt endete, sondern dass ich immer noch weitere Einzelheiten zu erzählen hatte, eine widerwärtiger als die andere, auf die sie ihren Blick richten konnte.

Und obwohl sie weinte, während sie mir zuhörte, erschrak sie vor nichts, kein einziges Mal. Denn schon bevor ich ihr etwas erzählte, hatte sie alles gewusst.

Als wir uns zum ersten Mal begegneten, hatte sie mir in die Augen geschaut und das alles in meinem Blick gesehen. Vielleicht würde sie versuchen, etwas anderes zu behaupten, aber die Wahrheit ist, dass sie enttäuscht war, als ich alles erzählt hatte.

Sie hätte sich gewünscht, dass ich noch ein bisschen mehr gelitten hätte.

Dann wäre meine Rettung eine noch größere Heldentat gewesen.

PEKKA

Ich weiß selbst nicht, was ich denken soll. Ich habe nach dem roten Faden gesucht. Alle meine Versuche sind im Sand verlaufen. Jedes Mal wenn ich glaubte, ich wäre der Antwort auf die Spur gekommen, fand ich mich in einer Sackgasse wieder. Trotzdem fährt mir immer wieder derselbe Gedanke durch den Kopf.

Clarissa hatte sich in die Prinzessin verliebt.

Jetzt ist es ausgesprochen.

Ich bin so rettungslos in dieses Gewirr verstrickt, dass ich nicht mehr weiß, was Lüge und was Wahrheit ist. Verliebtheit ist jedoch die offensichtlichste Erklärung und auch die vernünftigste. Es gibt nichts anderes, was Clarissas Verhalten erklären könnte.

Dass sie sich verhielt wie eine Verrückte.

Und wenn es stimmt? Dann sind alle meine Fragen beantwortet: Deshalb versuchte Clarissa, die Prinzessin selbst zu behandeln, obwohl sie merkte, dass es nicht gelang. Deshalb wies Clarissa sie nicht in die Klinik ein. Deshalb versuchte Clarissa, alles in ein günstiges Licht zu stellen. Deshalb beschützte Clarissa sie.

Ich gebe zu, dass auch ich Dinge getan habe, auf die ich nicht stolz bin. Das gilt ja für jeden von uns! Aber ich übernehme immerhin die volle Verantwortung für meine Fehler.

In jeder Beziehung gibt es Krisen. Im Lauf der Jahre hatte ich Clarissa allerhand verziehen und sie mir ebenso. Aber irgendwo muss man die Grenze ziehen! Und jetzt war die Grenze so deutlich überschritten worden, dass es nicht mehr genügte, um Entschuldigung zu bitten.

Seid ihr überhaupt in der Lage zu verstehen, wie ernst die Sache war? Sollte Clarissa sich auf ein Verhältnis mit der Prinzessin eingelassen haben, wäre es mit ihrer Karriere aus gewesen. Das hätte ich noch ertragen. Aber Clarissa war nicht irgendeine 08/15-Therapeutin. Man kannte sie aus dem Fernsehen.

Dieser Skandal würde in der Öffentlichkeit durchgekaut werden. Und mit einem Teil des Drecks würde man mich bewerfen!

Ich konnte mir die Schlagzeilen vorstellen! »Die prominente Therapeutin und ihre schmutzige Therapiedreiecksgeschichte!«

Was für eine Schande!

Ich schwor mir, alles zu tun, um beim Einkaufen nicht auf derartige Schlagzeilen zu stoßen.

Ich würde alles tun, damit Clarissas Ruf makellos blieb.

Und wenn ich alles sage, meine ich alles.

ARTO

Als Ira zehn wurde, veränderte sich alles. Meine geliebte Tochter verschwand, und ich fand sie nie mehr wieder. Und ich war schuld.

Ja, ich und ganz allein ich war schuld daran, dass Ira an einer Essstörung erkrankte.

Woher ich das weiß?

Meine Pubertät war hart. Ich legte mich ständig mit meinem Vater an. Kaum waren wir beide im selben Raum, da provozierte ich ihn auch schon zu einem Wutanfall. Ich wurde sogar Vegetarier, nur um meinen Vater zu ärgern, der in seiner Freizeit auf die Jagd ging.

Die Pubertät ist eine schwierige Zeit für ein Kind. Aber Iras Pubertät war etwas ganz anderes. Iras Veränderung war so auffällig, dass niemand sie übersehen konnte. Das selbstständige und dickköpfige Kind verwandelte sich praktisch über Nacht in ein braves Mädchen, das geradezu zwanghaft versuchte, es nicht nur uns Eltern, sondern auch den Lehrern recht zu machen.

Ich Idiot bildete mir ein, die Artigkeit wäre Iras wirkliches Wesen. Ein guter Vater hätte seine Tochter besser zu deuten gewusst, aber mir war es wichtiger, mein Meisterwerk zu schreiben, als mit meiner Tochter Zeit zu verbringen. Es passte mir in den Kram, dass Ira keine Hilfe von mir zu erwarten schien.

Ich deutete Iras Veränderung völlig falsch. Ich dachte, für Ira wäre die Pubertät keine Krise wie damals für mich, sondern sie käme viel leichter davon. Hätte sie Türen zugeknallt und mich zum Teufel gewünscht, dann hätte ich das Thema sicher zur Sprache gebracht und ihr erklärt, dass die Pubertät nicht lange dauert und dass das Leben danach leichter wird. Und dass ich immer auf ihrer Seite sein würde, egal was passiert.

Aber da Ira mich nicht anschnauzte, bildete ich mir ein, bei ihr wäre alles in Ordnung.

Ich ließ sie im Stich.

Ich unterstützte sie nicht, ich war nicht für sie da.

Ira kam nicht allein zurecht. Und deshalb wurde sie krank. Sie wurde ein Roboter, der sein Leben mit unerschütterlicher Entschlossenheit zu kontrollieren begann.

Ira widmete ihr ganzes Leben der Arbeit für die Schule. Das Wort Perfektionismus reicht nicht aus, um die Verbissenheit zu beschreiben, mit der sie ihre Hausaufgaben erledigte. Aber noch gnadenloser absolvierte sie die Essstörung.

Ich begriff bald, dass Ira krank war. Marja teilte meine Auffassung nicht, denn Ira gab sich alle Mühe, ihre Erwartungen zu erfüllen. Ira hatte keinen eigenen Willen mehr, sondern folgte Marja wie ein treuer Spaniel. Marja war nicht bereit, Ira in eine psychologische Praxis zu bringen, was meiner Meinung nach unbedingt notwendig war. Wir wohnten damals noch nicht in Helsinki, sondern in einer Kleinstadt, wo alle mehr über die Angelegenheiten der Mitmenschen wussten als über ihre eigenen. Meine Frau befürchtete, die Nachbarn würden erfahren, dass Ira Behandlung brauchte. Marja wollte nicht, dass irgendjemand dachte, sie hätte als Mutter versagt.

Schließlich brachte ich Ira hinter Marjas Rücken zu einer Kinderpsychologin in der Nachbarstadt.

Die Psychologin fällte ihr Urteil über Iras Zustand aufgrund dieser einen Sitzung.

Angeblich war alles in Ordnung.

Ira erzählte Marja in aller Unschuld, wir wären bei einer netten Tante gewesen, die ihr erlaubt hatte, mit ihren Puppen zu spielen. Marja glaubte, ich hätte eine Freundin, zu der ich Ira mitgenommen hatte. Mir blieb nichts anderes übrig, als ihr zu sagen, dass die »nette Tante« eine Psychologin war.

Diesen Verrat hat Marja mir nie verziehen. Wie konnte ich es wagen, ohne ihre Zustimmung die Privatangelegenheiten unserer Familie vor einer Psychologin auszubreiten!

Wenn ein einziges Ereignis eine Ehe zerstören kann, dann war es in unserem Fall diese Episode. Danach blieb Marja nur noch aus einem einzigen Grund bei mir: wegen Ira.

Wie jeder weiß, ist das für ein Kind die schlechteste Lösung.

Doch das verstand ich erst, als es viel zu spät war.

CLARISSA

Am Wochenende lag ich in meiner Praxis auf der Couch und litt unter einem unerträglichen Kater. Iras Wutanfall hatte mich so erschüttert, dass ich mich gleich danach betrunken hatte.

Beim Klingeln des Weckers schmerzte mein Kopf, als hätte jemand einen Eispickel durch meinen Augapfel direkt ins Gehirn gestoßen. Ich konnte nicht den ganzen Tag auf der Couch liegen bleiben. Also beschloss ich, einen Spaziergang zu machen, in der Hoffnung, die frische Luft würde mir den Kopf klären. Ich suchte im Kleiderschrank nach Chanel. Kaum hatte ich das malvenfarbige Kostüm angezogen, da klingelte es an der Tür. Ich erschrak. Hatte ich beim Saufen die Tage durcheinandergebracht? Vielleicht war schon Montag, und eine meiner Patientinnen klingelte.

Ich hatte keine Ahnung, wer an der Tür stand, öffnete aber dennoch.

Kaum hatte ich das getan, traf mich auch schon etwas am Auge. An der Tür standen drei kleine Mädchen mit Weidenzweigen. Sie schwenkten die mit grell gefärbten Federn und Krepppapier verzierten Zweige und sagten im Chor ihren Spruch auf.

»Frische und Gesundheit fürs kommende Jahr. Ein Zweig für dich, eine Belohnung für mich.«

Zwei der Mädchen hatten sich als Hexen verkleidet. Sie trugen lange Kleider und karierte Schürzen, dazu leuchtend rote russische Matrjoschka-Kopftücher, wie sie meine Mutter gehabt hatte, als ich klein war.

Meine Mutter band sich das Tuch immer um, wenn sie vorhatte, meinen Vater zu verlassen.

Sie stand dann mit entschlossener Miene vor dem Spiegel und verknotete das Tuch unter dem Kinn. Anschließend schob sie die hervorlugenden Haarsträhnen unter das Tuch und schleppte zwei Koffer zur Haustür. Im einen waren ihre Sachen, im anderen meine. Ich durfte meinen Koffer nie selbst packen, sie warf meine Kleider in aller Eile hinein. Sie hätte kein einziges Spielzeug für mich eingepackt, wenn ich nicht danebengestanden und genau aufgepasst hätte.

Die Entschlossenheit meiner Mutter reichte in der Regel nur bis zur Vortreppe unseres Hauses. Der Rekord war wohl das schwankende Gartentor, an das sie sich Schutz suchend lehnte. Sie stand am Tor, starrte ins Leere und nahm all ihre Kraft zusammen. Gleich darauf zuckte sie zusammen. Allem Anschein nach wusste sie nicht, wohin sie wollte. Sie ließ das Tor los, drehte sich um und ging zurück ins Haus.

Dort stellte sie meinen Koffer an die Tür zu meinem Zimmer und warf ihren im Wohnzimmer auf das Sofa. Ich musste meinen Koffer auspacken und unter dem Sofa verstecken, bevor mein Vater nach Hause kam und von den Plänen meiner Mutter erfahren konnte.

Wenn meine Mutter ihren Koffer ausgepackt und sich vergewissert hatte, dass ich meinen ebenfalls geleert hatte, kochte sie Kakao für mich.

»Ist es nicht schön, mit Vati hier zu wohnen?«, fragte sie mich und sah sich nervös um, gerade so, als hätte mein Vater in unserer Küche versteckte Kameras angebracht, die sie zu entdecken versuchte.

Wir hatten dieses Schauspiel schon so oft aufgeführt, dass ich genau wusste, was ich zu antworten hatte.

»Es ist wirklich schön mit Vati«, sagte ich matt.

Wie ich bei meiner Arbeit festgestellt habe, ist es nicht ungewöhnlich, dass Eltern ihre Kinder zwingen, sie zu belügen, weil die Eltern einerseits nicht fähig sind, der Wahrheit ins Gesicht zu sehen, es andererseits aber auch nicht schaffen, sie aus eigener Kraft abzuwehren.

Ich habe oft gedacht, dass man in Finnland ein Gesetz erlassen sollte, wonach alle Menschen, die sich Kinder wünschen, einen anspruchsvollen psychologischen Test bestehen müssen, bevor sie ihre Absicht verwirklichen dürfen. Entsprechend wird ja auch bei Adoptionswilligen geklärt, ob sie als Eltern geeignet sind. Auch auf die Gefahr hin, dass ich selbst eines der Kinder wäre, die – wenn es so ein Gesetz gegeben hätte – nicht zur Welt gekommen wären.

Nein, jetzt habe ich mich falsch ausgedrückt.

Ich wünschte mir das Gesetz nicht auf die Gefahr hin, dass es mich nicht gäbe – sondern gerade deshalb.

Ich kehrte aus meinen Erinnerungen zu den Mädchen mit den Weidenzweigen zurück. Das dritte hatte sich als Katze ausstaffiert. Hinten an seinem Anorak hing als Schwanz ein Kniestrumpf aus Nylon, der mit Watte gefüllt war. Auf der Nasenspitze des Mädchens prangte in roter Schminke ein Katzennäschen, und über die Wangen zogen sich aufgemalte Schnurrbarthaare.

Sehnsucht befiel mich. Warum waren diese niedlichen Mädchen nicht meine Kinder? Und wie wir Menschen es oft tun, wehrte ich meine Beklemmung mit einem anderen Gefühl ab: Hass.

Warum kümmerten sich die Mütter dieser Mädchen nicht um ihre Kinder?

Begriffen die Eltern denn nicht, was Kindern zustoßen kann, wenn sie bei Unbekannten klingeln? Die Eltern vertrauten blindlings darauf, dass die Welt gut war, und schickten ihre Kinder an Orte, wo Pädophile lauern konnten: Kindergarten, Schule, Schwimmtraining ... Wenn ich die Mutter dieser Mädchen wäre, würde ich alles tun, damit ihnen nichts Böses zustieß. Ich würde sie beschützen wie eine Löwenmutter.

Erneut schrak ich aus meinen Gedanken auf. Ich kramte in meinen Jackentaschen und fand zwischen Haarnadeln und schmutzigen Taschentüchern drei Euromünzen. Hastig ließ ich die Münzen in den Korb des als Katze verkleideten Mädchens fallen und zog die Tür zu.

Ich wollte nicht länger in die unschuldigen Gesichter der Mädchen blicken, auf denen jeder jederzeit seine schmutzigen Fingerabdrücke hinterlassen konnte.

ARTO

Ich opferte Ira auf dem Altar unserer Ehe. Ebenso wie Marja glaubte auch ich, die Scheidung der Eltern sei das Schlimmste, was einem Kind passieren kann. Ich dachte, wenn Marja und ich verbissen durchhielten, könnte Ira eine normale Kindheit erleben. Wie sehr ich mich doch irrte!

Meiner Vorstellung nach durfte Ira in einem – nun ja, nicht gerade glückseligen, aber immerhin normalen Zuhause aufwachsen. In Wahrheit war es natürlich so, dass sie die Verantwortung für das Unglück ihrer Eltern tragen musste.

Jedes Mal, wenn Ira ihrem Vater oder ihrer Mutter in die Augen blickte, sah sie die Enttäuschung und Bitterkeit, die Marja und ich empfanden, weil wir unser eigenes Glück geopfert hatten, damit Ira glücklich sein durfte.

Wir bürdeten ihr ein Schuldgefühl auf, das selbst für einen Erwachsenen zu schwer zu tragen gewesen wäre.

Ich versuchte, es Marja in allem recht zu machen, damit unsere Ehe hielt. Und so opferte ich Ira wieder. Marja war nämlich nach wie vor der Meinung, dass Ira nichts fehlte. Ich schreckte vor dem Risiko zurück, Ira ein zweites Mal hinter Marjas Rücken zu einem Spezialisten zu bringen. Ich war mir sicher, dass auch dieser Versuch auffliegen würde. Für meine Frau wäre das der letzte Tropfen gewesen, und ich hätte unserer Ehe Adieu sagen müssen.

Also sah ich hilflos zu, als Iras Zustand sich weiter verschlechterte. Immer wieder versuchte ich, mit Marja über Iras Krankheit zu sprechen, aber meine Frau wollte die Wahrheit nicht sehen. Auch sie hatte sich als junges Mädchen erbrochen, um ihre Idealmaße zu erreichen, und meinte, das sei nichts Ernstes.

Ich sei einfach nicht fähig, Frauen zu verstehen.

Und dann war wer auch immer im Himmel oder in der Hölle über unser Geschick entscheidet, der Meinung, man könnte noch eine weitere Ladung Scheiße auf mich kippen.

Marja bekam Brustkrebs. Die Diagnose wurde zu spät gestellt. Ihr blieben höchstens zwei Jahre Lebenszeit.

Von da an widmete ich mich der Aufgabe, Marja am Leben zu halten. Ich vergaß Ira. In dieser Zeit begann Ira, sich zu Tode zu hungern.

Die Scham versengt mir das Herz, wenn ich davon erzähle. Aber ich will ehrlich sein. Außerdem hat jemand, der seinen eigenen Tod plant, es wohl nicht mehr nötig, irgendwem weiszumachen, er wäre ein besserer Mensch, als er es tatsächlich ist.

Im Lauf der Jahre verschlimmerte sich Iras Krankheit. Irgendwann musste ich mir eingestehen, dass meine Tochter an Anorexie sterben würde. Ich versuchte, sie dazu zu bewegen, sich behandeln zu lassen. Dabei ließ ich kein Mittel aus: Beschwörung, Betteln, Bestechung, Drohung, Erpressung, Manipulation. Nichts half. Sie hatte sich für einen langsamen Selbstmord entschieden, und ich würde sie nicht daran hindern können.

Wenn ihr hört, was ich als Nächstes erzähle, werdet ihr mir ins Gesicht spucken wollen.

Ich kapitulierte.

Ich besuchte Ira immer seltener. Jedes Mal, wenn ich sie traf, hatte sich ihr Zustand weiter verschlechtert. Es war ein Wunder, dass sie überhaupt noch lebte.

Was, wenn ich sie tot in ihrem Bett finden würde? Was, wenn ich ihren Tod als Erleichterung empfand? Denn Ira war nicht mehr meine Tochter, sondern nur noch eine wandelnde Leiche, eine lebende Tote.

Immer wenn ich Ira traf, wuchs meine Bedrückung darüber, dass ich nichts tun konnte, um ihr zu helfen. Und so begann ich, ihr aus dem Weg zu gehen.

Es war ein höllischer Teufelskreis. Ich fühlte mich schuldig, weil ich ihr aus dem Weg ging. Das Schuldgefühl trieb mich dazu, ihr noch mehr aus dem Weg zu gehen. Die Abstände zwischen unseren Treffen wurden immer länger. Und damit wuchs mein Schuldgefühl.

Als Marja noch lebte, versuchte ich, mit ihr über Iras Zustand zu sprechen. Ira war krank und brauchte Hilfe, aber wir taten nichts, um ihr zu helfen. Doch Marja war anderer Meinung. Selbst als Todkranke war meine Frau immer noch verbittert, weil ich versucht hatte, ihr Leben zu verderben, indem ich mir für unsere Tochter eine Essstörung ausdachte.

Die Einzige, mit der ich nach Marjas Tod über Iras Krankheit gesprochen habe, ist Irmeli. Nachdem Marja gestorben war, jammerte ich Irmeli bei einem Betriebsausflug die Ohren voll, wie sehr es mich bedrückte, dass ich selbst Iras Krankheit ausgelöst hatte, weil ich sie in der Pubertät nicht unterstützt hatte.

Irmeli versuchte, mich zu trösten, aber es entging mir nicht, wie überzeugt auch sie von meiner Schuld war. Ich glaube sogar, dass sie mich nicht nur wegen meines Alkoholismus feuerte, sondern auch, weil ich mich Ira gegenüber so verantwortungslos und egoistisch verhalten hatte.

Aber was hätten Marja und Ira gedacht, wenn sie die ganze

Wahrheit gekannt hätten? Dass ich meine Tochter verließ, als sie mich am meisten gebraucht hätte.

Ich hatte Sehnsucht nach Ira, aber ich konnte ihr nicht mehr gegenübertreten. Das Schuldgefühl brachte mich fast um.

Statt Ira zu pflegen, saß ich im Park und beobachtete, wie sie in ihrer Wohnung Tee trank und auf ihren Tod wartete.

Irmeli und Marja würden mich hassen, wenn sie wüssten, wie die Dinge wirklich lagen.

Aber nicht so sehr, wie ich selbst mich hasste.

Doch es gab einen Menschen auf der Welt, dem ich mich restlos anvertrauen musste. Dazu war ich verpflichtet.

Ira.

Ich litt ihretwegen.

Ich liebte sie.

Und weil ich nicht fähig war, ihr zu helfen, musste ich sterben.

IRA

Wieder hatte ich die Nacht im Käfig verbracht. Meine Träume waren so realistisch, dass es sich ebenso gut um unterdrückte Erinnerungen handeln konnte. Mein Gedächtnis hat nämlich Lücken. Ich erinnere mich, wie ich in den Käfig geriet und wie ich herauskam. Aber sonst habe ich keine Erinnerung an die fünf Stunden, die mein Leben veränderten. Daran erinnerte ich mich nicht einmal an jenem Abend, als ich nach Hause zurückkehrte.

Was alles kann ich verdrängt haben? Ich weiß es nicht.

Am Abend wusch der Scheißkerl mich in einer Badewanne, die in einer Ecke des Kellers stand. Dann trocknete er mit einem Fön meine Haare, kämmte sie und flocht mir Zöpfe. Danach geschah etwas, was ich immer noch nicht verstehe. Der Scheißkerl zog mir meine Kleider an, trug mich aus dem Keller auf die Rückbank seines Autos, fuhr auf den Parkplatz vor dem Vergnügungspark, wo er mich am Tag gekidnappt hatte, brachte mich auf eine Bank neben dem Parkplatz und fuhr weg.

Ihr habt ganz richtig gelesen.

Ich brauchte keinen Fluchtversuch zu machen.

Der Scheißkerl selbst ließ mich frei.

Ich habe wer weiß wie oft überlegt, warum der Scheißkerl mich gehen ließ. Gab es in seiner schwarzen Seele noch ein klein wenig Licht? Vielleicht waren seine Taten und das, was sie für seine Opfer bedeuteten, auch ihm selbst unerträglich? Was, wenn er aufhören wollte, Kinder sexuell zu missbrauchen, es aber aus eigener Kraft nicht schaffte? Was, wenn er mich hatte gehen lassen, damit ich die Polizei auf seine Spur führte?

Dass der Scheißkerl in seinem Keller einen Käfig hatte, wies natürlich darauf hin, dass er dort jemanden einsperren wollte. Aber war ich die Einzige? Oder nur eine unter vielen? Waren vor mir andere dort gewesen? Würden nach mir weitere folgen?

War auch in diesem Moment ein kleines Kind in dem Käfig gefangen?

Es war klar, dass der Scheißkerl umso wahrscheinlicher gefasst wurde, je länger er den Missbrauch von Kindern fortsetzte. Irgendwelche Eltern müssen ihrem Kind doch glauben, wenn es weinend nach Hause kommt und von dem Käfig erzählt.

Es konnte doch unmöglich sein, dass der Scheißkerl nach all den Jahren immer noch tat, was er mir angetan hatte!

Aber wenn ich mich in diesem Punkt irrte, war ich verantwortlich für jedes kleine Kind, das ihm zum Opfer fiel. Das würde bedeuten, dass ich mich mitschuldig machte, weil ich, obwohl ich hätte wissen müssen, was geschah, keinen Versuch unternahm, meine Schicksalsgefährten zu retten. Mit diesem Gedanken konnte ich nicht leben. Er hämmerte jeden Tag in meinem Kopf. Ich müsste etwas tun.

Ich müsste den Scheißkerl finden und ihn töten.

Aber obwohl ich genau wusste, was ich tun sollte, war mir klar, dass ich nicht dazu fähig sein würde, dem Scheißkerl gegenüberzutreten. Bei dem bloßen Gedanken zitterte ich vor Entsetzen. In meinen Fantasien hatte ich ihn viele Tausend Mal in kleine Stücke zerlegt. Und dennoch wusste ich, dass ich im Ernstfall völlig gelähmt sein würde.

Alle Morde, die ich begangen hatte, waren nur Vorübungen für diesen einen gewesen. Aber selbst das intensivste Training genügte nicht, um mich auf unseren Zweikampf vorzubereiten. Vor dem Scheißkerl würde ich mich wieder in das vor Angst schlotternde zehnjährige Mädchen verwandeln, dessen Leben er zerstört hatte.

Die Konstellation wäre also dieselbe wie damals.

Ein kleines Mädchen gegen einen erwachsenen Mann.

Der Scheißkerl hatte zudem einen Heimvorteil, denn es würde mir bestimmt nicht gelingen, ihn an den Ort meiner Wahl zu locken. Unser letzter Kampf würde da geführt werden, wo alles begonnen hatte: im Keller.

CLARISSA

Ich stopfte den Zweig, den ich von den drei Mädchen bekommen hatte, in den Papierkorb im Flur. Er sollte mich nicht an die Kinder erinnern, die ich nicht hatte bekommen können. Ich verdiente eine Strafe für meine Sünden, also dafür, dass ich fast das ganze Wochenende versoffen hatte. Daher beschloss ich zu arbeiten. Ich fühlte mich schwach, setzte mich aber trotzdem an den Küchentisch und öffnete meinen Laptop.

Schon seit Langem hatte ich geplant, für irgendeine Publikation im Fachbereich Psychologie einen persönlichen Essay über Fotos zu schreiben. Meine Einstellung zu Fotos war nämlich widersprüchlich.

Keine von uns fotografiert ihre weinenden Kinder oder ihren brüllenden Mann, geschweige denn die Blutergüsse, die sie bei den Schlägen ihres Mannes davongetragen hat. Alle wollen nur glückliche Momente festhalten. Und wenn es keine glücklichen Momente gibt, inszeniert man sie.

Auf Fotos lächeln sowohl die Erwachsenen als auch die Kinder, ob sie Grund dazu haben oder nicht. Unsere Fotoalben sind voll von Lügen. Sie sind kein Beweismaterial für ein glückliches Leben, sondern für unseren Wunsch, in einer Lüge zu leben.

Auf einem Foto lächelt ein Kleinkind strahlend hinter einer Geburtstagstorte und einem herzförmigen Luftballon. Weil es glücklich ist? Oder weil man auf Fotos zu lächeln pflegt und die Mutter das Kind dazu ermahnt hat?

Wenn ich die Aufnahmen aus meiner eigenen Kindheit betrachtete, wusste ich die Antwort nicht.

Je länger ich über das Thema nachdachte, desto widerwärtiger wurden mir Fotos. Und zwar nicht nur meine eigenen, sondern all die Fotoalben, mit denen wir früher unsere Kommoden füllten und die wir heute auf unseren Handys speichern.

Als ich die Einleitung zu dem Essay geschrieben hatte, kam ich auf die Idee, in meinen eigenen Alben nach Inspiration zu suchen. Ich holte sie aus dem Schrank im Schlafzimmer und breitete sie auf dem Küchentisch aus. Nachdem ich Fotos aus meiner Kindheit betrachtet hatte, beschloss ich, mir nach langer Zeit endlich wieder einmal Bilder von meinem gemeinsamen Weg mit Pekka anzusehen, die wenigen, auf denen Pekka verewigt war.

Ich hatte die Aufnahmen von unserer Hochzeitsfeier in ein rosenrotes Album geklebt, das ich mit eleganter weißer Spitze dekoriert hatte. Auf die erste Seite hatte ich unser Hochzeitsfoto geklebt, auf dem ich scheu lächelte, wie es sich für eine jungfräuliche Braut gehört. Der Fotograf war mit dem Bild so zufrieden gewesen, dass er um Erlaubnis gebeten hatte, es in seinem Schaufenster auszuhängen. Das hatte ich abgelehnt, denn die Vorstellung, dass unser intimer Moment in der belebten Einkaufsstraße zur Schau gestellt wurde, hatte mir nicht gefallen. Ich schlug das Album auf und bereitete mich darauf vor, mein 20 Jahre jüngeres Ich zu bewundern.

Die Seite war leer.

Jemand hatte unser Hochzeitsfoto herausgerissen.

Ich erschrak. Rasch blätterte ich das Album von vorn bis hinten durch. Die Seiten waren voller Lücken.

Alle Fotos von Pekka waren weg.

Es war kein einziges übrig.

IRA

Ich klingelte bei meiner Therapeutin und setzte eine neutrale Miene auf. Sie öffnete die Tür und ließ mich ein.

In der Praxis setzte ich mich auf das Sofa und betete innerlich, dass die Therapeutin die Szene, die ich bei unserer vorigen Sitzung hingelegt hatte, nicht erwähnen würde. Mein Gebet wurde erhört, meine Therapeutin schien vor Eifer zu platzen. Sie schlug vor, nach der kleinen Pause, die wir eingelegt hatten, nun wieder zur Traumanalyse zurückzukehren. Offenbar konnte sie es kaum erwarten, wieder in meinem dunklen Unbewussten wühlen zu dürfen.

»Ich habe bei der Therapiearbeit bemerkt, dass fast alle meine Patientinnen wiederholt den gleichen Albtraum haben. Auch ich habe seit meiner Kindheit einen Albtraum, der sich immer unverändert wiederholt. Und du?«

Der Käfig. Der Keller. Der Scheißkerl. Ich hatte den Albtraum gehabt, seit ich aus dem Käfig herausgekommen war. Aber ist Albtraum das richtige Wort?

Der Traum war ja restlos wahr.

Ich wurde aus meinen Überlegungen gerissen, als ich merkte,

wie seltsam sich meine Therapeutin benahm. Sie war so aufgekratzt, dass sie es nicht fertigbrachte, auf ihrem Stuhl zu sitzen, sondern in ihren Stöckelschuhen auf den Teppichkanten balancierte wie ein kleines Kind. Zwischendurch kam sie ins Schwanken, breitete aber in letzter Sekunde die Arme aus, um das Gleichgewicht zu halten. Mir kam der amerikanische Trunkenheitstest in den Sinn, bei dem der mutmaßlich betrunkene Fahrer auf einer geraden Linie gehen muss, ohne zu wanken.

Für das Verhalten meiner Therapeutin gab es nur eine Erklärung: Sie war betrunken.

Ich war so verdattert, dass ich nicht auf die Idee kam, die Sitzung abzubrechen, sondern mich bereit erklärte, ihr den Albtraum zu beschreiben, den ich seit meiner Kindheit wiederholt gehabt hatte. Sie eilte an ihren Schreibtisch, schnappte sich Block und Bleistift, setzte sich auf ihren Bürostuhl und schleuderte die Schuhe von den Füßen.

»Bitte sehr.«

Die Stöckelschuhe schienen ihr zu klein zu sein, denn an der einen Ferse hatte sie eine Blase. Die Blase war aufgeplatzt und die Nylonstrumpfhose blutgetränkt.

»Ich habe diesen Traum seit meinem zehnten Lebensjahr. Ich stehe unter der Dusche. Im Badezimmer erscheint ein Unbekannter.«

Die Therapeutin lächelte mir zu, aber ihr linker Mundwinkel zuckte.

Zuck. Zuck. Zuck.

Der Mundwinkel der Therapeutin war wie ein Metronom, in dessen Takt man Klavier spielen könnte.

»Dieser Mensch versucht, mich mit einem Messer zu töten.«

Der Mund meiner Therapeutin verzog sich zu einem grotesken Grinsen.

»Wer ist der Mann?«, ranzte sie mich an.

Ich fuhr erschrocken auf.

»Ich hatte gehofft, dass du es mir sagen könntest.«

Die Therapeutin schnaubte.

»Du bekommst hier keine Vollpension. In der Therapie leistet die Patientin selbst die ganze Arbeit.«

Mich schauderte. Der Tonfall der Therapeutin war eiskalt. Als hätte sie plötzlich beschlossen, dass sie keine Lust mehr hatte, die Gute und Schöne zu spielen, und würde sich mir zum ersten Mal so zeigen, wie sie wirklich war.

Beängstigende Vorstellung.

»Nun sag schon, wer der Mann ist!«

Ich starrte meiner Therapeutin trotzig in die Augen und schwieg. Dabei hoffte ich, sie würde nicht merken, dass meine Miene der reine Bluff war. Tief im Inneren zitterte ich vor Angst.

Während unserer ganzen Therapie hatte ich bisher kein einziges Mal erlebt, dass meine Therapeutin wütend aussah. Es war offensichtlich, dass sie nicht nachgeben wollte.

Sie kam zu mir und setzte sich neben mich auf das Sofa. Instinktiv wich ich ein Stück zurück. Ihr Parfüm roch vertraut.

Mutters Parfüm. Chanel N° 5.

Nicht einmal die innige Kindheitserinnerung half mir, mich sicher zu fühlen.

Meine Therapeutin beugte sich zu mir hin und blickte mir tief in die Augen, als hätte sie vor, mich zu hypnotisieren. Beinahe rechnete ich damit, dass sie ein Pendel aus der Tasche ihres Kleides zöge und vor meinen Augen hin und her schwenkte.

Stattdessen fasste sie mich am Kinn.

Ich zuckte zusammen, nicht nur vor Entsetzen, sondern auch vor Überraschung.

Therapeuten haben nicht das Recht, ihre Patienten zu berühren. Sie verstieß bewusst gegen ihre Berufsethik. Doch statt den Versuch zu unternehmen, mich aus ihrem Griff zu befreien, erstarrte ich wie ein Häschen, das dem Fuchs vormachen will, es wäre tot.

»Wer ist der Mann?«

Die Therapeutin packte mein Kinn immer fester, als versuchte sie, Pickel auszudrücken.

Ich war erstaunt, wie viel Kraft in ihren Fingern steckte.

Aus der Nähe betrachtet, sah ihr Nagellack aus wie Blut. Der Name des Farbtons hätte Mordnacht lauten können.

Der Daumennagel der Therapeutin drückte sich unangenehm stechend in meine Haut.

Vor Schmerz zuckte ich zusammen.

Ich überlegte, ob sie die Absicht hatte, mich erst loszulassen, wenn ich ihre Frage beantwortete. In dem Fall würden wir bis in alle Ewigkeit nebeneinander auf dem Sofa sitzen.

Ich funkelte meine Therapeutin so zornig an, wie meine Angst es zuließ. Mein Blick machte keinerlei Eindruck auf sie. In ihren Augen blitzte immer noch eine Wut, die heftiger war, als ich je für möglich gehalten hätte.

»Sag es!«, fuhr sie mich an.

Ich griff nach ihren Fingern und löste einen nach dem anderen von meinem Kinn. Bei der Berührung zuckte sie zusammen. Einige verwirrende Sekunden lang saßen wir nebeneinander und sahen uns an, als hätten wir beide nicht begriffen, was gerade passiert war.

Meine Therapeutin erholte sich als Erste. Sie nahm ein Taschentuch aus der Packung und wischte mein Kinn sorgfältig ab, als wollte sie keine Fingerabdrücke hinterlassen. Dann inspizierte sie es aus jedem Winkel, offenbar um sich zu vergewissern, dass das Ergebnis zufriedenstellend war. Nach der Überprüfung nickte sie beifällig, faltete das Taschentuch sorgsam zusammen und steckte es übertrieben ruhig in die Tasche.

Sie blickte zu mir auf, als wäre nichts geschehen, und lächelte charmant.

»Das war es dann wohl.«

Verwirrt stand ich auf und ging wie im Halbschlaf zur Tür. Dort sah ich mich noch einmal zu meiner Therapeutin um. Sie winkte mir zu, immer noch mit dem strahlenden Lächeln auf den Lippen.

Zu dem Zeitpunkt glaubte ich, mit ihrer Bemerkung hätte sie lediglich sagen wollen, dass unser heutiges Treffen beendet war. Ich irrte mich.

Es war unsere letzte Sitzung gewesen.

Bevor ich am Abend schlafen ging, betrachtete ich mich im Spiegel. Obwohl ich immer noch erschüttert war, hatte unsere Begegnung keine physischen Spuren hinterlassen.

Abgesehen von einem kleinen blauen Fleck, der exakt dieselbe Form hatte wie der Daumennagel meiner Therapeutin.

4. TEIL

DER ANGSTSTÖRUNGS-FRAGEBOGEN GAD-7

CLARISSA

Wir alle haben unsere Geheimnisse.
Pekka liebte amerikanische Talkshows, in denen stinknormale Leute ihre Angehörigen vor den Augen und Ohren der Fernsehzuschauer mit ihren Enthüllungen schockieren. Welches Bedürfnis stillten diese Sendungen? Wollte Pekka mit ihrer Hilfe die dunkelsten Seiten seiner Psyche behandeln?

Ich fand es unerträglich, dass man aus den Problemen realer Menschen Sozialporno machte. Meiner Meinung nach war das nichts anderes als schamlose Ausbeutung.

Pekka dagegen verschlang jede Folge so gierig, dass mich das Gefühl beschlich, die Sendungen würden etwas über ihn aussagen. Konnte es sein, dass auch er ein riesiges Geheimnis verbarg, dessen Enthüllung das Publikum im Studio aufgewühlt hätte?

Was sagt es über mich aus, dass ich ihn nie gefragt habe?

Sprechen ist schwierig. Alle Paare haben ihre eigenen Tabus, über die zu sprechen problematisch ist – wenn nicht gar unmöglich. Wir hatten nie eingehend darüber geredet, wie unser Leben in der Kindheit war.

Damit standen Pekka und ich nicht allein. Ihr würdet euch

wundern, wenn ihr wüsstet, was alles Ehepaare sich verschweigen. Ich hatte eine Patientin, die in den Dreißigerjahren als Kind einer alleinstehenden Mutter zur Welt gekommen war. Sie hatte ihrem Mann nie erzählt, wer ihr Vater war. Warum auch, denn ihr Mann hatte nie danach gefragt.

Wäre unsere Beziehung anders gewesen, wenn wir über alles gesprochen hätten? Bestimmt. Aber ich bin mir nicht so sicher, ob sie dadurch besser geworden wäre. Ein Mensch kann auch auf vielerlei andere Art Kontakt zu einem anderen Menschen bekommen. Und ich meine nicht nur Sex.

Ihr könnt euch sicher eine Talkshow-Folge vorstellen, die das folgende Thema hat: »Lesbische Sexbeziehung zwischen Therapeutin und Patientin!« Wäre Pekka jemals auf die Idee gekommen, ich hätte ein Verhältnis mit Ira, wenn er nicht so wild auf die Talkshows gewesen wäre? Vielleicht, vielleicht auch nicht, wir können es nicht wissen.

Das ist jedoch nicht die Frage, über die wir nachdenken sollten.

Pekka hat euch irregeführt wie ein Zauberer, der die Aufmerksamkeit des Zuschauers ablenkt, indem er mit der linken Hand fuchtelt, während er mit der rechten vier Asse aus der Tasche zieht.

Pekka wollte mich zum Sündenbock machen, damit ihr nicht auf seine Taten achtet. Er hatte nämlich ein Geheimnis, dessen Bewahrung ihm jedes Opfer wert war.

PEKKA

Es hat mich immer geärgert, wie man in Filmen Albträume darstellt. Zuerst wirft sich der Schauspieler ruhelos in seinem Bett hin und her und murmelt halblaut wirre Worte. Dann erwacht er so abrupt aus seinem Albtraum, dass er sich mit weit aufgerissenen Augen aufsetzt. Anschließend sitzt er im Bett, schnappt nach Luft und wirkt verdattert.

Ist euch das je passiert? Mir auch nicht.

Außer an dem Morgen, als ich das Rätsel der Zeichnungen endlich löste.

Monatelang hatte ich sie jeden Tag prüfend betrachtet. Ich fand sie abstoßend. Natürlich waren die Geschehnisse, die sie abbildeten, widerlich. Doch das störte mich nicht. Dagegen fühlte ich mich bedrückt, weil ich mir sicher war, dass sie eine Geschichte zu erzählen hatten.

Eine Geschichte, die ich nicht hören wollte.

Doch ich wusste, dass man sie mir erzählen würde, ob ich es wollte oder nicht.

Ich wusste auch, dass die Lösung des Rätsels nahe war. Ich würde nicht mehr versuchen können, sie abzuwehren. Sie näherte sich mir unausweichlich. Oder vielleicht verhielt es sich sogar so, dass ich die Antwort längst kannte. Ich konnte es mir nur nicht eingestehen. Wir Menschen pflegen ja Dinge zu verdrängen, wenn es unerträglich wäre, ihre Existenz bewusst wahrzunehmen.

Eigentlich löste mein Unbewusstes das Rätsel für mich. Clarissa würde sich kaputtlachen, wenn sie wüsste, dass ich mich so freudianisch gebe. Ich hatte ihr ja immer klargemacht, dass ich nicht an die Psychoanalyse glaube.

Aber die Antwort erschien mir tatsächlich im Traum.

Ich schreckte aus dem Schlaf, setzte mich auf und begriff, dass mein Traum der Wahrheit entsprach.

Der Keller. Der Käfig. Das kleine Mädchen.

Ich wusste, wer das Mädchen war.

Die Prinzessin.

Und ich wusste auch, wer auf den Zeichnungen zu sehen war.

Der sadistisch lächelnde Mann im Anzug.

Das bin ich.

CLARISSA

Ich höre eure Beschuldigung. Ihr behauptet, ich müsste gewusst haben, dass Pekka pädophil ist. Eurer Meinung nach sah ich absichtlich weg, damit Pekka weiterhin seine Verbrechen verüben konnte. Er hätte mir seine Veranlagung doch keinesfalls verheimlichen können, selbst wenn er seine Taten noch so geschickt verhüllte. Wie kann man so etwas geheim halten, vor allem vor seiner eigenen Frau?

Die Wahrheit aber ist, dass ich nichts davon wusste.

Ich schwöre es!

Ich erfuhr erst davon, als alles vorbei war und ich niemanden mehr retten konnte. Ihr glaubt mir bestimmt, wenn ihr ein wenig nachdenkt. Warum hätte ich darauf warten sollen, dass Pekka überführt wird? Welchen Nutzen hätte ich davon gehabt, ihn zu schützen? War ich verantwortlich für seine Verbrechen?

Pekka hat unser gemeinsames, jahrelang mühsam aufgebautes Leben zerstört. Und er gibt mir die Schuld!

Wenn ich ehrlich bin, muss ich zugeben, ich hatte immer eine vage Ahnung, dass etwas nicht stimmt. Als würde an der Grenze meines Blickfeldes ein finsterer, Unheil verkündender Schatten schweben, der sofort verschwand, wenn ich versuchte, mich umzudrehen und ihn anzusehen. Vielleicht dachte ich, worüber man nicht redet, das existiert nicht.

Aber auch wenn ich möglicherweise ahnte, dass etwas nicht stimmt, wäre ich nie darauf gekommen, was genau das war!

Bereut Pekka, was er getan hat? Ich glaube nicht.

Niemand kennt ihn so gut wie ich.

Und ich kenne ihn letztlich auch nicht besonders gut.

PEKKA

Ich entführte die Prinzessin vor zehn Jahren, sperrte sie im Keller meines Sommerhauses in einen Käfig, missbrauchte sie sexuell und ließ sie am Ende des Tages frei. Ich wurde nie geschnappt. Die Prinzessin war keineswegs mein erstes Opfer. Und auch nicht das letzte.

Da habt ihr das Geständnis, das ihr wollt, bitte schön!

Der alljährliche Besuch des Tivolis im Frühjahr war für mich schon seit Langem der Höhepunkt des Jahres. In jenem Jahr bereitete ich mich darauf vor, indem ich eine Tüte Türkisch Pfeffer kaufte.

Das Tivoli öffnete schon um zehn Uhr, doch ich kam erst ein paar Stunden später, als bereits fröhlicher Trubel herrschte. Wenn ich mit den allerersten Besuchern eingetroffen wäre, hätte ich Aufmerksamkeit erregt, schließlich war ich ein Mann und allein, ohne Kind. Jetzt schien mich niemand zu bemerken.

Ich stellte mich neben den Stand, an dem die Tickets verkauft wurden, und hielt Ausschau nach einem passenden Opfer.

Im Tivoli liefen Dutzende von Kindern herum. Aber keins davon war allein. Alle wurden von einem schützenden Elternteil oder vielleicht von einem Kindermädchen begleitet.

Alle außer der Prinzessin.

Sie kam allein zum Tivoli.

Ich winkte ihr schon von Weitem zu. Wenn jemand uns sah, würde er glauben, dass ich der Vater der Prinzessin war und am Tor auf meine Tochter gewartet hatte.

Die Prinzessin winkte zurück.

Ich ging zu ihr und bot ihr Türkisch Pfeffer an.

»Das sind meine Lieblingsbonbons!«, jauchzte sie.

»Was isst du sonst noch gern?«

»Lakritz, Kekse, Zimtschnecken. Aber am allerliebsten mag ich Torten.«

»Torten? Wirklich?«

»Ja, Torten!«

»Oho! Was für ein Zufall. Ich bin Bäcker. Ich habe gerade eine riesige Torte im Auto. Magst du sie probieren?«

»Ja!«

Wir gingen zu meinem Wagen. Die Prinzessin wollte mir zeigen, wie ein Frosch hüpft. Ich ging, und sie sprang fröhlich neben mir her.

»Hops, hops, hops«, rief sie.

Wir kamen zu der Sandfläche, die als Parkplatz diente, und ich öffnete die rechte hintere Tür.

»Die Torte ist auf dem Rücksitz. Spring rein, dann darfst du ein Stück probieren.«

Die Prinzessin steckte den Kopf durch die Tür. Ich öffnete den Kofferraum und holte eine Plane mit Tarnmuster heraus. Dann schloss ich den Kofferraum möglichst leise.

»Hier ist ja gar keine Torte.«

Ich schob die Prinzessin auf den Rücksitz, warf die Plane über sie und schlug die Tür zu. In aller Eile setzte ich mich ans Lenkrad und versperrte alle Türen mit der Zentralverriegelung.

Dann ließ ich den Motor an und fuhr zu meinem Sommerhaus.

Ich hatte es ohne Clarissas Wissen gekauft. Meine Frau war beruflich oft auf Reisen, aber ich wollte einen Ort haben, an den ich meine Opfer auch dann bringen konnte, wenn sie zu Hause war.

Als wir am Ziel waren, trug ich die Prinzessin aus dem Auto in den Keller. Ich hatte gerade einen Hypnosekurs besucht und beschloss, meine neu erworbenen Kenntnisse an ihr auszuprobieren. Ich würde sie hypnotisieren, damit sie sich nicht an das erinnerte, was sie heute noch erleben sollte.

Ich holte eine alte Taschenuhr aus der Anzugjacke, hielt sie an der Kette fest und ließ sie vor den Augen der Prinzessin pendeln.

»Folge der Uhr mit den Augen, dann geht es dir gut«, befahl ich.

Die Prinzessin gehorchte brav. Schon nach kurzer Zeit stand sie unter Hypnose.

Jetzt wisst ihr alles, aber ich habe euch immerhin ganz schön lange an der Nase herumgeführt.

Clarissa hatte keine Ahnung.

Ich war allerdings auch extrem vorsichtig gewesen. Ich wurde ja nicht gefasst, obwohl ich im Lauf der Jahre mehrere Opfer hatte.

Doch jetzt drohte die Prinzessin meine Pläne zu durchkreuzen.

Ein Teil von mir erkannte sie sofort, als sie zum ersten Mal in Clarissas Praxis kam und ich sie vom Fenster meines Arbeitszimmers aus sah.

Aber auch wenn ich sie nicht erkannt hätte, hätten die Bilder alles verraten.

Es war kaum zu glauben, dass sie sie schon als Zehnjährige gezeichnet hatte.

Die Prinzessin wäre in meinen Händen schon einmal beinahe zu Tode gekommen. Damals hatte ich sie aus purer Gutmütigkeit verschont. Nun tauchte sie erneut in meinem Leben auf wie ein Springteufel, der nicht in seiner Schachtel bleiben will.

Ich konnte die Sache nicht auf sich beruhen lassen.

Warum hatte die Prinzessin Clarissas Praxis aufgesucht? War es reiner Zufall?

Quatsch! Sie führte etwas im Schilde.

Ich musste herausfinden, was.

Es war nur eine Frage der Zeit, bis die Prinzessin Clarissa erzählen würde, dass ich ihr Leben ruiniert hatte. Wann würde Clarissa begreifen, dass die Prinzessin kein Interesse an einer Therapie hatte, sondern nur in ihre Praxis gekommen war, um mich auffliegen zu lassen?

Vorübergehend geriet ich in Panik, überzeugt, dass ich nun doch erwischt würde. Ich wollte die Verantwortung für meine Taten nicht tragen müssen.

Einige Zeit war verstrichen, ohne dass die Prinzessin etwas unternommen hätte.

Ich wurde immer nervöser. Warum hatte sie Clarissa meine Schuld noch nicht enthüllt?

Nachdem ich länger darüber nachgedacht hatte, verstand ich, worum es ging. Die Prinzessin hatte einen überdurchschnittlich guten Sinn für Psychologie. Statt gleich bei der ersten Sitzung alles auszuposaunen, wollte sie Clarissa zuerst weichklopfen.

Ein kluger Schachzug. Hätte die Prinzessin die Sache sofort zur Sprache gebracht, hätte Clarissa ihr wahrscheinlich nicht geglaubt, sondern die Behauptung als Hirngespinst eines verwirrten Menschen eingestuft. Die Taktik der Prinzessin sah stattdessen vor, Clarissa nach und nach um den kleinen Finger zu wickeln. Die Prinzessin wollte erst von dem Ereignis erzählen, wenn sie Clarissa in ihren Bann gezogen hatte.

Das war mir nur recht.

Es verschaffte mir einen Aufschub.

Aber ganz gleich, welchen Plan die Prinzessin verfolgte, ich musste reagieren. Ich konnte mich nicht darauf verlassen, dass sie schweigen würde.

Es gab nur einen Weg, ihr Schweigen zu sichern.

Clarissa und ich mussten die Prinzessin loswerden.

Gemeinsam.

IRA

An jenem Samstagmorgen weckte mich das Signal für eine Textnachricht. Ich erinnerte mich nicht, wann mir zuletzt jemand eine SMS geschickt hatte. Zu meiner Überraschung kam sie von meiner Therapeutin.

Sie bat mich, zu ihr zu kommen, sobald ich die Nachricht bekommen hatte.

Ich wunderte mich. Was konnte so dringend sein, dass ich sofort bei ihr aufkreuzen musste?

Ich beschloss, ihr eine SMS zu schicken und zu fragen, worum es ging. Sie antwortete nicht. Ich rief bei ihr an, aber sie meldete sich nicht und rief auch nicht zurück. Nachdem ich eine Stunde vergeblich gewartet hatte, rief ich erneut an. Der Anschluss war nicht zu erreichen.

Die Neugier siegte. Ich machte mich auf den Weg zu meiner Therapeutin.

Ich hatte keine Ahnung, was sie von mir wollte, ahnte aber auch nichts Böses.

Während der Busfahrt rätselte ich, worum es wohl ging. Glaubte meine Therapeutin, sie hätte bei meiner Behandlung so etwas wie einen Durchbruch erzielt? Was immer es war, ich fragte mich, warum die Angelegenheit nicht bis zu unserem nächsten Treffen warten konnte.

Von der Bushaltestelle ging ich zum Haus meiner Therapeutin. Es erinnerte an das Lebkuchenhaus der bösen Hexe im Märchen. Hätte ich es als Kind gesehen, hätte ich bestimmt ein Stück von der Ecke abbrechen und kosten wollen, ob es so gut schmeckte wie die Lebkuchen, die mein Vater zu Weihnachten backte. Ich erinnere mich nicht, wie das Märchen ausging. Ich weiß nur noch, dass jemand in den Ofen gestoßen wurde und im Feuer verbrannte.

Aber war es die Hexe oder Hänsel oder Gretel?

Es gibt Momente im Leben, in denen das Schicksal sich im letzten Augenblick wendet. Ich klingelte mehrmals. Niemand öffnete mir. Ich war schon im Begriff, aufzugeben und nach Hause zurückzukehren.

Wie würde es meiner Therapeutin jetzt gehen, wenn ich kehrtgemacht hätte? Daran wage ich nicht einmal zu denken. Aber das Schicksal, oder was auch immer uns hier leitet, entschied anders.

Wir beide sollten noch viel länger und viel mehr leiden.

IRA

Vielleicht ist es an der Zeit, dass ihr endlich die Wahrheit erfahrt. Von dem, was ich euch früher erzählt habe, ist eigentlich nichts wahr. Bis auf den Käfig und den Scheißkerl.

All die Morde, von denen ich euch erzählt habe. Ich war nicht schuldig.

Und trotzdem war ich schuldig.

Ich erinnere mich an meine erste Zwangsvorstellung. Ich war zehn Jahre alt und eine Woche zuvor vom Scheißkerl entführt worden. Meine Eltern – meine Mutter Marja und mein Vater Arto – und ich saßen auf dem Sofa und sahen uns die Nachrichten an. Ich hörte allerdings kaum hin. Ich wollte nur neben meinen Eltern sitzen, in Sicherheit. Zwar konnte ich ihnen nicht erzählen, was ich erlebt hatte, aber ich durfte immerhin in ihrer Nähe sein.

Ich hatte ständig Flashbacks von den Ereignissen im Käfig. Sie ließen mich nur in Ruhe, wenn ich mit meinen Eltern zusammen war. Als hätte mein unreifer kindlicher Verstand noch nicht begriffen, dass sie nicht fähig waren, mich zu beschützen.

Der Nachrichtensprecher betete die Börsenkurse herunter. Als er mit der Litanei fertig war, ging er zum nächsten Thema über. Er setzte eine mitfühlende Miene auf und begann: »Der sexuelle Missbrauch an Kindern ist ...« Weiter kam er nicht, denn mein Vater wechselte den Sender.

Und da fuhr mir der Gedanke durch den Kopf.

Was, wenn ich einen Hammer nehmen und meinem Vater den Schädel spalten würde?

Die Vorstellung erschreckte mich zutiefst. Wie kann ich so etwas Krankhaftes denken? Noch dazu über meinen eigenen, geliebten Vater? Verliere ich den Verstand, oder habe ich ihn schon verloren?

Ich versuchte, den Gedanken zu verdrängen, schaffte es aber nicht.

Vater. Schädel. Hammer. Vater. Schädel. Hammer. Vater. Schädel. Hammer.

Ich sah mich das Garagentor aufmachen. Vaters Werkzeugkasten öffnen. Nach dem Hammer greifen. Langsam zum Schlafzimmer meiner Eltern gehen. Die Tür öffnen. Sah meine Eltern schlafend im Bett liegen. Sah mich ans Bett schleichen. Meinem Vater den Hammer auf den Kopf schlagen. Hörte den Schädel zerspringen.

Ich sah das Blut auf das Laken fließen.

Der Anblick war unerträglich.

Das konnte nicht mein Gedanke sein!

Aber wessen Gedanke war es, wenn nicht meiner? Es konnte doch niemand seine Gedanken in meinen Kopf verpflanzen.

Der nächste Gedanke war noch entsetzlicher. Was, wenn ich durchdrehen und es tun würde, obwohl ich es gar nicht wollte? Was, wenn irgendeine Macht die Herrschaft über mich gewinnen und mich zwingen würde, es zu tun? Wenn Satan meinen Körper in seine Gewalt brachte? Wenn ich nur noch stumm um Hilfe rufen könnte und niemand mich hörte? Und wenn mein Vater in der Blutlache lag, würde man mich als seine Mörderin anklagen, obwohl ich keine Macht über mich hatte.

All diese Gedanken gingen mir innerhalb weniger Minuten oder eher Sekunden durch den Kopf. Die Beklemmung drohte mich zu ersticken.

Ich stand so schnell vom Sofa auf, dass der Zeitungsstapel vom Couchtisch auf den Boden fiel. Mein Vater begann, die Zeitungen aufzusammeln. Sein kahl werdender Kopf streckte sich direkt unter meine rechte Hand.

Ich legte die Hand auf den Kopf meines Vaters und streichelte seine dünnen Haare.

Mein Vater drehte den Kopf und sah mich verwundert an. Ich erinnerte mich nicht, wann wir uns zuletzt berührt hatten. Ich flüchtete mich in mein Zimmer.

Von den nächsten Wochen ist mir nur eins in Erinnerung geblieben: die Zwangsvorstellungen. Je mehr ich versuchte, sie abzuwehren, desto mehr Raum beanspruchten sie.

Ich ging meinem Vater so weit wie möglich aus dem Weg, damit ich ihm nur ja nichts antat. Unsere Familie hatte jedoch die Angewohnheit, gemeinsam zu Abend zu essen, und meine Eltern erlaubten mir nicht, mich davor zu drücken. Mein Vater blätterte beim Essen in der Tageszeitung und bemerkte mein seltsames Verhalten nicht. In Gedanken tötete ich ihn, indem ich sein Essen vergiftete oder ihm die Bratpfanne auf den Kopf schlug. Meistens jedoch mit dem Hammer.

Meinen Eltern konnte ich nichts von meinen Zwangsvorstellungen erzählen. Ich war mir sicher, dass sie mich in eine psychiatrische Klinik eingeliefert hätten.

Ich glaubte, dass ich gefährlich war. Man hätte mich tatsächlich einsperren sollen. Wer fürchtet sich denn so vor sich selbst, dass er nicht einmal mit seinem eigenen Vater im selben Zimmer sein kann?

Wenn ich vernünftig darüber nachdachte, begriff ich, dass diese Vorstellungen unsinnig waren. Aber für mich war das die Wirklichkeit. Ich wusste, dass ich nicht die geringste Absicht hatte, meinen Vater zu töten, doch deswegen hatte ich nicht weniger Angst davor.

Ich wollte wenigstens für eine kleine Weile einfach nur sein, ohne dass der krankhafte Horrorfilm in meinem Kopf ablief. Dann stieß ich auf etwas, das mir half – allerdings nur für eine kleine Weile.

Immer wenn mir eine gewalttätige Zwangsvorstellung durch den Kopf ging, bat ich in Gedanken um Verzeihung. Bald genügte eine Entschuldigung nicht mehr, sondern ich musste für jede dieser Visionen dreimal um Vergebung bitten. Dann fünfmal und so weiter. Ich konnte mich auf nichts konzentrieren, weil meine ganze Zeit dafür draufging, die Zwangsvorstellungen auszuhalten und mich für sie zu entschuldigen.

Dadurch versank ich immer tiefer im magischen Denken. Wenn ich etwas falsch machte, würde mein Vater sterben, aber wenn ich das Richtige tat, dürfte er leben. Wenn ich meine Hausaufgaben in Mathematik nicht schaffte, bekäme mein Vater einen Herzinfarkt. Wenn ich im Treppenhaus nur auf jede zweite Stufe trat, würde sein Leben verschont. Als auch das magische Denken nicht mehr half, schritt meine Krankheit fort. Nun äußerte sie sich in Zwangshandlungen. Wieder und wieder vergewisserte ich mich, dass ich nicht vergessen hatte, die Wohnungstür zu schließen oder die Herdplatte auszuschalten.

Half das? Nein, aber ich konnte nicht anders. Ich wiederholte meine Rituale sklavisch ein ums andere Mal, doch dadurch ging es mir nicht besser.

Alles hatte mit dem Hammer angefangen.

Ich hatte Angst, aber ich wusste, dass mir keine Alternative blieb.

Noch am Garagentor zögerte ich. Würde ich wirklich dazu fähig sein?

Ich wusste, wo mein Vater seinen Werkzeugkasten aufbewahrte.

Meine Finger waren so nass vom Schweiß, dass es mir kaum gelingen wollte, den Verschluss zu öffnen. Als ich nach dem Hammer griff, hätte ich mich beinahe übergeben.

Ich begreife immer noch nicht, wie ich mit der Aufgabe fertigwurde. Der Hammer lag schwer wie Blei in meiner Hand, als ich mit ihm aus der Garage schlüpfte.

Schon vorher hatte ich im nahen Wald ein Loch gegraben. Ich warf den Hammer hinein und begrub ihn. Nun würde ich meinen Vater nicht mehr mit dem Hammer töten können.

Jedenfalls nicht mit diesem Hammer.

Nach der Aktion saß ich in meinem Zimmer auf dem Fußboden und erkannte, dass ich keine Ruhe finden würde. Den Hammer zu verstecken genügte nicht – vielleicht war es sogar ein Fehler gewesen. Wie erstarrt saß ich da und wartete auf ein Zeichen des Universums.

Plötzlich wusste ich mit Sicherheit, was ich tun musste.

Ich stand auf und eilte in den Keller. Vor lauter Angst, im letzten Moment zu kneifen, rannte ich die Kellertreppe hinunter und machte nicht einmal Licht. Blindlings schaffte ich es nach unten.

Vor dem Puppenhaus blieb ich stehen und sagte laut: »Das hilft.«

Dann tastete ich die Puppen einzeln ab, bis ich die gesuchte fand, nahm sie mit und ging in die Garage. An der Wand über dem Werkzeugkasten hing eine Säge.

Ich sägte der Puppe, die meinen Vater darstellte, den Kopf ab.

CLARISSA

Der Wirklichkeitssinn eines Menschen, der an einer generalisierten Angststörung leidet, ist nicht beeinträchtigt. Der Betroffene hat keine Halluzinationen. Er ist also sozusagen bei Verstand. Wer an der generalisierten Angststörung erkrankt ist, hält sich für verrückt, obwohl er ganz normal ist.

Zwangsvorstellungen lassen sich gut durch das bekannte Gedankenspiel vom rosa Elefanten illustrieren. Wenn man jemandem sagt, dass er nicht an einen rosa Elefanten denken darf, kann er an nichts anderes mehr denken.

Probiert es aus!

Zwangsvorstellungen funktionieren auf die gleiche Art. Es ist unmöglich, sie abzuwehren.

Im Wörterbuch sollte bei dem Begriff »Generalisierte Angststörung« (GAD = Generalized Anxiety Disorder) ein Foto von Woody Allen abgebildet werden. Denkt nur an die Gestalten, die Allen in seinen Filmen spielt. Neurotiker, die sich vor absolut allem fürchten. Was, wenn ich an der Mandel im Brei ersticke? Was, wenn mir ein Asteroid auf den Kopf fällt? Was, wenn die Welt untergeht?

Allens Filme sind Komödien. Deshalb werden in ihnen die schlimmsten Ängste derjenigen, die an der Störung leiden, nicht laut ausgesprochen. Was, wenn ich verrückt werde und mich selbst umbringe? Den erstbesten Passanten? Meine Eltern?

Mein eigenes Kind?

Freunde und Angehörige können sich den Versuch sparen, den Leidenden zu beruhigen.

»*Du wirst nicht verrückt und tust keinem etwas an.*«

»*Das weiß ich doch selbst!*«

Und trotzdem: was, wenn …

IRA

In den ersten Monaten nach dem Käfig lernte ich, dass man sich auf nichts verlassen kann. Es kam mir vor, als wäre ich gespalten: in mein früheres gutes Ich und mein jetziges böses Ich, das in meinem Inneren immer mehr Raum einnahm.

Ich fand keinen Weg, meine Traumata zu verarbeiten und mit meinen Reaktionen darauf zurechtzukommen.

Und niemand half mir.

Als unsere Lehrerin im Biologieunterricht über die Pubertät und die Entwicklung der Persönlichkeit sprach, dachte ich, die Pubertät wäre die Ursache meines Problems. Als Kind war ich gut, doch das war nicht meine wahre Natur gewesen. Meine wahre Persönlichkeit begann erst jetzt in der Pubertät hervorzutreten.

Ich war also im Grunde böse.

Wenn einem Erwachsenen etwas Schlimmes passiert, fragt er: »Warum gerade ich?«

Ein Kind ist überzeugt, dass der Grund für alles Schlimme ausschließlich bei ihm selbst liegt.

Ich wurde ganz allein gelassen.

Ich konnte mit keinem Erwachsenen sprechen. Ich hatte ja nicht einmal Worte für das, was passiert war.

Meine Einsamkeit war total. Ich entfernte mich nach und nach von den anderen Menschen und schließlich von der ganzen Menschheit.

Was in dem Käfig geschehen war, befleckte alles, was ich erlebte. Es löschte alle schönen Erinnerungen aus meinem Gedächtnis. Wenn ich versuchte, sie wiederzufinden, kamen mir nur Streiflichter aus dem Keller in den Sinn.

Ich glaubte, dass ich nichts Gutes mehr verdiente.

Der Scheißkerl hatte in meine Seele geblickt. Anderen Menschen hatte ich Sand in die Augen streuen können, aber ihm nicht. Er konnte mich mit seinen schwarzen Fingern anfassen, weil er wusste, dass ich so schmutzig war, dass keine Fingerabdrücke zurückblieben.

Im Nachhinein ist offensichtlich, dass ich auf meine Eltern wütend war. Sie erkannten meine Not nicht und reagierten nicht darauf. Ich konnte mir jedoch nicht erlauben, sie zu hassen. Ich hatte nur sie, durfte also nicht das Risiko eingehen, sie zu verlieren.

Folglich verwandelte sich mein Hass in Zwangsvorstellungen.

Hass hätte die Luft gereinigt. Stattdessen empfand ich nur Beklemmung und Schuld.

Wusste der Scheißkerl, was er mir antat? Wusste er, dass er mein Leben in Fetzen riss? War ich für ihn nur ein Spielzeug, an dem er einen Tag lang sein Vergnügen hatte, bevor er es wegwarf? Hatte er danach auch nur einen Gedanken an mich verschwendet? Würde er mein Gesicht wiedererkennen, wenn ich ihm auf der Straße begegnete?

Und das Allerschlimmste: Was, wenn ich nicht sein einziges Opfer war?

IRA

Ich besitze Hunderte von Zeitungsausschnitten über meine Gewalttaten. Ich habe sie exakt nach der Art des Verbrechens sortiert und in Mappen abgeheftet. Körperverletzungen sind besonders zahlreich, drei Mappen. Auch die Morde füllen eine dicke Mappe.

Die ältesten Ausschnitte sind schon vergilbt. Der Ausschnitt, der über meinen ersten Mord berichtet, ist im Lauf der Zeit fast unleserlich geworden. Das macht nichts, denn ich erinnere mich immer noch an jedes Wort.

Ich begann, die Ausschnitte zu sammeln, als ich 14 war. Seit dem Moment, als der Scheißkerl mich aus dem Käfig ließ, waren auf den Tag vier Jahre vergangen. Ja, ich zählte immer noch die Tage.

Bis dahin hatte ich in der Zeitung nur die Comics gelesen. Nun griff ich gezwungenermaßen nach den *Helsinkier Nachrichten*, denn ich hatte von meiner Finnischlehrerin die Hausaufgabe bekommen, in der Zeitung eine Nachricht zu suchen, die mich interessierte und die ich in der nächsten Stunde analysieren wollte.

Verdrossen blätterte ich in der Zeitung und versuchte, mich auf die Überschriften zu konzentrieren. Eine war langweiliger als die andere. Politik, Budgets, Bürokratie, Firmenverkäufe. Manche verstand ich nicht einmal. Die meisten übersprang ich schon nach dem ersten Wort.

Plötzlich sprang mir eine Überschrift ins Auge, die mich innehalten ließ. »Mann in Salo vermisst.« In dem Bericht hieß es, der Baggerfahrer Martti-Kalervo Katveenluoma aus der Stadt Salo werde vermisst. Mir schoss ein Gedanke durch den Kopf, der mich auffahren ließ.

Hatte ich Martti-Kalervo Katveenluoma getötet?

Ich lebte bereits seit vier Jahren mit meinen Zwangsvorstellungen. Inzwischen verstand ich ihre Logik – wenn man dieses Wort bei einer so vernunftwidrigen Angelegenheit verwenden kann. Ich wusste, dass die Zwangsvorstellungen nicht der Realität entsprachen.

Ich hatte weder Martti-Kalervo Katveenluoma noch irgendeinen anderen Menschen getötet. Trotzdem packte mich panisches Grauen bei dem Gedanken, dass ich ihn getötet hätte.

Vernunft und Gefühl rangen miteinander, doch das Gefühl besiegte den Verstand haushoch.

Ich versuchte, mir zu versichern, dass ich den Mord an Katveenluoma nicht begangen haben konnte. Ich hatte nie von dem Mann gehört, geschweige denn, dass ich ihn gekannt hätte. Ich wusste nicht einmal, wie er aussah, denn zu dem kurzen Bericht gehörte kein Foto. Ich war noch nie in Salo gewesen. Ich hatte keinen Grund, Katveenluoma zu töten. Und so weiter.

Kein vernünftiges Argument konnte meine Angst zügeln. Ich wusste, dass ich mit Katveenluomas Verschwinden nichts zu tun hatte, war aber dennoch überzeugt, dass ich ihn ermordet hatte.

In dieser Nacht konnte ich vor Beklemmungen kaum schlafen. Im Traum tötete ich Katveenluoma mal mit einem Messer, mal mit einer Schrotflinte. Am Morgen wurde ich davon wach, dass jemand an meine Zimmertür klopfte. Mein letzter Traum ging mir noch durch den Kopf. Katveenluoma stand vor mir und flehte um Gnade.

Das Klopfen hielt an. Ich war mir sicher, dass die Polizei vor der Tür stand. Man war mir auf die Spur gekommen und würde mich ins Gefängnis stecken. Als ich öffnete, stand da jedoch meine Mutter, die gekommen war, um mich zu wecken. Ich schloss die Tür, lief zu meinem Schreibtisch und verleibte mir die Nachricht noch einmal ein.

Am vorigen Abend hatte ich sie so oft gelesen, dass ich sie schon auswendig kannte. Trotzdem musste ich sie sofort noch einmal lesen, weil mich eine neue Zwangsvorstellung überfallen hatte, die mir keine Ruhe ließ: In der Nachricht wurde mein Name genannt.

»Die Polizei fahndet nach Martti-Kalervo Katveenluomas Mörderin Ira Haaleajärvi.«

Die Nachricht hatte sich über Nacht natürlich nicht verändert.

Bald hatte ich meiner Meinung nach alle möglichen Gewalttaten begangen. Körperverletzung, Totschlag und Mord. Ich bildete mir ein, ich hätte einen Jogger in Tampere ermordet, am selben Morgen, an dem ich in einem Restaurant in Keuruu einen Barmixer erschossen hatte. Ich machte mich ständig neuer Gewalttaten schuldig, unabhängig davon, wo ich war oder was ich tat.

Jeder Moment meines Lebens verwandelte sich unausweichlich in eine Vergangenheit, die ich bereuen musste.

Schuldgefühl, Schuldgefühl, Schuldgefühl.

Nichts konnte mich davon überzeugen, dass ich unschuldig war. Glaubt mir, ich tat mein Bestes. Jeder Morgen begann für mich auf die gleiche Art. Ich schlug die Zeitung auf und suchte nach Berichten über meine Verbrechen. An ein und demselben Tag hatte es oft sowohl in Lappland als auch in Südfinnland einen tätlichen Angriff gegeben. Natürlich konnte ich nicht gleichzeitig an zwei Orten gewesen sein, doch ich schaffte es nicht einmal, mich *davon* zu überzeugen.

Ich glaubte, für alle Gewaltverbrechen verantwortlich zu sein, die seit April 2009 in Finnland begangen wurden. Jede einschlägige Nachricht versetzte mich in totale Panik.

Trotzdem musste ich die Zeitung aufschlagen, sobald sie durch den Briefschlitz fiel, und nach einem neuen Grund für mein pausenlos schreiendes Schuldgefühl suchen.

Mit 18 zog ich von zu Hause aus und wurde sofort zur Einsiedlerin. Ich wollte nicht unter Menschen gehen, damit ich nur ja nicht von einem gewalttätigen Impuls gepackt wurde und irgendeinen Pechvogel, der mir zufällig über den Weg lief, misshandelte oder tötete.

Schließlich verließ ich die Wohnung nur noch, wenn ich unbedingt einkaufen musste. Auch diese kurzen Ausflüge wurden immer bedrückender. Keiner der Menschen, denen ich begegnete, ahnte, was für schreckliche Dinge ich ihm antun konnte. Sie gingen auf der Straße an mir vorbei, ohne zu wissen, dass ich die emsigste Serienmörderin Finnlands war. Sie legten ihr Leben in meine Hände und begriffen nicht, dass es in Gefahr war.

Ihr irrt euch, wenn ihr glaubt, dass man sich an Zwangsvorstellungen gewöhnen kann. Sie sind an jedem neuen Tag so beängstigend wie am vorigen. Einige davon beherrschen mich schon seit Jahren. Meine erste Zwangsvorstellung – dass ich meinen Vater töten würde – quält mich immer noch täglich.

Der einzige Weg, sie unter Kontrolle zu halten, besteht darin, mich nicht mit ihm zu treffen.

In gewisser Weise war es eine Erleichterung für mich, dass meine Mutter an Krebs starb, als ich 14 war. Nun brauchte ich nicht mehr zu befürchten, ihr etwas anzutun. Eine Zwangsvorstellung weniger. Allerdings bereitet mir die Erleichterung ein höllisches Schuldgefühl.

Ich geißelte mich ständig. Die ab und zu erwachende Stimme der Vernunft piepste, ich hätte nie etwas getan, wofür ich mich schuldig fühlen müsste. Das Schuldgefühl trampelte sie nieder. Tagsüber folterte und mordete ich im Geiste, nachts tauchten diese Taten in meinen Albträumen wieder auf. Ich konnte meinen Gedanken nicht entfliehen.

Nach meinem ersten Selbstmordversuch mit 14 Jahren erwachte ich in der jugendpsychiatrischen Abteilung der psychiatrischen Klinik. Dort durfte ich mich ausruhen. Ich musste nicht um jeden Preis die Gesunde spielen, sondern durfte einfach nur sein. Zwei Monate später hockte ich wieder in meinem Zimmer und schlachtete in Gedanken die Menschen ab, die an meinem Fenster vorbeigingen.

Die Jahre vergingen, nichts änderte sich. Manchmal war ich so kaputt, dass ich mich zum psychiatrischen Bereitschaftsdienst schleppte. Man nahm mich jedoch nicht in die Klinik auf, denn ich war ja keine Gefahr für andere und nicht einmal für mich selbst. Verbissen ging ich wieder und wieder zum Bereitschaftsdienst, und die diensthabenden Psychiater schickten mich wieder und wieder nach Hause.

IRA

Ich suchte lange nach dem Scheißkerl. Wenn man das als Suche bezeichnen kann, denn ich hatte nicht den geringsten Anhaltspunkt. Zehn Jahre ging das so, aber ich gab nicht auf, obwohl ich wusste, dass mein Vorhaben vermutlich aussichtslos war. Zwar war ich zu Anfang noch ein kleines Kind, doch schon da begriff ich, dass ich in meinem Leben nicht vorwärtskommen würde, bevor ich die Sache erledigt hatte.

Es war kein Beschluss, und es hatte auch keinerlei ethische Überlegungen gegeben. Würde ich, wenn ich den Scheißkerl tötete, auf dasselbe Niveau sinken wie er? Wäre ich danach ein anderer Mensch? Würde meine Moral oder mein Gewissen Schaden leiden? Wäre ich danach verdorben? Korrupt, unmoralisch, verrottet? Oder doch eine Heldin? Die Retterin kleiner Kinder? Oder ein völlig anderer Mensch, unwiderruflich verändert? Oder wäre ich gar kein Mensch mehr? Sondern ein Tier? Von derselben Art wie der Scheißkerl selbst? Könnte mir irgendwer meine Tat vergeben? Sie vielleicht sogar verstehen?

Solche theoretischen Überlegungen konnte ich mir nicht leisten. Wann immer ich über diesen Fragen brütete, gäbe ich dem

Scheißkerl Gelegenheit, sich ein neues Opfer zu suchen. Mochten andere meine Tat deuten, wie sie wollten, und mich nach ihrer eigenen Moral beurteilen. Mir blieb keine andere Wahl, als zu handeln.

Anfangs stocherte ich blindlings herum. Ja, ich war ja tatsächlich noch ein kleines Kind. Ich wusste nicht, wie der Scheißkerl hieß, und hatte keine anderen Beweise für seine Existenz als meine Zeichnungen. Aber Kobolde und Drachen gab es schließlich auch nicht, obwohl ich sie gern malte. Warum hätte ich meine Zeichnungen irgendwem zeigen sollen? Wer hätte mir geglaubt?

Ich wusste nicht, wo ich anfangen sollte. Ich erinnerte mich, wie der Scheißkerl aussah und wie es in seinem Keller war, aber das war auch alles. Der Scheißkerl hatte mich beim Tivoli zu seinem Auto gelockt, doch ich erinnerte mich nicht an die Farbe des Wagens. Er hatte mich auf die Rückbank gestoßen und eine Plane mit Tarnmuster über mich geworfen. Die Rückbank war von weißen Flecken übersät. Sie sahen aus, als hätte der Däumling oder irgendein anderes winziges Wesen immer wieder auf das Polster gekotzt.

Zum ersten Mal in meinem Leben nahm ich Zuflucht zum magischen Denken. Wenn ich reglos unter der Plane lag und keinen Mucks von mir gab, würde alles gut ausgehen. Ich bemühte mich, exakt da zu bleiben, wohin der Scheißkerl mich gestoßen hatte. Das war allerdings schwierig, denn der Scheißkerl war ein unberechenbarer Fahrer. Er nahm manche Kurven so schnell, dass das Heck des Wagens ausbrach, und machte gefährliche Vollbremsungen.

Es kümmerte ihn offenbar nicht, dass er andere Fahrer und mich in Gefahr brachte, dabei gefährdete er genauso seine eigene Sicherheit. Und er schien auch nicht zu bedenken, dass er der Verkehrspolizei auffallen könnte.

Ich merkte, dass die Plane ein Loch hatte, bemühte mich aber, nicht hinzuschauen. Ich dachte, solange ich nichts sah und hörte, könnte mir nichts Schlimmes geschehen. Vorsichtshalber schloss ich die Augen, um nur ja keinen Blick auf die vorbeifliegende Landschaft zu erhaschen. Ich hatte also keine Ahnung, wohin wir fuhren.

Der Scheißkerl schob eine Kassette in den Rekorder, und gleich darauf dröhnten hinter mir die Lautsprecher. Vor Schreck riss ich die Augen auf. Durch das Loch in der Plane sah ich, dass auf dem Boden eine einzelne rosa Paillette schimmerte. Meine beste Freundin Ella hatte ein T-Shirt mit Pailletten in derselben Farbe. Auf dem T-Shirt trug Pu der Bär einen Sonnenhut, der mit Pailletten verziert war. Ich stellte mir vor, dass Ella neben mir lag und meine Hand drückte. Neben der Paillette lag ein schmuddeliges Passfoto. Eine schöne Frau, die mich liebevoll anlächelte.

Vielleicht war doch alles gut?

Ich schob die Hand durch das Loch in der Plane, hob das Foto auf und steckte es in die Tasche.

Die Frau würde mich vor allem Bösen beschützen.

Auf der Kassette sang Britney Spears ihren Hit *Baby One More Time*. Der Scheißkerl sang mit, verstummte aber nach der ersten Strophe, als wäre ihm jetzt erst eingefallen, dass er Publikum hatte.

Im Lauf der Jahre kehrte ich immer wieder in die vertrauten Gegenden meiner Kindheit zurück, sosehr es mir auch widerstrebte. Der Gefühlssturm, der mich dabei jedes Mal überkam, war so heftig, dass es mir immer noch schwerfällt, meine Gefühle zu analysieren. Dort war alles passiert. Einerseits fürchtete ich, dem Scheißkerl zu begegnen, andererseits fürchtete ich, ihm nicht zu begegnen.

Je mehr Zeit verging, desto unwahrscheinlicher wurde es, dass ich meinen alten Feind aufspüren konnte. Die Hoffnung schwand zusehends, und die Verzweiflung gewann die Oberhand.

Dennoch lief ich den vertrauten Weg immer wieder ab. Mein Elternhaus. Der Sportplatz, auf dem das Tivoli stattfand. Der Parkplatz, auf dem der Scheißkerl mich auf die Rückbank seines Wagens gestoßen hatte. Das war die letzte Koordinate. Auf denselben Parkplatz hatte der Scheißkerl mich am Abend zurückgebracht.

Es ist ein wahres Wunder, dass es mir gelang, die Identität des Scheißkerls herauszufinden.

IRA

Ich wollte auf keine einzige Mordnachricht mehr stoßen, die mein Schuldgefühl geweckt hätte. Es war besser, nicht ins Internet zu gehen, keine Zeitungen zu lesen und nicht fernzusehen. Ich weiß nicht, was mich dazu brachte, den Fernseher, den mein Vater mir zu Weihnachten geschenkt hatte, ausgerechnet an dem Abend einzuschalten.

Der Zufall ist manchmal grotesk.

Clarissa Virtanen wurde beim Feminismus-Abend von *Studio A* als psychologische Expertin interviewt. Ihr Gesicht war mir immer noch vertraut, obwohl sie zehn Jahre älter aussah.

Das war die Frau, deren Passfoto ich im Auto des Scheißkerls eingesteckt hatte.

Das Foto besaß ich immer noch. Es lag im selben Schuhkarton wie meine Zeichnungen. Zehn Jahre hatte ich ihn nicht mehr angerührt, und es dauerte eine Weile, bis ich wagte, ihn zu öffnen. Ich nahm allen Mut zusammen und hob den Deckel. Obenauf lag das verblasste Passbild.

Eine bezaubernd schöne Frau.

Mein Schutzengel war Clarissa Virtanen.

Aber warum hatte der Scheißkerl ihr Foto gehabt?

Ich drehte das Foto um. Ich hatte mich richtig erinnert. Auf der Rückseite stand eine Widmung. »Meinem lieben Pekka!«

CLARISSA

Ich habe euch erzählt, dass Riku der letzte meiner Patienten war, der Selbstmord beging. Das tut mir leid, denn ganz so war es nicht.

Genau genommen war es ganz und gar nicht so.

Es ist jetzt einige Wochen her. Es war ein früher Sonntagmorgen. Pekka war zum Angeln nach Lappland gefahren, und ich war allein zu Hause. Es klingelte. An der Tür stand ein Teenager, den ich noch nie gesehen hatte.

Der Junge hatte einen grün gefärbten, nach hinten gekämmten Irokesenschnitt, und seine zerlumpte Jeansjacke war mit Buttons von Punkbands besteckt.

Sein wüstes Aussehen jagte mir Angst ein, doch ich bemühte mich, sie zu verbergen.

Der Junge schien zu überlegen, wer ich war.

»Ist dein Mann zu Hause?«

Ich kam nicht gegen meine Vorurteile an.

»Woher kennst du meinen Mann?«

»Das solltest du ihn fragen.«

Der Junge sah mich trotzig an. Er stank nach Schnaps und Zigaretten. Ich ekelte mich.

»Pekka ist nicht da, also frage ich dich.«

Meine Stimme war barsch geworden.

»Scheiße, wenn's dich interessiert, sag ich es dir eben«, brüllte der Junge.

Ich zuckte erschrocken zusammen.

»Du solltest wissen, mit wem du verheiratet bist. Dein Mann ist pädophil. Er hat mich letztes Wochenende vergewaltigt.«

Ich reagierte so schnell, dass ich gar nicht ganz begriff, was ich tat. Ich packte den Jungen am Ärmel, zog ihn ins Haus und schlug die Tür zu.

Unsere Nachbarn sollten derartige Lügen nicht hören.

»Was willst du?«, fauchte ich wütend.

»Geld. Dein Alter soll blechen. Aber wenn Pekka nicht hier ist, darfst du für ihn bezahlen. Fünf Hunderter auf die Hand, oder ich zeige ihn an.«

Der Junge ballte die rechte Hand zur Faust. Würde er mich schlagen, wenn ich mich weigerte?

Fünfhundert Euro waren für einen Teenager viel Geld, ich dagegen hätte die Scheine sofort aus der Brieftasche holen können. Aber ich war mir sicher, dass die Erpressung damit nicht geendet hätte. Er konnte jederzeit auftauchen und die nächste Zahlung fordern, und dann würde er womöglich eine höhere Summe verlangen. Pekka und ich würden ihn unser Leben lang bezahlen müssen.

Ich hatte nie gehört, dass Jugendliche versucht hätten, mit fingierten Pädophilie-Bezichtigungen Geld von Erwachsenen zu erpressen. Vielleicht hatte der Junge mitbekommen, dass ich in den Medien über sexuellen Missbrauch sprach, und geglaubt, ich würde mich leicht übers Ohr hauen lassen, da ich ja beruflich auf der Seite der Missbrauchsopfer stand.

Aber woher kannte er Pekkas Namen? Nein, er hatte ihn ja gar nicht gekannt. Er hatte gefragt, ob *mein Mann* zu Hause sei.

Da ich nicht wusste, wie ich den Jungen loswerden sollte, musste ich improvisieren.

»Ich habe leider gar kein Bargeld. Könntest du in einer Stunde wiederkommen? Dann gehe ich inzwischen zum Bankautomaten.«

Der Junge nickte und flitzte wie geschmiert aus dem Haus. Ich zog mich in meine Praxis zurück, um die Einzelheiten meines Plans auszuarbeiten. Ich war mir sicher, dass die Anschuldigung des Jungen völlig aus der Luft gegriffen war. Pekka und ich waren seit mehr als zwanzig Jahren zusammen. Ich kannte meinen Ehemann so gut, dass nichts, was er sagte oder tat, mich überraschen konnte.

Ich war die angesehenste Autorität für sexuelle Gewalt und Missbrauch in ganz Finnland. Natürlich hätte ich es als Erste gemerkt, wenn Pekka pädophil gewesen wäre!

Ich war überzeugt, dass der Junge log und Pekka unschuldig war. Aber wenn jemand die Vorwürfe ernst nahm? Wenn die Sache vor Gericht käme und Pekka freigesprochen würde, wäre es zu spät. Pekkas Ruf wäre ruiniert.

Und wie stand es um meine Glaubwürdigkeit, wenn Pekka als pädophil abgestempelt würde? Mit meiner Karriere wäre es aus.

IRA

Von einem Mord zu fantasieren ist etwas anderes, als ihn zu planen. Ich saß auf dem Sofa, und meine Hände zitterten unkontrollierbar. Schon nach kurzer Zeit wusste ich, wie ich mich dem Scheißkerl möglichst unverfänglich annähern konnte. Ich würde mich bei seiner Frau als Patientin anmelden!

Der Scheißkerl war mir viele Kilometer voraus gewesen. Aber jetzt würde ich ihn einholen. Er würde mich garantiert nicht erkennen. Als Kind war ich stark übergewichtig gewesen. Ich hatte dichte blonde Haare und eine braun gebrannte Haut gehabt. Heute war ich mager und leichenblass und hatte meine dünnen Haare schwarz gefärbt. Nicht einmal ich selbst erkannte mich auf meinen Kinderfotos. Wie sollte der Scheißkerl mich mit dem kleinen Mädchen in Verbindung bringen, das er vor zehn Jahren in seinen Keller gesperrt hatte?

Meine Gelegenheit war endlich gekommen, aber ich hatte Angst, dass ich womöglich nicht fähig war, sie zu ergreifen. Der Scheißkerl hatte immer noch Macht über mich. Zum ersten Mal seit zehn Jahren war ich kurz davor aufzugeben.

Ich beschloss, über die Sache zu schlafen und mich erst am

nächsten Morgen zu entscheiden. Natürlich tat ich kein Auge zu. Am Morgen hatte ich meinen Entschluss gefasst.

Ich war bereit zu sterben.

Ich hatte mich in eine derartige Wut gesteigert, dass ich mich am liebsten sofort auf den Scheißkerl gestürzt hätte. Es gelang mir jedoch, meine Ungeduld zu zügeln. Ich hatte zehn Jahre warten müssen. Wieso hätte ich es jetzt eilig haben sollen? Ich konnte mir Zeit lassen.

Und zuschlagen, wenn der Scheißkerl es am wenigsten erwartete.

Mit zitterten Fingern tippte ich auf die Tasten und googelte den Namen seiner Frau. Ich konnte nicht glauben, was ich fand. Ganz Finnland bewunderte Clarissa. Sie war überall präsent: im Fernsehen, im Radio, in der Presse. Wie war es möglich, dass ich nicht früher auf sie aufmerksam geworden war?

Das lag natürlich an meiner Medienabstinenz.

Die Suchmaschine schlug mir ihre Homepage vor.

Clarissa Virtanen. Psychotherapeutin. Spezialgebiete: Psychische Störungen aufgrund sexueller Gewalt- und Missbrauchserfahrungen in der Kindheit.

Wie gelähmt starrte ich auf den Bildschirm. Dass ich weinte, merkte ich erst, als mein Blick auf die Tastatur fiel, auf die meine Tränen tropften.

CLARISSA

Nach einer Stunde wartete ich gespannt, ob der Junge Wort halten und zurückkommen würde. Als es klingelte und er an der Tür stand, spürte ich, dass er nervös war.

Ich reichte ihm fünf Hunderteuroscheine. Er nahm sie mir so schnell aus der Hand, dass sie beinahe zerrissen wären, und verschwand wieder blitzartig.

Ich wartete einen Moment und eilte ihm dann nach.

Der Junge fürchtete offenbar, ich könnte mich anders besinnen, denn er rannte davon. Ich setzte ihm nach, hielt aber genug Abstand, dass er mich nicht bemerkte. Nachdem wir einige Hundert Meter gelaufen waren, blieb er überraschend stehen. Ich versteckte mich schnell in dem nach Urin stinkenden Torweg eines Trödelladens und spähte vorsichtig zu ihm hin.

Er nahm den Rucksack ab, holte Handy und Kopfhörer heraus und ließ Musik laufen, so laut, dass ich die aggressiven ersten Takte des Songs *God Save the Queen* von den Sex Pistols hören konnte.

Dann ging der Junge weiter. Ich blieb ihm zäh auf den Fersen. Wie sich herausstellte, war sein Ziel der Hauptbahnhof. Dort nahm er die Rolltreppe zur U-Bahn-Station, und ich folgte ihm.

Der Junge stand wartend am Rand des Bahnsteigs, ohne sich um den Warnstreifen auf dem Boden zu scheren, den man nicht überschreiten darf.

Als hätte er sein Schicksal geahnt.

Es war so früh, dass auf dem Bahnsteig noch keine anderen Fahrgäste warteten.

Ich lief zu dem Jungen. Er hatte nicht gemerkt, dass ich ihm gefolgt war. Ich tauchte wie aus dem Nichts vor ihm auf. Er war so überrascht, dass er sich nicht zu verteidigen wusste. Ich zog ihn an mich und griff im Schutz meines Mantels nach seinen Armen, schwenkte ihn über die Bahnsteigkante, hielt ihn aber immer noch an den Armen fest.

Die U-Bahn raste aus dem Tunnel.

Ich ließ Rikus Arme los und rief um Hilfe.

Die Sicherheitskräfte brauchten eine Weile, um die Rolltreppe hinunterzulaufen. Als sie den Bahnsteig erreichten, war ich so hysterisch, dass ich am ganzen Leib zitterte. Sie alarmierten Polizisten, die Rikus Leiche vom Gleis hoben.

Ich betrachtete ihn noch ein letztes Mal, dann ging ich.

Am selben Nachmittag wurde ich zur Vernehmung vorgeladen. Die Polizisten hatten die Aufzeichnung der Überwachungskamera am Bahnsteig bereits überprüft. Ich hatte vor längerer Zeit an einem Selbstverteidigungskurs teilgenommen, für den Fall, dass einer meiner Patienten gewalttätig würde. Nun hatte ich meine Kenntnisse zum ersten Mal einsetzen können. Die Aufzeichnung vermittelte den Eindruck, dass Riku sich auf das Gleis werfen wollte und ich versuchte, ihn zu retten. Die Polizei hegte keinen Verdacht gegen mich. Wenn ich Riku umgebracht hätte, wäre ich wohl kaum auf dem Bahnsteig geblieben, bis der Wachdienst kam, umso weniger hätte ich ihn selbst herbeigerufen.

Die Polizistin, die mich vernahm, wollte lediglich wissen, woher der Tote und ich uns kannten. Ich sagte, Riku sei mein Patient gewesen. Bei der Vorladung hatte ich Rikus Namen erfahren und sofort ein Dokument aufgesetzt, das ich nun aus der Handtasche holte. Ich erklärte, da Riku minderjährig war, hätte ich ihn gebeten, sich von seinen Eltern schriftlich bestätigen zu lassen, dass er in meine Praxis kommen durfte. Falls die Polizei das Dokument Rikus Eltern zeigte und sie sagten, die Unterschriften seien gefälscht, würde ich mich darauf berufen können, dass Riku selbst sie gefälscht hatte, weil er seinen Eltern aus irgendeinem Grund verheimlichen wollte, dass er Hilfe bei mir gesucht hatte.

Die Polizei wusste natürlich, dass ich als Therapeutin der Schweigepflicht unterlag, doch da es sich um einen Todesfall handelte, wurde ich gebeten, einige Fragen zu beantworten.

Ich berichtete, dass Riku mich erst vor zwei Wochen um Hilfe gebeten hatte und erst zwei Mal in meiner Praxis gewesen war. Ich hatte beschlossen, in seinem Fall eine Ausnahme zu machen und keine Rechnung über die Sitzungen auszustellen, denn es war nicht meine Absicht, Riku als Patient aufzunehmen. Stattdessen wollte ich die Kinderschutzbehörde kontaktieren und sie bitten, sich um Riku zu kümmern.

Ich erzählte auch, dass Riku am heutigen Morgen bei mir erschienen war und sofort begonnen hatte, mir sein Leid zu klagen. Er hatte niedergeschlagen gewirkt, geradezu verzweifelt. Ich sagte, in dem Moment hätte ich beschlossen, dass Rikus Eltern von den Problemen ihres Sohnes erfahren müssten. Ich hätte Riku dazu überreden können, mit seinen Eltern zu sprechen, unter der Bedingung, dass ich ihn begleitete. Am Bahnhof sei Riku jedoch plötzlich losgesprintet und zu der Rolltreppe gerannt, die zur U-Bahn führte. Ich sei ihm gefolgt, aber ausgerutscht, denn der Fußboden in der Bahnhofshalle sei frisch gewachst und gefährlich glatt gewesen. Ich sagte, ich sei erleichtert gewesen, als ich ihn auf dem Bahnsteig gesehen hätte. Ich sei zu ihm gelaufen, hätte seine Arme gepackt und ihn mit aller Kraft festgehalten.

Ich erzählte der Polizistin, dass ich regelmäßig ins Fitnessstudio ginge und immer geglaubt hätte, gut in Form zu sein. Aber was hätte ich als zarte Frau gegen einen Teenager ausrichten können? Riku hätte sich aus meinem Griff befreit und vor die U-Bahn geworfen, wie es auch die Aufnahme der Überwachungskamera zeigte.

Als ich Riku auf das Gleis warf, hatte ich seine Arme so fest umklammert, dass sich höchstwahrscheinlich Blutergüsse gebildet hatten, die der Pathologe bei der Obduktion entdecken würde. Deshalb versicherte ich der Polizistin mehrmals, dass ich versucht hatte, Riku mit aller Kraft festzuhalten, damit er nicht sprang.

Die Polizistin wollte wissen, ob Riku sich früher schon selbstzerstörerisch verhalten hatte. Nein, versicherte ich, Rikus Selbstmord habe mich völlig überrascht.

Die Polizisten waren dankbar für meine Hilfe. Die Vernehmung war vorbei. Der Fall schien klar. Es bestand kein Verdacht auf ein Verbrechen.

Es handelte sich zweifellos um Selbstmord.

PEKKA

Ira war also nicht mein einziges Opfer.
Wollt ihr mehr erfahren?
Ich begegnete Riku zufällig auf dem Parkplatz am Bahnhof. Das ist erst grob zwei Monate her. Er kam zu mir und bat mich, ihm Bier zu kaufen. Er selbst war dafür noch zu jung, erst 15.

Riku war eine Art alternativer Jugendlicher. Aber auch wenn er noch so sehr versucht hatte, sich hässlich zu machen, indem er sich allen möglichen Klimperkram an Nase und Ohren hängte, konnte keinem entgehen, dass sein Gesicht unschuldig und schön war wie bei einem kleinen Kind.

Riku hatte schmale Lippen, die er mit blauem Lippenstift hervorhob, lange Wimpern wie ein neugeborenes Kälbchen und so hohe Wangenknochen, dass mir fast schwindlig wurde.

Natürlich musste ich Riku mit mir locken.

Zum Glück war Clarissa auf Geschäftsreise in Turku.

Es war leicht. Riku war schon angetrunken, und seine Urteilskraft versagte. Ich erzählte ihm, ich sei Weinkenner, und versprach ihm eine Kostprobe in meinem Weinkeller. Kurz darauf saßen wir auch schon in meinem Wagen und fuhren zu mir.

Unterwegs überschüttete Riku mich mit seiner Lebensgeschichte. Er wohnte praktisch allein in der Zweizimmerwohnung seiner Familie im Vorort Kontula. Seine Eltern waren drogenabhängig und selten zu Hause. Er hatte die Gesamtschule irgendwie geschafft, aber jetzt, nur einige Monate nach dem Ende des Schuljahres, hing er in der Luft und geriet mehr und mehr ins Abseits.

Das bedeutete nur eins: Niemand würde ihn vermissen.

Wir kamen bei mir zu Hause an. Die Einzelheiten erspare ich euch, wie bisher auch. Aber zumindest kann ich euch sagen, dass ich Temazep in Rikus Getränk mischte. Bald war er in einem Zustand, in dem ich mit ihm machen konnte, was ich wollte. Nach einigen Stunden schleppte ich den bewusstlosen Jungen zum Auto, legte ihn auf die Rückbank, fuhr auf den Parkplatz beim Einkaufszentrum in Kontula und deponierte ihn auf einer Parkbank, wo er seinen Pillenrausch ausschlafen konnte.

Ich verließ mich darauf, dass Riku sich in Grund und Boden schämen würde. Deshalb würde er versuchen, alles zu vergessen, und niemandem erzählen, was passiert war.

IRA

Warum solltet ihr jede Einzelheit über die Ereignisse im Käfig erfahren? Ihr kennt mich nicht. Für euch bin ich nur Buchstaben auf Papier. Ich könnte ebenso gut nur eine Figur in einem Roman sein.

Alles, was ich euch erzähle, ist für euch vielleicht nichts weiter als Sozialporno. Als würdet ihr ein Klatschblatt lesen. Ihr seufzt über mein Leid – entsetzt, vor allem aber erleichtert. Zum Glück ist das alles ihr passiert und nicht mir!

Ihr behauptet, Mitgefühl zu empfinden, während ihr euch in Wahrheit darüber ärgert, dass mir nichts Schlimmeres zugestoßen ist. Natürlich war es schrecklich, aber es hätte doch noch schrecklicher sein können, nicht wahr? Eine ganz gute Story, aber sie hätte noch reißerischer sein können. Ihr fühlt dieselbe Enttäuschung wie im Kino, wenn ihr euch einen Horrorfilm anseht. Bitte noch ein paar Umdrehungen mehr!

Je mehr ich leide, desto größer ist euer Genuss.

Für euch bin ich pure Unterhaltung.

Oder bin ich allzu zynisch?

Vielleicht empfindet ihr ja Mitgefühl für mich.

Trotzdem muss das hier genügen. Für euch sind es nur Worte, aber jedes Wort, nein, auch jeder Gedanke reißt meine Wunden wieder auf.

Was bringt es mir, dass ich euch das alles erzähle?

Was, wenn ihr umso fester an meine Ehrlichkeit glaubt, je mehr ich über die Geschehnisse im Käfig berichte? Und wenn jeder Tropfen Blut, jeder blaue Fleck und jede Quetschung euch davon überzeugt, dass es wirklich passiert ist? Wenn ihr die Narbe an meinem Oberschenkel sehen würdet? Oder braucht ihr anderes Beweismaterial? Fotos? Videos? Ein ärztliches Attest? Das Vernehmungsprotokoll der Polizei?

Tja. Ich habe nichts dergleichen.

Nur mein Wort.

Mein Wort gegen die Aussage des Scheißkerls.

Aber warum habe ich euch vorgelogen, ich wäre eine Serienmörderin, fragt ihr. Warum konnte ich nicht ehrlich zu euch sein?

Ich bitte euch um Entschuldigung!

Ich hasse Lügen, weil ich mein ganzes Leben lang verheimlichen musste, was mir als Kind zugestoßen ist. Nichts ist mir wichtiger als die Wahrheit, aber ich hatte einen guten Grund zu lügen.

Ich bin ja eine Serienmörderin – in meinem eigenen Kopf. In den letzten sechs Jahren habe ich nichts anderes getan, als Menschen zu töten und zu ermorden, tagsüber in Gedanken und nachts im Traum. Als ich mich als Serienmörderin bezeichnete, habe ich also nicht gelogen.

Jedenfalls nicht aus meiner Sicht.

CLARISSA

Die polizeiliche Vernehmung dauerte kaum eine halbe Stunde. Ich hatte vor, Pekka anzurufen, sobald ich wieder zu Hause war, und ihm alles zu erzählen. Aber als ich mit der Straßenbahn nach Hause fuhr, wurde mir klar, dass Pekka mit der Sache nichts zu tun hatte. Ich selbst hatte den ganzen Schlamassel ausgelöst.

Riku war nur deshalb auf die Idee gekommen, Pekka nachzustellen, weil er mich in den Medien entdeckt und erfahren hatte, dass ich mit Opfern sexueller Gewalt arbeitete. Pekka hatte mit Rikus niederträchtiger Intrige nichts zu tun.

Also beschloss ich, Pekka nichts zu erzählen.

Keines meiner Argumente hätte meinen Mann dazu gebracht, den Mord an dem Teenager gutzuheißen.

Vielleicht hätte er mich sogar bei der Polizei angezeigt.

Die Ereignisse des Tages hatten mich so erschöpft, dass ich früh zu Bett ging.

Am Morgen schlich sich eine Frage in meinen Kopf, die mich aus dem Schlaf riss. Woher hatte Riku erfahren, dass ich mit Pekka verheiratet war? Und woher hatte er unsere Adresse?

Unsere Anschrift war geheim, Riku hatte also nicht wissen können, wo wir wohnten.

Es sei denn, Pekka hatte ihn in unser Haus gebracht.

Böse Ahnungen überfielen mich.

Riku hatte die Wahrheit gesagt.

Keine einzige meiner Patientinnen hatte jemals fälschlich behauptet, sie sei missbraucht worden. Missbrauch ist für das Opfer so beschämend, dass sich niemand so etwas aus den Fingern saugt.

Und ich hatte Rikus Worte als Lüge abgestempelt, nur um mich und meinen Ruf zu schützen!

Von diesem Tag ist mir sonst nichts in Erinnerung geblieben. Früher hatte ich Alkohol ziemlich maßvoll konsumiert. An diesem Morgen betrank ich mich zum ersten Mal so heftig, dass ich einen Filmriss hatte. Ich ertrug das Schuldgefühl nicht.

Jetzt verstehe ich, warum ich mich so aggressiv gegen Rikus Anschuldigungen verteidigte. Meine Psyche konnte die Erkenntnis, dass mein geliebter Mann pädophil war, nicht ertragen. Ich wollte sie um jeden Preis leugnen und griff zum äußersten Mittel, um sie zurückzuweisen. Damit ich der Wahrheit nicht ins Gesicht sehen musste, redete ich mir unbewusst ein, dass Pekka unschuldig war und Riku log. Erst als die Gefahr vorüber war, also nach Rikus Tod, war meine Psyche allmählich fähig zu akzeptieren, dass seine Behauptungen zutrafen.

Ich, die ich in meiner ganzen Laufbahn die Funktionsweise der menschlichen Psyche erforscht hatte, musste erleben, dass ich im Ernstfall meine eigenen Motive nicht zu deuten wusste.

Am nächsten Morgen wachte ich verkatert auf. Das Schuldgefühl hämmerte so erbarmungslos auf mein Bewusstsein ein, dass ich fürchtete durchzudrehen. Mir blieb nichts anderes übrig, als mir zu überlegen, wie ich mit ihm weiterleben konnte.

Das Wichtigste war, Pekka an jedem weiteren Verbrechen zu

hindern. Das würde mir nur gelingen, wenn ich mich nicht von ihm trennte, sondern an unserer Ehe festhielt. Künftig würde es meine Lebensaufgabe sein, Pekka aus nächster Nähe zu beobachten und seine krankhaften Pläne zu vereiteln.

PEKKA

Ahnte ich vor zehn Jahren, dass sich Iras und meine Wege noch einmal kreuzen würden? Ich hätte sie damals im Käfig töten können, doch ich ließ sie gehen.

Ihr wisst bestimmt, dass wir Verbrecher überführt werden wollen – zumindest unbewusst. Ihr habt ja genug Krimis gelesen, um zu wissen, dass wir deshalb immer an den Tatort zurückkehren.

Als ich Ira damals freiließ, hatte ich keine Angst, dass ich deshalb eines Tages erwischt würde. Ich hatte keinen Grund, mich zu fürchten. Meine Frau hatte in vielen Interviews gesagt, dass die Psyche eines Kindes weniger erträgt als die eines Erwachsenen. Selbst unter Erwachsenen gibt es nur wenige, deren Psyche so stark ist, dass sie Dinge, wie ich sie Ira antat, nicht verdrängen müssen. Ich konnte mich also darauf verlassen, dass sie sich an nichts erinnern würde. Außerdem hatte ich sie ja hypnotisiert, damit sie alles vergaß. Ich verstehe immer noch nicht, wieso das nicht funktioniert hat.

Die posthypnotische Suggestion funktionierte dagegen auch nach zehn Jahren noch einwandfrei. Dabei legt der Hypnotiseur ein Zeichen fest, das den Hypnotisierten auch später immer wieder in Trance versetzt.

Ich hatte als Zeichen eine Geste gewählt. Mit einer Textnachricht, die ich von Clarissas Handy verschickte, lockte ich Ira in unser Haus. Als sie eintraf, fasste ich sie in der Diele an den Schultern. Sie sank sofort in Hypnose.

IRA

Ich hatte einen scheinbar lückenlosen Plan: Ich würde den ersten Mord in meinem Leben begehen. Es war mir egal, dass ich dafür eventuell lebenslänglich ins Gefängnis kommen würde. Elender als bisher würde mein Leben dadurch nicht werden. Aber ich hätte endlich die Gewissheit, dass dem Scheißkerl kein einziges Kind mehr zum Opfer fallen würde.

Meine Absicht war, alles bis zur letzten Note zu orchestrieren. Ich wollte meinen Plan nicht durch übereiltes Handeln verderben. Ich war bereit, mich anzustrengen.

Als ich klingelte, wusste ich, dass die Textnachricht, die ich bekommen hatte, nicht von meiner Therapeutin stammte. Auf ihrer Webseite hatte ich ihre Essays gelesen und festgestellt, dass sie die finnische Grammatik perfekt beherrschte, doch die Nachricht enthielt Schreibfehler. Ich war mir sicher, dass mich an der Tür zur Praxis nicht meine Therapeutin erwarten würde, sondern der Scheißkerl.

Ich würde ihn dazu verleiten, mich in sein Sommerhaus zu bringen, in dessen Keller er mich vor so vielen Jahren eingesperrt hatte. In meiner Handtasche hatte ich ein Filiermesser, mit dem ich den Scheißkerl in den Keller zwingen und ihm die Pulsadern aufschlitzen wollte, sodass es aussah, als hätte er Selbstmord begangen.

Ich hatte im Voraus einen Abschiedsbrief geschrieben, in dem er seine Verbrechen gestand. Alles, was er mir angetan hatte, als ich ein unschuldiges kleines Kind war. Er verstehe jetzt, dass er mich geistig getötet habe. Er wolle mich um Verzeihung bitten. Er könne nicht länger mit seiner Schuld leben und bla, bla, bla.

Als wären Pädophile fähig, sich für ihre Taten schuldig zu fühlen.

Jetzt begreife ich, wie lächerlich mein Plan war. Er hätte auf wer weiß wie viele Arten scheitern können.

Und das tat er ja auch.

Als ich in der Diele der Praxis stand, fasste der Scheißkerl mich fest an den Schultern und blickte mit seinen Teufelsaugen tief in meine Seele. Er glaubte, mich in eine posthypnotische Trance zu versetzen. Da irrte er sich jedoch.

Bei der ersten Entführung hatte der Scheißkerl versucht, mich zu hypnotisieren. Er hatte eine altmodische Taschenuhr vor meinen Augen pendeln lassen. Sie war aus Silber und mit einer Gravur verziert, die einen Kompass zeigte.

Wir hatten in der Schule gerade die Himmelsrichtungen gelernt. Der Kompass rief sie mir in Erinnerung. Ich ging sie in Gedanken durch: Norden, Osten, Süden, Westen. Nordost, Südost, Südwest, Nordwest.

Mein Blick folgte der Uhr, aber mein Kopf konzentrierte sich ausschließlich auf die Himmelsrichtungen. Ich betete sie mir in Gedanken vor wie ein Mantra. Es kam mir vor, als würde mein Verstand vor lauter Entsetzen in Stücke zerfallen, aber solange ich mich auf die Himmelsrichtungen konzentrierte, konnte ich ihn beisammenhalten.

Ich glaube, dass ich nicht in Hypnose sank, weil meine Gedanken sich mit den Himmelsrichtungen beschäftigten. Allerdings war ich so entsetzt, dass er glaubte, mich hypnotisiert zu haben. Ich war unfähig, mich zu sträuben. Alle Kraft rann aus meinem Körper, und ich sackte auf den Boden wie eine Marionette, deren Fäden gekappt worden sind. Kein Wunder, dass er glaubte, ich stände in seinem Bann.

Zehn Jahre später stand ich in der Diele der Praxis, und es erging mir wie damals. Der Scheißkerl fasste mich an den Schultern, und ich fiel kraftlos auf den Boden.

Ich versuchte zu schreien, doch meine Stimmbänder gehorchten mir nicht, ich brachte nicht einmal ein Zischen zustande. Auf meinen Wangen fühlte ich etwas Feuchtes, das mir salzig in den Mund lief.

Ich wusste, dass ich jetzt die letzte Chance hatte zu fliehen.

Ich hätte nur aufstehen, das Filiermesser aus der Tasche nehmen und ihm in die Brust rammen müssen. Ich malte mir aus, wie das Messer in sein Fleisch eindrang und an sein Brustbein stieß, sodass der Knochen leise summte.

Aus der Wunde würde Blut rinnen.

Von Pulsschlag zu Pulsschlag weniger, bis er tot wäre.

Ich wusste, was ich hätte tun müssen, um zu überleben, doch ich konnte nichts tun.

Der Scheißkerl hob mich vom Boden auf wie einen Sack Kartoffeln und warf mich über seine rechte Schulter. Er öffnete die Haustür und trug mich zu einem roten Auto, das auf dem Grundstück parkte. Ich versuchte zu erkennen, ob uns jemand sah, aber es war niemand da. Der Nachbarsgarten war leer.

Der Scheißkerl legte mich auf die Rückbank, und ich konnte mich nicht wehren. Er warf dieselbe Plane mit Tarnmuster über mich, mit der er mich zugedeckt hatte, als er mich zum ersten Mal entführte. Das Auto stank immer noch nach Zigarettenrauch und Schweiß. Auf dem Sitz waren weiße Flecken. Ich erinnerte mich, dass ich sie als Kind für das Erbrochene des Däumlings gehalten hatte.

Mir war klar, wohin die Reise ging.

Ich riss mich so weit zusammen, dass ich überprüfte, ob sich eine der beiden rückwärtigen Türen öffnen ließ. Sie waren verriegelt und hatten keine Griffe. Zu mehr reichte meine Kraft nicht. Ich war wie ein Schaf, das zur Schlachtbank geführt wird.

Gleichgültigkeit überkam mich, als würde mein eigenes Schicksal mich nicht mehr interessieren.

Ich wusste, dass ich ausgespielt hatte.

Ich versank in Kindheitserinnerungen.

Ich war immer Vaters Tochter gewesen. In meinen liebsten Erinnerungen sitzen mein Vater und ich in unserem Keller und basteln. Wir schnitzen Holzpüppchen für mein Puppenhaus. Wir bemalen sie sorgfältig, bis hin zu den Gesichtszügen. Das Puppenhaus musste aufgestockt werden, damit alle Puppen Platz fanden.

Nach nichts in meiner Kindheit sehne ich mich so sehr wie nach den Momenten, die mein Vater und ich im Keller verbrachten. Das fröhliche Pfeifen meines Vaters und der Fußboden, der sich allmählich mit Holzspänen füllt. Die konzentrierte Miene meines Vaters, wenn er mit einem winzigen Pinsel die Lippen einer Puppe malt. Und sein stolzes Lächeln, wenn ich ihm die Puppe zeige, die ich gerade geschnitzt habe.

In diesen Momenten war ich mir sicher, dass mein Vater mich liebte, auch wenn er es mir nie gesagt hat.

Nach dem Scheißkerl und seinem Keller konnte ich keinen unterirdischen Raum mehr betreten. Der muffige Kellergeruch erinnerte mich an den Käfig und an den Scheißkerl. Ich werde nie vergessen, wie enttäuscht mein Vater aussah, als ich mich wieder und wieder weigerte, ihm Gesellschaft zu leisten.

Es wundert mich, wie hartnäckig er es versuchte. Aber ich konnte keinen Fuß in den Keller setzen. Und den Grund dafür konnte ich meinem Vater nicht nennen. Er verbrachte mehr und mehr Zeit im Keller, aber nun leistete ihm eine Flasche Gesellschaft. Es ist meine Schuld, dass mein Vater Alkoholiker wurde.

Das ist keine Zwangsvorstellung.

Das ist die Wahrheit.

Der Wagen des Scheißkerls bog auf einen kleinen Weg ab, der nicht asphaltiert war. Ich schwankte haltlos auf der Rückbank und stieß mir den Ellbogen schmerzhaft an einer Farbdose, die auf dem Boden herumstand. Ich kümmerte mich nicht um den Schmerz, in meinem Kopf hatte nur eins Platz: das Schuldgefühl.

Mir stiegen Tränen in die Augen.

Das Sommerhaus stand am Ende eines verwilderten Gartens unter einem Ahorn, als wollte es sich vor jedem verstecken, der sich näherte. Es war unmöglich, sein Alter abzuschätzen. Der Anstrich war längst abgeblättert, und die Dachziegel saßen so locker, dass man glauben könnte, der Wind würde sie davontragen. Der Schornstein drohte einzustürzen. Das Gras hatte seit Jahren keinen Rasenmäher mehr gesehen. Es reichte mir bis an die Oberschenkel. Die Bude stand bestimmt seit Jahren leer.

Der Scheißkerl hielt, öffnete die Tür und hob mich auf seine Arme.

Ich war da, aber ich war nicht da.

Der Scheißkerl konnte mit mir tun, was er wollte.

Meine Seele war schon weit weg.

IRA

Ich weiß nicht, wie lange ich schon im Käfig gehockt hatte. Im Keller sah es genauso aus wie vor zehn Jahren. Dort wurden keine Möbel, Abfälle oder alte Zeitungen aufbewahrt. Es gab nur den rostigen Käfig und die alte Badewanne.

Der stechende Schimmelgeruch verriet, wie vermodert das Haus war.

Wenn ein Erwachsener in seine Kindheitsumgebung zurückkehrt, wirkt alles kleiner, sagt man. Ich konnte im Käfig nicht mehr liegen oder stehen und mich kaum umdrehen. Ich hockte krumm da und versuchte, meine Füße zu strecken, die in der unbequemen Haltung einschliefen.

Der Kellerboden war von einer Staubschicht bedeckt, und an der Decke hingen Spinnweben. Es schien, als wäre seit längerer Zeit niemand mehr hier gewesen. Vielleicht seit zehn Jahren. Konnte es sein, dass meine schlimmste Befürchtung sich nicht erfüllt hatte? War ich doch die letzte Gefangene im Käfig gewesen?

Auf dem Boden des Käfigs lag immer noch der weiße Teppich, in den sich Schmutz eingefressen hatte. Ich wusste, dass der Schmutz ein Muster verdeckte, das mich nie mehr in Ruhe gelassen hatte.

Ich zog den Ärmel des alten Hoodies meines Vaters als Schutz über meine Hand und rieb den Teppich so fest ab, wie ich konnte, bis das Muster allmählich zum Vorschein kam.

Ein blutiger Schmetterling.

Mein Blut.

Ich erinnerte mich, wie ich mir als Kind vorgestellt hatte, ein rosa Schmetterling würde über meinem Kopf flattern und mir den ganzen Tag lang, den ich im Käfig verbringen musste, Gesellschaft leisten.

Ich hatte im Käfig nicht allein sein müssen. Der Schmetterling war um mich herumgeflogen, bis ich freigelassen wurde.

Ich kehrte aus meinen Erinnerungen in die Gegenwart zurück.

Plötzlich füllte sich der Keller mit Schmetterlingen.

Mit Apollofaltern, von deren weißen Hinterflügeln blutrote Augen starren. Mit Dunklen Alpenbläulingen, deren Flügel grau sind wie gerade erst getrockneter Beton. Mit Kleinen Füchsen, deren Flügelränder so exakt mit blauen Punkten bemalt sind, wie mein Vater die Puppen anmalte, die er geschnitzt hatte.

Die Schmetterlinge nahmen Kurs auf den Käfig. Sie setzten sich auf meine Haare, meine Füße, meine Schultern, mein Gesicht.

Auf dem blutigen Schmetterlingsfleck vor mir ließ sich ein ganzer Schwarm Segelfalter nieder.

Der Segelfalter kommt in Finnland praktisch nicht vor. Man hat nur einige wenige Exemplare beobachtet.

Die Medikamente begannen zu wirken.

Nachdem der Scheißkerl mich in den Käfig gesperrt hatte, verschwand er. Bald darauf stieg er die Kellerleiter herunter und polterte dabei so laut, als wollte er mir sein Kommen ankündigen. Er hatte einen Teller Brei bei sich. Er öffnete die Käfigtür und fütterte mich mit dem Brei. Ich versuchte, mich zu wehren, aber da er mich an Händen und Füßen gefesselt hatte, war der Versuch erfolglos. Er war stärker als ich und schaffte es, mir den größten

Teil des Breis in den Mund zu stopfen. Der Brei hatte einen scharfen Beigeschmack.

Der Scheißkerl hatte ein Medikament oder Gift daruntergemischt, um mich zu betäuben.

Ich versuchte, mir klarzumachen, dass ich halluzinierte. Die Schmetterlinge existierten nicht. Ich schrie aus voller Kehle.

»Das ist nicht wahr!«

»Wahr! Wahr! Wahr!«, antwortete das Echo von den Kellerwänden.

Meine Müdigkeit wuchs. Mit aller Gewalt versuchte ich, die Augen offen zu halten, doch meine Lider wurden immer schwerer. Ich wusste, wenn ich nachgab, würde ich sterben.

Ich war ein Schmetterling.

Und dann flog ich.

ARTO

Ich saß an meinem Schreibtisch und drechselte an der x-ten Version meines Abschiedsbriefes herum. Nichts von dem, was ich in meiner dreißigjährigen Laufbahn geschrieben hatte, hatte mich auf diese Herausforderung vorbereitet. Ich wollte genau die richtigen Worte für Ira finden: Ich wollte ihr von Liebe, Reue und Schuldgefühl erzählen.

Ich hatte meine Gefühle so lange in mir aufgestaut, dass es mir unmöglich schien, sie in Worte zu kleiden.

Im Lauf meiner Karriere hatte ich sehr persönliche Artikel verfasst, zum Beispiel den Beitrag »Mein Jahr als Witwer«, in dem ich über mein erstes einsames Jahr nach Marjas Tod berichtete. Jetzt kam es mir vor, als hätte die Sprache mich im Stich gelassen.

Die Sätze, die ich formulierte, erschienen mir banal und leer. Die Worte waren nur Worte. Es gelang mir nicht, sie ausreichend mit Gefühl zu laden, dabei hätte ich gerade mit ihrer Hilfe Ira versichern müssen, dass ich niemanden so sehr geliebt hatte wie sie.

Je größer ein Gefühl, desto weniger Worte gibt es dafür.

Ich starrte auf den Bildschirm meines Computers und löschte

wieder einmal einen Entwurf. Dann begann ich von vorn, kam aber nicht weit. Mein Leben lang hatte ich von Berufs wegen geschrieben und doch nichts gelernt. Ich war bei allem gescheitert, sogar bei der Abfassung meines Abschiedsbriefes.

Der Cursor blinkte in dem immer noch leeren Dokument. Ich schluckte die Tränen hinunter. Jetzt wollte ich nur noch eins.

Es war noch nicht zu spät.

Ich würde Ira retten.

PEKKA

Ich hatte die ganze Zeit die Oberhand. Na schön, ich gebe zu, ich war überrascht, dass die Prinzessin Clarissas Praxis aufsuchte. Ich hätte darauf wetten können, dass sie niemandem von mir erzählt hatte, weder als Kind noch später. Andernfalls hätten die Zeitungen bestimmt über den Fall berichtet, und außer der Polizei hätten auch die Journalisten nach mir gesucht. Aber jetzt hatte die Prinzessin vor, Clarissa alles zu enthüllen. Ich musste sicherstellen, dass sie weiterhin schwieg.

Dafür brauchte ich einen Plan. Wie konnte ich sie aus dem Weg schaffen, ohne Spuren zu hinterlassen? Schritt für Schritt bereitete ich mich vor. Und erst als ich mir sicher war, dass meine Strategie keine Lücken aufwies, schritt ich zur Tat.

Zum Freundeskreis jedes Menschen sollte mindestens ein Arzt gehören. Clarissas Mentor Harri Kuikkasuo ist ein tödlich langweiliger alter Starrkopf, dessen Gerede mir zum einen Ohr rein- und zum anderen wieder rausging. Er ist schon vor Jahrzehnten aus der Zeit gefallen. Freud dies, Freud das. Quak, quak, quak.

Doch ich brauchte ihn.

Harri hatte Mitleid mit mir, als ich ihm erzählte, dass ich schon seit Jahren unter lähmender Schlaflosigkeit litt. Er machte sich Sorgen um mich und verschrieb mir bereitwillig ein Beruhigungsmittel, Temazep. Ich betäubte Riku mit dem Medikament, das Harri mir verschrieben hatte. Und die Prinzessin ebenso.

Beim zweiten Mal hatte ich Schwierigkeiten, die Prinzessin in den Käfig zu sperren. Er war zu klein für eine Erwachsene. Mit einiger Mühe schaffte ich es doch und ging in die Küche des Sommerhauses, um Brei zu kochen. Als ich die Temazep-Dose öffnete, merkte ich, dass ich versehentlich eine angebrochene Packung von zu Hause mitgenommen hatte, die zu wenig Tabletten enthielt. Sie würden reichen, um die Prinzessin zu betäuben, doch die Dosis war nicht tödlich. Mir blieb nichts anderes übrig, als nach Hause zu fahren und eine volle Packung zu holen.

CLARISSA

An jenem Samstagmorgen wollte ich über das Wochenende nach Kuopio fahren, um meine Freundin Minna zu besuchen. Am Morgen merkte ich, dass ich verschlafen hatte, was meinen Zeitplan durcheinanderbrachte. Wir hatten für zwölf Uhr einen Tisch in meinem Lieblingsrestaurant *Maränenmeister* reserviert. Selbst wenn ich viereinhalb Stunden ohne Pause und ohne Rücksicht auf das Tempolimit fuhr, würde ich es nicht unbedingt rechtzeitig schaffen. Ich spürte, wie der Stresskopfschmerz in meinen Schläfen zu bohren begann. In aller Eile packte ich meine Sachen, verabschiedete mich von Pekka und sprang in den Wagen.

Ich war fast zwei Stunden am Stück gefahren und beinahe schon in Mikkeli, als mir einfiel, dass ich vergessen hatte, Minna anzurufen und ihr zu sagen, dass ich mich eventuell verspäten würde. Also fuhr ich auf den Parkplatz der nächsten Tankstelle und kramte in der Handtasche nach meinem Handy, fand es aber nicht. Ich kippte den Inhalt der Handtasche auf den Beifahrersitz: Bürste, Kaugummi, Münzen, das Etui mit den Visitenkarten und zerknüllte Taschentücher, aber kein Handy. Ich fluchte über meine Zerstreutheit.

Ich konnte nicht das ganze Wochenende ohne mein Telefon verbringen. Mehreren meiner Patientinnen hatte ich versprochen, jederzeit erreichbar zu sein. Ich kannte ihre Telefonnummern nicht auswendig, und einige von ihnen hatten aus beruflichen Gründen eine Geheimnummer, die ich nicht einmal von der Auskunft erfahren konnte. Obendrein befand sich eine von ihnen – eine Künstlerin, deren Namen ich natürlich nicht nennen darf – in einer äußerst schweren Krise. Sie hatte mich in dieser Woche mehrmals täglich vollkommen verzweifelt angerufen. Ich durfte sie nicht im Stich lassen.

Das Verschwinden meines Handys brachte mich derart aus der Fassung, dass ich gar nicht auf die Idee kam, ich könnte nach meiner Ankunft in Kuopio von Minnas Telefon aus Pekka anrufen und ihn bitten, auf meinem Handy die Nummern meiner Patientinnen herauszusuchen, sodass ich sie anrufen und ihnen sagen konnte, dass ich über das Wochenende an Minnas Anschluss zu erreichen war.

Ich wendete und fuhr nach Helsinki zurück.

Zwei Stunden später kam ich nach Hause. Als ich die Haustür aufschloss, fuhr mir der Schreck in die Glieder. Ein schrilles Pfeifen füllte den Windfang. Der Feueralarm war losgegangen. Mein Kopf schmerzte schon so sehr, dass das Geräusch unerträglich war. In der Diele roch es nach Rauch. Ich lief in die Küche. Der Herd war ausgeschaltet.

Ich machte auf dem Absatz kehrt und rannte in meine Praxis. Schon an der Tür quoll mir Rauch entgegen. In aller Eile öffnete ich das Fenster. Mitten auf dem Teppich stand ein Blecheimer, gefüllt mit verbrannten Papieren. Daneben lag ein angekokeltes Stück Papier, das offenbar aus dem Eimer auf den Teppich gefallen war. Gerade so, als hätte jemand die Abschiedsbriefzeremonie durchgeführt und alles wäre gründlich danebengegangen.

Ich hob das Papier vom Teppich auf. Offenbar hatte jemand das beginnende Feuer ausgetreten. Auf dem Papier war der Abdruck einer Schuhsohle zurückgeblieben. Der böse grinsende Mann hatte im Feuer seinen Körper verloren. Nur sein Kopf war übrig geblieben.

Das Papierstück war Teil einer Kohlezeichnung von Ira. Ich nahm die restlichen Papierfetzen aus dem Eimer und ging sie schnell durch. Pekka hatte Iras sämtliche Zeichnungen zerrissen und verbrannt. Ich starrte erschüttert auf den Haufen. Was war in Pekka gefahren?

Mein erster Impuls war, ein Foto von dem Eimer und den verbrannten Zeichnungen zu machen. Ich brauchte Beweismaterial, damit Pekka seine Tat nicht abstreiten konnte. Instinktiv tastete ich in meiner Handtasche nach dem Handy. Dann erinnerte ich mich, dass ich ja gerade deshalb zurückgekommen war, weil ich es zu Hause vergessen hatte.

Ich drehte mich zum Schreibtisch um, stellte aber fest, dass das Handy nicht an seinem üblichen Platz in der Ecke lag.

Immer noch erschüttert, ging ich in die Küche. Mein Handy lag auf dem Küchentisch. Ich hatte eine Textnachricht bekommen. Von Ira.

Warum soll ich jetzt gleich vorbeikommen?

Völlig verdattert starrte ich auf das Display. Ich hatte Ira nicht zu mir gebeten. Ich rief die abgeschickten Textnachrichten auf.

Komm vorbei. Sofort. Wir müssen reden. Es kann einfach nicht warten.

Warum hatte Pekka diese Nachricht an Ira geschickt?

Beunruhigt lief ich durch das ganze Haus. Ich überprüfte jedes Zimmer, sogar die Besenkammer. Dann ging ich auf die Terrasse und ließ den Blick durch unseren Garten wandern.

Pekka und Ira waren nirgends zu sehen.

Ich ging in die Küche zurück und rief Ira an, bekam aber keine Verbindung.

Erst jetzt bemerkte ich den Schlüsselbund auf dem Küchentisch. Daran hingen drei alte, rostige Schlüssel, von denen zwei identisch waren. Ich schätzte, dass der große Schlüssel zur Tür eines alten Hauses passen könnte, aber auf den Verwendungszweck der beiden anderen kam ich nicht sofort. Ich drehte den Schlüsselbund in der Hand, bis ich kapierte, dass die kleineren Schlüssel zu einem Vorhängeschloss gehören könnten.

Am Schlüsselbund hing ein altes, verschmutztes Stück Pappe. Darauf hatte Pekka in seiner schnörkeligen Handschrift eine Adresse geschrieben. Kanttarellinkaarre 5. Die Adresse sagte mir nichts. Ich gab sie in den Map-Server meines Handys ein. Sie befand sich in der Landgemeinde Lurikkala, mit dem Auto eine halbe Stunde entfernt. Warum hatte Pekka Schlüssel zu einem Haus in einer Ortschaft, in der ich noch nie gewesen war?

Ich lief zu meinem Wagen, setzte mich ans Steuer und strich mir die Haare aus dem Gesicht. Dann betrachtete ich mich im Spiegel. Der Rostfleck auf meiner Wange sah aus wie ein Schmetterlingsflügel.

Ich gab die Adresse in das Navi ein und machte mich auf den Weg nach Lurikkala.

CLARISSA

Ich fühlte mich schlapp. Außer einem leichten Frühstück hatte ich den ganzen Tag über nichts gegessen, aber mein Schwächegefühl konnte auch von der Angst herrühren. Ich fürchtete mich vor dem, was mich in der Kanttarellinkaarre erwarten würde.

Entschlossen trat ich aufs Gas, doch ein Teil von mir sträubte sich. Ich könnte immer noch nach Kuopio fahren und erst am Sonntagabend zurückkehren, wie ich es mit Minna vereinbart hatte. Wieder zu Hause, könnte ich Pekka fröhlich begrüßen und ihn fragen, wie sein Wochenende verlaufen war. Er hatte sich doch hoffentlich ein bisschen Ruhe gegönnt und nicht die ganze Zeit am Computer gehockt? Ich könnte auch noch vorgeben, Pekka zu glauben, wenn er antwortete, er habe das ganze Wochenende lang geschuftet und das Haus nicht einmal verlassen, um eine Pizza zu essen. Ich könnte Pekkas Schultern massieren und mir einreden, ich hätte einen wunderbaren, treuen Ehemann, dem ich hundertprozentig vertrauen konnte.

Aber ich brachte es nicht mehr fertig, diese Lüge zu leben. Seit Rikus Tod hatte ich die Fassade aufrechterhalten. Ich hatte mir eingeredet, dass ich mich nicht von Pekka getrennt hatte, weil ich sicherstellen wollte, dass er nie mehr Gelegenheit hätte, auch nur ein einziges Kind zu missbrauchen. Erst jetzt, als ich am Lenkrad saß, fasste ich den Mut, der Wahrheit ins Gesicht zu sehen. Wie hätte ich Pekkas Taten denn verhindern können? Überhaupt nicht! Ich konnte ihm nicht auf den Fersen bleiben und ihn rund um die Uhr beschatten. Und wie die zerrissenen und verbrannten Zeichnungen, die ich im Blecheimer gefunden hatte, bewiesen, hatte ich nicht die geringste Ahnung, was Pekka in meiner Abwesenheit tat.

Mit meiner Patientin.

Ich war so tief in Gedanken versunken, dass ich mich verfahren hatte. Das Navi riet mir zu wenden. Ich befolgte den Rat und bog auf einen holprigen Weg ab. Auf dem schief hängenden Straßenschild stand Kanttarellinkaarre. Das Navi verkündete, ich sei am Ziel. Am Ende des Weges war ein Sommerhaus zu sehen.

Mein Handy klingelte.

Pekka.

Ich wusste, dass ich es bereuen würde, gab meinem Mann aber trotzdem noch eine letzte Chance, mir zu erklären, was los war.

Pekka machte sich nicht einmal die Mühe, mich zu grüßen.

»Auf dem Küchentisch lag ein Schlüsselbund. Wo ist er?«

Ich erkannte seine Stimme nicht. Sie klang drohend. Als hätte er mir erst jetzt sein wahres Gesicht enthüllt.

Ich antwortete nicht.

»Clarissa, hör zu, es ist wichtig! Ich brauche die Schlüssel.«

Ich schwieg.

»Was hattest du hier zu suchen? Ich war nur kurz einkaufen, und in der Zeit sind die Schlüssel verschwunden!«

Ich unterbrach die Verbindung, hörte Pekka aber noch rufen:

»Clarissa, ich komme hin. Ich bin schon unterwegs.«

CLARISSA

Ich stellte den Wagen ab und lief zum Haus. Die Tür war abgeschlossen. Ich nahm den Schlüsselbund aus der Handtasche und steckte den großen Schlüssel ins Schloss. Nach mehreren Versuchen gab das Schloss endlich nach. Auf der Außentreppe stand ein Korb voller Holzscheite, und an dem Korb lehnte eine Axt. Ich nahm sie in die Hand. Erst als ich den Griff umklammerte, wurde mir klar, dass ich schon wusste, was mich im Haus erwartete.

Leise schob ich die Tür auf und spähte hinein. Drinnen war es dunkel. Niemand war zu sehen. Vorsichtig ging ich hinein. Ein Sonnenstrahl fiel herein. In seinem Licht blinkte ein Metallhaken am Fußboden auf, als wollte er mir ein Zeichen geben. Mit der linken Hand griff ich nach dem Haken, die rechte umklammerte immer noch die Axt. Ich zog die Luke auf. Dabei schoss mir der Gedanke durch den Kopf, dass ich noch Zeit hatte, zurückzuweichen, mich umzudrehen und zu fliehen. Aber ich konnte es nicht.

Nicht mehr.

Unter der Luke lag ein Keller, in den man nur über eine wacklige Leiter kam. Ich zog die Stöckelschuhe aus und kletterte nach unten. Am Fuß der Leiter blieb ich stehen und stützte mich an einer Sprosse ab. Ich versuchte, meine Umgebung zu erfassen. Mein Blick fiel zuerst auf eine rostige Badewanne. Dann sah ich den Käfig.

Er stand ganz hinten im Keller. Und er war nicht leer. Doch obwohl ich wusste, dass jemand in dem Käfig steckte, versuchte meine Psyche noch ein letztes Mal, mich zu beschwindeln. Mich glauben zu lassen, dort wäre niemand. Und dann hörte ich es. Ein schrilles Aufheulen, wie von einem Tier, das weiß, dass es sterben wird. Das Geräusch lief durch den Keller und hallte von den schimmligen Steinwänden wider. Panik befiel mich. Dann begriff ich, dass ich es war, die schrie.

Ich eilte zu dem Käfig. Ira hockte auf dem Boden. Sie murmelte vor sich hin, als würde sie mit jemandem sprechen. Plötzlich wandte sie mir das Gesicht zu und sagte:

»Ich wusste, dass du kommen würdest.«

Sie schien durch mich hindurchzusehen, als hätte ein anderer hinter mir gestanden.

Ich wusste nicht, wen sie erwartet hatte.

IRA

Der Keller erstrahlte in weißem Licht. Vor mir landete eine betörend schöne Gestalt. Sie brauchte nur mit dem Finger auf den Käfig zu zeigen, schon schmolzen die Gitterstäbe.

Die schneeweißen Flügel breiteten sich aus und umarmten mich.

Ein Engel.

Mein Schutzengel.

Der Engel hatte schöne lange Haare und trug ein rosa Kleid. Seine ruhige Miene versprach, dass er für mich sorgen würde.

Ich hatte als Kind von dem Engel geträumt. Im Traum hatte er mir ein Geheimnis zugeflüstert. »Wir sehen uns wieder.«

Der Engel umklammerte meine Arme. Die Fingernägel gruben sich in meine Haut, so tief, dass ich blutete. Er hob mich aus dem Käfig und schlug mir mit der flachen Hand ins Gesicht. Einmal. Zweimal. Dreimal.

Der Engel ging mir voran zur Leiter. Die Axt schaukelte im Takt seiner Schritte, als er mir den Weg wies. Ich stieg hinter dem Engel die Treppe zur Küche hinauf.

»Jetzt stirbst du!«

Ich hörte den Schrei, wusste aber nicht, wer gemeint war.

Mit einem unheimlichen Surren flog die Axt durch die Küche. Ich hatte noch nie einen Menschen um sein Leben kämpfen gehört. Der Schrei war tierisch. Ich hielt mir die Ohren zu und rannte aus dem Haus.

Ich glaubte, ich wäre endgültig aus dem Käfig entkommen, aber das war natürlich übertrieben optimistisch.

ARTO

Man sagt, ein Alkoholiker könne erst genesen, nachdem er ganz unten war. Ich landete auf dem Tiefpunkt, als ich erfuhr, dass meine Tochter als Kind sexuell missbraucht worden war und nicht genug Vertrauen zu mir gehabt hatte, es mir zu sagen.

Was für ein Mann war ich? Was für ein Vater?

Zum ersten Mal in meinem Leben blickte ich ehrlich in den Spiegel, und was ich sah, gefiel mir nicht. Für die Fragen, die ich mir stellte, fand ich nur eine Lösung: Es war Zeit, die Flasche zu verkorken.

Ich verlangte von Ira, dass ich ihre Aussage vor Gericht hören durfte.

Ich weiß immer noch nicht, woher ich die Kraft nahm, mir Iras Bericht vom Anfang bis zum Schluss anzuhören. Die Gefühle tobten in meinem Inneren. Unglaube, Wut, Trauer. Was hatte meine kleine Tochter ertragen müssen! Und wieder quälte mich die Frage: Was war ich bloß für ein Vater?

Ich kann Ira nicht mehr so ansehen wie früher. Es ist, als würde neben ihr immer ein Mann stehen, dessen Schatten auf ihr Gesicht fällt.

Pekka Virtanen.

Oder wie Ira ihn nennt: der Scheißkerl.

Der Scheißkerl wurde für den Prozess auf seinen Geisteszustand und seine Gefährlichkeit untersucht. Unser Anwalt versicherte uns, der Scheißkerl werde nie aus der psychiatrischen Klinik für Gefangene entlassen werden, denn die Untersuchung ergab, dass er zum Zeitpunkt seiner Taten zurechnungsfähig und weiterhin eine extreme Gefahr für das Leben, die Gesundheit und die Freiheit anderer Menschen war.

IRA

Als ich am nächsten Morgen in der Klinik erwachte, hörte ich, dass meine Therapeutin mich dorthin gebracht hatte. An die Fahrt erinnere ich mich nicht, denn ich war von den Medikamenten immer noch benebelt. Ich erfuhr auch, dass die Therapeutin einen Krankenwagen gerufen hatte. Die Axt hatte den Scheißkerl am Oberschenkel getroffen, direkt in die Arterie. Er war schwer verletzt, erholte sich aber vollständig.

Vor Gericht sagte der Scheißkerl aus, meine Therapeutin habe ihm bei meiner Entführung geholfen. Sie habe mich töten wollen und sei deshalb ins Sommerhaus gekommen. Dort habe sie sich jedoch im letzten Moment anders besonnen, als sie mir gerade die Axt in die Brust schlagen wollte. Meine Therapeutin gab alles zu.

Anfangs konnte ich die Behauptungen nicht glauben. Ich hatte gedacht, dass meine Therapeutin mir aufrichtig helfen wollte. Aber auf meine Menschenkenntnis war noch nie Verlass. Sonst wäre ich wohl gar nicht erst in dem Käfig gelandet.

Nun sitzen sie im Käfig, beide, in der psychiatrischen Klinik für Gefangene.

Ich glaube, einer der beiden plant die Flucht.

IRA

Können Vater und Tochter, die sich auseinandergelebt haben, noch einmal von vorn anfangen? Wir versuchen es jedenfalls. Ich bin zu meinem Vater gezogen, damit wir uns umeinander kümmern können. Mein Vater geht zum AA-Verein und versucht verzweifelt, abstinent zu werden. Ich hoffe, dass er es schafft, glaube es aber nicht. Er hat jetzt mehr Gründe zu trinken als je zuvor.

Wir haben nie über irgendetwas gesprochen. Mein Vater will nicht. Er gibt sich gern als offener Mensch, aber in Wahrheit scheut er vor allem Schwierigen zurück. Ich glaube nicht, dass er euch irgendetwas erzählt hat, was für ihn über die Grenze des Erträglichen hinausgeht. Meine Selbstmordversuche hat er bestimmt nicht einmal erwähnt.

Ich hätte nicht zustimmen sollen, als er mich bat, meine Aussage vor Gericht hören zu dürfen. Er hat es nicht verdient, die Wahrheit zu hören. Mein Vater ist ein Idealist, ein Hippie und Pazifist. In seiner Welt gibt es das absolute Böse nicht.

Als ich vor Gericht von dem Scheißkerl erzählte, sah ich auf seinem Gesicht einen Anflug von Ungläubigkeit, die er zu verbergen versuchte, so gut er konnte. Er hatte immer versucht, das Rätsel zu lösen, vor das ich ihn gestellt hatte. Warum war das Leben seiner geliebten Tochter in die Binsen gegangen?

Die Puzzleteile fielen an ihren Platz, und ihm blieb keine andere Wahl, als mir zu glauben. Mein Vater musste alles verwerfen, was ihm wertvoll war: seine Wertvorstellungen, seine Denkart und seine Moral. Die Welt war nicht so, wie er geglaubt hatte.

Mein Vater, der früher ein kategorischer Gegner der Todesstrafe war, kann sich nur noch mit Gewaltfantasien trösten. Der Scheißkerl hat auch sein Leben zerstört. Mein Vater würde es nie aussprechen, aber er wünscht sich, dass ich im Käfig gestorben wäre. Meine bloße Existenz erinnert ihn an das, was mir zugestoßen ist. Wenn ich gestorben wäre, hätte er seine ganze Qual in meinen Sarg legen und mit meiner Leiche begraben können. Nun lässt die Qual ihn nicht los. Das erkenne ich an seinem Blick. Er kann mir nicht mehr in die Augen sehen.

Ich werde meinem Vater nie verzeihen, dass er nicht fähig war, mich zu beschützen, als ich ein Kind war. Er ist so klug – oder leidet unter einem so schweren Schuldgefühl –, dass er das auch gar nicht erwartet.

Der Scheißkerl hat mich restlos verknotet, und mein Vater kann es sich nicht verkneifen, an den Fäden zu zupfen, obwohl der Knoten dadurch nur noch fester wird. Um durchzuhalten, versucht er, alle möglichen Kniffe zu finden. Würde Hypnose mir helfen? Wie wäre es mit Meditation? Ich muss gesund werden, egal wie.

Es ist hart, krank zu sein. Noch härter ist, dass mein Vater es nicht erträgt, dass ich krank bin. Ich bin für sein Unwohlsein verantwortlich.

Diese Bürde ist zu schwer für mich.

Also habe ich in letzter Zeit wieder an Tabletten, Rasierklingen und Henkersknoten gedacht. An all die Methoden, dem Leben ein Ende zu machen, sodass endlich alles vorbei wäre.

Bis ich einen Brief vom Scheißkerl bekam.

IRA

Mein Vater hatte die Post geholt und den Brief, den der Scheißkerl mir aus der Klinik für Gefangene geschickt hatte, auf meinen Schreibtisch gelegt. Er hatte die sorgsam gemalten Buchstaben nicht als die Handschrift des Scheißkerls erkannt. Die Buchstaben schlängelten sich über den Umschlag wie Ranken, die nur darauf warteten, sich um meinen Hals zu winden und mich zu erwürgen.

Ich hätte den Brief gern in den Papierkorb geworfen, wusste aber, dass ich dazu nicht fähig war. Der Scheißkerl hatte mich immer noch so fest im Griff, dass ich nicht anders konnte, als den Köder zu ergreifen, den er ausgeworfen hatte. Der Brief war wie eine Bombe, deren Ticken ich hören würde, bis ich den Umschlag öffnete.

Es war besser, die Sache sofort hinter mich zu bringen, denn ich konnte an nichts anderes denken als an den sengenden Hass, der in dem Briefumschlag lauerte.

An die Worte, die meinen Geist vergiften sollten.

Der Brief enthielt nur einen Satz:

»Du bist mein.«

Ich las den Brief noch ein zweites und ein drittes Mal, bevor ich ihn zerriss. Erst da verstand ich etwas, was ich schon vor Jahren hätte begreifen müssen. Die Wahrheit hatte die ganze Zeit vor meiner Nase gehangen, aber ich hatte sie nicht erkannt.

Als ich ein Kind war, hatte ich etwas, was der Scheißkerl nicht besaß.

Unschuld.

Er hatte mich verderben wollen. Alles Saubere mit Füßen treten und zerquetschen. Zerreißen und zerfetzen. Zerschneiden und zersägen. Zerbrechen und in Stücke schlagen.

Das war dem Scheißkerl auch gelungen – beinahe. Aber obwohl er seine dreckigen Hände an mir abgewischt hatte und obwohl die schwarzen Fingerabdrücke für immer an mir haften würden, hatte ich etwas, wonach der Scheißkerl immer noch gierte.

Mein Leben.

Es war nicht viel, und es war nichts Besonderes und vielleicht wertlos, aber der Scheißkerl trachtete immer noch danach. Und ich würde es ihm nicht geben.

Ich knüllte die Brieffetzen zusammen, warf sie in den Papierkorb und sagte es wie zur Probe laut zu mir selbst: »Niemals.«

Und da begriff ich, dass ich gerade die größte Entscheidung meines Lebens getroffen hatte.

Ich würde lernen müssen zu leben.

Das war ich dem kleinen Mädchen schuldig, das vor zehn Jahren im Käfig des Scheißkerls gefangen war.

Ich schwor mir, den Weg aus dem Keller zu suchen und die kleine Ira zu retten.

CLARISSA

Als ich Ira vom Sommerhaus in die Klinik brachte, hatte ich nur einen Gedanken. Die Strafe, die ich mir selbst auferlegt hatte, war doch nicht ausreichend gewesen. Es hatte nicht gereicht, dass ich versucht hatte, als Pekkas Gewissen zu fungieren und seine Verbrechen zu verhindern. Ich wollte für mein Verbrechen – den Mord an Riku – eine echte Strafe.

Vor Gericht behauptete Pekka, wir hätten Iras Ermordung gemeinsam geplant und zu verwirklichen versucht. Ich hatte nicht gewusst, dass Pekka Ira missbraucht hatte und sie ermorden wollte. Dennoch wollte ich, dass auch ich für Pekkas Verbrechen bestraft wurde.

Ich war mir sicher, dass man Pekka zur Zwangsbehandlung in der psychiatrischen Klinik für Gefangene verurteilen würde. Wenn ich meinen Anteil an seinen Verbrechen – an denen ich gar nicht beteiligt war – zugab, würden wir beide am selben Ort landen.

Keine Strafe konnte mir lieber sein als diese: den Rest meines Lebens mit einem Pädophilen zu verbringen, dessen unschuldiges Opfer ich getötet hatte.

Den Mord an Riku werde ich dagegen nie gestehen.

Vor allem Pekka nicht.

Mein Mann soll nie erfahren, dass ich bereit war, sein Opfer zu töten, um ihn zu schützen.

Die ersten Wochen in der Klinik vergingen wie im Nebel. Ich saß in meinem Zimmer und lauschte dem Regen, der an das Fenster prasselte. Ich war mindestens schon einen Monat in der Klinik gewesen, als eine neue Patientin eingeliefert wurde. Eine schwarz gekleidete junge Frau mit einem festen Verband um das rechte Handgelenk.

Beim Abendessen nahm die Frau mir gegenüber an dem Ecktisch Platz, an dem ich bisher allein gesessen hatte. Mit dünner Stimme bat sie mich um den Zuckerstreuer. Sie war nicht fähig, mir in die Augen zu sehen. Ich reichte ihr den Zuckerstreuer und berührte ihren Zeigefinger scheinbar unabsichtlich mit dem Daumen. Ich spürte eine Verbindung zwischen uns.

Das Schicksal hatte uns zusammengeführt.

Mein Leben hatte wieder einen Sinn.

Sie würde ich retten.

DANKSAGUNG

Tausend Dank an das Team des Verlags WSOY: Anna-Riikka, Hanna, Lea, Reetta, Samuli, Satu-Maria und Tuuli. Ihr seid die Besten!

Dank an den Grafiker Perttu Lämsä für den Entwurf des Einbandes der finnischen Ausgabe und an den Fotografen Otto Virtanen für das Autorinnenfoto.

Ich möchte auch Aija, Jenna und Susanna für ihre wertvolle Expertenhilfe danken.

Dank auch an die Sprecher und Sprecherinnen des finnischen Hörbuchs, Satu Paavola, Martti Ranin, Anna Saksman und Ilkka Villi.

Und zum Schluss der wichtigste Dank. Ich habe vier Jahre lang an meinem Erstlingsroman geschrieben. In dieser Zeit habe ich meinen Mann immer wieder mit meinen Kümmernissen überschüttet. Ein halbes Jahr vor Erscheinen des Romans kehrte ich kurz in die Wirklichkeit zurück und fragte ihn, ob er es schon satthabe, sich meine Klagen anzuhören. »Schon längst.« Ich versprach ihm feierlich, den Mund zu halten. »Lass nur. Der Sinn einer Zweierbeziehung ist es, sich die Sorgen des anderen auch dann anzuhören, wenn man eigentlich nicht mehr kann.« Wie soll ich mich bedanken? Ich habe nur ein Wort: Strontium-90.